罗有高 著

飘在水上的花

文化发展出版社
Cultural Development Press

图书在版编目(CIP)数据

飘在水上的花 / 罗有高著 . －北京：文化发展出版社，2018.11
ISBN 978-7-5142-2477-1

Ⅰ.①飘… Ⅱ.①罗… Ⅲ.①散文集－中国－当代 Ⅳ.①I267

中国版本图书馆 CIP 数据核字（2018）第 257539 号

飘在水上的花

罗有高 著

出 版 人	武 赫		
主 编	凌 翔		
策划编辑	肖贵平	责任编辑	肖贵平
责任校对	郭 平	责任印刷	杨 骏
责任设计	侯 铮	排版设计	浪波湾

出版发行	文化发展出版社（北京市翠微路 2 号 邮编：100036）
网 址	www.wenhuafazhan.com
经 销	各地新华书店
印 刷	三河市华东印刷有限公司
开 本	787mm×1092mm 1/16
字 数	190 千字
印 张	13
印 次	2019 年 1 月第 1 版 2020 年 2 月第 2 次印刷
定 价	49.80 元
ISBN	978-7-5142-2477-1

如发现任何质量问题请与我社发行部联系。发行部电话：010-88275710

目　录

第一辑　乡村·鱼趣

无鱼不成席　002
拼死吃河豚　004
吃鱼没有取鱼乐　006
积善人家罄有鱼　009
钓鱼要钓刀子鱼　011
菜花流水鳜鱼肥　013
船过簖抓痒　016
罾上鱼虾鲜　019
取到鱼艒板都会说话　022
麻虾子嘟嘟　025
吃"鱼拐子"不吃字　029

第二辑　乡味·舌尖

吃自己裹的粽子　034
碎米粥　038
故乡的茶　041
和事草　046
寒风中的扁豆　049
兰花豆儿　053

独脚蟹　056

奶奶哼　059

青　菜　061

三腊菜　064

炖　蛋　067

读　蟹　070

第三辑　乡愁·记忆

走　水　076

挑　水　080

农事记趣　084

母亲的"生姜拐"　090

里下河洋车　094

民间的记号　098

小巷如竹　102

厨房里的水缸　107

第四辑　乡韵·风物

飘在水上的花　112

读　雾　117

芦苇的爱情　121

风水是一棵树　126

青青三叶草　128

我的故乡有香草　131
你敬过艾草　137
空灵的乡村　139
乡村记趣　145

第五辑　乡亲·印象

母亲的秘密　152
母亲的哲学　155
奶奶的圣水　160
仰荞砌屋　163
窑　神　166
水乡吉卜赛人　170

第六辑　乡情·节令

清明之思　174
端午节说蛋　179
里下河的梅雨　184
中秋敬月　187
乡村的冬天　192
冬日暖阳　196
我爱过年　199

第一辑　乡村·鱼趣

人们总是希望生活富余，这是人类千百年来的情结。"鱼"与"余"同音，一向都是吉祥之物，如鲤鱼，寓"鱼跃龙门"；鲢鱼，寓"连年有余"；鲫鱼，寓"大吉大利"；鳜鱼，寓"富贵有余"。精致品鱼，诗意观鱼，俗说渔事，成为生活中的日常话题。"难得糊涂""吃亏是福"的郑板桥，其故乡兴化的"虾螺鱼蟹乡""蒲筐包蟹""竹笼装虾""柳条穿鱼"，常出席其诗句中，"老渔翁，一钓竿……"更是道尽了水乡渔家的渔事特色。

近山知鸟音，近水知鱼性。吃鱼，关键不在于吃，而在于乐，它是一种美好的文化象征，鱼又是"渔"的古字，图的就是个意象。吃鱼没有取鱼乐，取鱼没有观鱼乐，观鱼没有说鱼乐。

无鱼不成席

在中国老百姓的生活中,"无鱼不成席"是传统习俗。鱼一直寓意吉祥、富贵和美好心愿,宴席必须上鱼。

席,筵席、宴席、酒席。我国八大菜系,都离不开鱼菜名馔。民间在节日、婚寿喜庆等隆重的宴席上,为表示富贵吉庆,绝对少不了鱼这道菜。

湖、河、沟、港、汊众多的"鱼米之乡",鱼的品种众多。汪曾祺在《鱼我所欲也》文中,一口气就写了石斑、鳜鱼、鲥鱼、刀鱼、鮰鱼、黄河鲤鱼、鳝鱼等多种鱼类。过去,鱼类有上等鱼、下等鱼之分,有鳞为上,无鳞为下,又有青、白、鲤、鲑、鲲、鲢的排列。时代在变,不登大雅之堂的鳝、鳅、鳗、甲鱼等无鳞下等鱼,现时反而市价昂贵,成为宴席高档次的象征。

说起"无鱼不成席"里的"鱼",有多种习俗,还大有讲究。吃鱼要吃出味道,吃出文化,吃出品位,就得懂得"席"上吃鱼的规矩。

宴请高朋贵客,可能有多种鱼,但主"鱼"要选全头全尾的囫囵鱼,得有鳞。鱼端上桌，鱼头对着谁、尾对谁，也有讲究。习惯上"鱼头朝东"，意为"鱼归东海，万事顺达"。也有的地方要鱼头对着"上岗子"，即贵宾或长辈，体现尊敬，请其首先动筷夹鱼，即"剪彩"，然后其他人才可以举箸食鱼。

鱼在酒席上的文化地位，其俗规也很有情趣。倘若"上岗子"给你夹鱼，夹个鱼眼，这是高看一眼；夹个鱼唇，唇齿相依；夹个鱼翅，展翅高飞；夹个鱼肚什么的，即是推心置腹的意思，你一定得喝酒致谢。鱼肚对文人，赞他肚里有墨水，满腹文章；鱼脊对武将，夸他刚武豪放，可作脊梁。鱼的眼睛，那是表示爱意，不可以乱夹给异性。郑板桥吃鱼有故事："君子不吃翻身鱼。"把吃鱼的技巧推向极致。

"食不厌精、脍不厌细。"鱼的烹饪方法，煎、炸、烧、炖，嗅之香气四溢，食之口齿生津。北方人往往食鱼喜欢给其附味，红烧的，糖醋的，五香的，剁椒的。而南方人更喜欢鱼的本味，葱油的，清蒸的，炸熘的，吃鱼更讲究鲢鱼头，草鱼尾，鲫鱼肚档，体验渔乡水产美，道出吃鱼境界鲜。

起源于原始社会崇拜鱼，年夜饭桌上的鱼，必须有鲢鱼，以预兆"年年有余"；必须有头有尾，寓意新的一年"有始有终"。"徒有羡鱼情"，必定端上桌只看不吃，供奉着，象征新年吉庆有余。其实，除夕的鱼，在餐桌上是招财，餐桌外还有隐秘的镇邪隐义，只是逐渐为人们所淡忘了。

"无鱼不成席"，实是"无鱼不成生活""无鱼不成礼仪"。

拼死吃河豚

桃花水涨，江肥春暖，"正是河豚欲上时"。

时珍曰：豚，言其味美也。侯夷，状其形丑也。志曰：河豚，江、淮、河皆有之。河豚，古时称肺鱼、鯸鲐、河鲀等，俗称气泡鱼、鸡泡鱼、吹肚鱼、蛤乖鱼、气鼓鱼等，体形似"豚"，常在河口捕到，出水时发出类似猪叫的唧唧声，故江、浙一带俗称"河豚"。

"蒌蒿满地芦芽短"时节，河豚洄游到江河中。记得小时候，长江闸门一开，我们下河就冲来河豚。其体较短，头腹肥大，尾部较细，呈纺锤状，皮面平滑无鳞，背面及腹面布满小棘，条纹斑块颜色鲜艳。这鱼可钓可网，很好捕获。大人说河豚喜欢吃"死人"，是毒鱼，不让碰，我们常常当皮球玩。脚一踢，它的腹部立马膨胀成球形，发出"哧哧""咕咕"声，威吓我们，很好玩。

"鲥鱼、鮰鱼、河豚"并称长江三鲜。俗话有"不吃河豚，焉知鱼味。吃了河豚，百味无鲜"之说，东坡云"据其味，真是消得一死"。河豚洁白如霜，肉味腴美，鲜嫩可口，营养丰富，却味美而剧毒，闻者色变,食者心惊。民间有"拼死吃河豚"之说,矛盾而有趣。

　　河豚的血、眼、鱼子,其毒比氰化钾要高近千倍,实在不能掉以轻心。"拼死"想吃河豚的人,变着法子考其味美,其红烧河豚、白汁河豚、刺身河豚,可称河豚宴三绝。只说不食者也不乏其人,汪曾祺写过河豚,但汪氏在以擅烧河豚著名的江阴待过两年,"竟未吃过河豚,至今引为憾事"。

　　吃河豚的程序非常独特严谨。一尝河豚,则百菜无味,所以,河豚作为最后一道菜端上酒桌,烧河豚的师傅首先当着客人面尝上一口,主人也当着客人尝上一口,三十分钟确认安然无恙时,才开始邀客共享。据说河豚皮膏脂丰腴,首敬贵宾。吃之也很有讲究,其皮带刺,翻卷后不嚼,慢慢地吞咽下去,口感特别。其实,最值得品尝的莫过于传说中的"西施乳",河豚白子,雄鱼的精巢。

　　过去吃河豚,离饭桌不远要放桶粪。为啥?河豚有毒啊,一旦舌头感觉有麻痹感,立即灌以臭烘烘的粪汤,尽然吐出解毒。灌粪汤土法,其实是今天的灌肠洗胃,村野气息十足,真乃天大的讽刺。《大淖记事》中写:"十一子还有一丝悠悠气。老锡匠叫人赶紧去找陈年的尿桶。他经验过这种事,打死的人,只有喝了从桶里刮出来的尿碱,才有救。"汪先生应该是从"拼死吃河豚"灌粪汤的一招里受到了启发,很有意思。

　　河豚真乃狂妄之徒也。宋文学家苏轼写过一篇《河豚鱼说》,说的是南方的河里有一条河豚,游撞到桥柱上。它不责怪自己不小心,反而生起气来,恼怒桥柱,气得张腮竖鳍,胀起肚子,漂浮在水面。飞过的老鹰一下抓起圆鼓鼓的河豚,转眼间就成了老鹰的美食。

　　无限风光在险峰。少数狂热嗜食河豚者,并不是为了证明自己的食欲和胆量,只是为了证明自己的身份与地位,面子而已。中国《水产品卫生管理办法》明确规定:"河豚有剧毒,不得流入市场。""拼死吃河豚"值得否?当自量之。

吃鱼没有取鱼乐

吃鱼是一件乐事。尽管十里不同风，鱼的吃法风味各异，但鱼肉味道的鲜美，高营养的价值，一样的健脑、护心、补钙、养血，好食品，当然乐。

吃鱼自然得有鱼。源于家乡的鱼多，里下河人不叫捕鱼，也不叫打鱼，叫取鱼，也有土话叫逮鱼的，好像随便去就能拿到了似的。《说文》中说："取，捕取也。"还有点文言的意味。

生于水乡，长在河边，青葱岁月就会取鱼摸虾，为了"吃鱼"而"取鱼"，辛苦着，并快乐着。不是作为职业劳动的打鱼，更能体会出"取鱼"真是一件乐事，其乐无穷。

取鱼的器具形形色色，网、罾、笼、簖、索、钩、叉、卡，取鱼方法也是五花八门，取的过程是艰辛的，但乐在其中，也充满了情致和趣味。

取鱼乐，最热闹的场景莫过于看老鸦捕鱼。"家家养乌鬼，顿顿食黄鱼。"这乌鬼就是老鸦，学名鸬鹚，俗叫鱼鹰、水老鸦，体黑色，头颈部呈紫绿光泽，喙尖且长，鹰钩状，尾圆形，是一种野生水鸟，善潜水捕鱼,经渔人把它驯养为猎鱼工具。

静谧的河面上,波光粼粼。几艘长长的、窄窄的、尖尖的、翘翘的渔船伴着古朴的渔歌漂来,一只只鱼鹰昂首挺胸地立在船帮上,打破了水路的宁静。

"放老鸹啦——"一会儿,河岸上就兴邪风似的聚满了人,如同现代人观看"丽江印象"的大型实景演出。

"吆罗嗬——"在渔人的吆喝声中,"嘎咕咕——"老鸹清脆地鸣叫一声,姿态优美地跃入水中,荡起一圈圈粼粼的波纹。

放鸹人一边娴熟地用脚不住地踩响活动的艌板,一边洒脱地扬起竹竿,像乐队挥动的指挥棒,忽左忽右,忽远忽近,忽急忽缓,不停地拍打着水面,河里顿时泛起一阵水花。老鸹时而奋力前行潜水,时而升头小憩观望,在翻动的水面出出没没。

水里蹿出一条大鱼!三四只老鸹俯冲而至,"咕咕"地叫着,争先恐后,奋力追捕。它们伸长脖子,机敏地用铁钳般尖利的喙,啄鱼眼、咬鱼尾、叼鱼鳍……鱼儿拼命挣扎,一时间水花翻飞。

还没来得及看清楚,一条大鱼被"抬"到船边,鸹人眼疾手快,"吁吁吁——"一声吆喝,鱼头进了抄网,"啪"的一声,鱼儿干净利落地甩在船舱里,阳光下,鳞片泛着闪闪银光。

"老鸹衔鱼了!"岸边的人们激情四溢,欢蹦乱跳,甚比渔人还激动,好像自己吃到大鱼似的。快乐地嘶叫,沸腾声一片。

取鱼乐且有趣的事很多,小罾小网我小时候也扳过撒过,张鳅鱼、钓鳘鱼很好玩。最投入的莫过于出箖塘,水乡一道独特的风景。

箖,是个冷僻字,《说文解字》释是:积柴水中以聚鱼也。家乡方言称"箖"为"葱"。

春暖花开的时节,选有避风朝阳的弯塘沟汊,栽上蒿草、蒲草,播下菱种,霜降菱盘枯萎,再抛乱草杂树枝入水中,让塘里长"葱",这叫

007

"捂罧塘"。过程漫长的阴谋，只为鱼儿"窝"个理想的安乐窝。

进入数"夜"过年的时候，岸边举行祭祀仪式：供上猪头、鲤鱼、公鸡，俗称"六只眼敬菩萨"，点上三炷香，在鞭炮声中，出罧塘了！

出罧塘的场面格外热闹、诱人。罧塘主人请渔民用大网团团围住罧塘，沿罧塘四周敲打船板，把鱼赶至塘中。身强力壮的"罧手"们清理罧塘中的杂物后，大罱，鱼罩，捣网，搅得水花四溅，淋漓尽致地"出罧"了。塘边人头攒动，站满了观众，像是看大戏。鱼一旦被罱子夹上来，河里、岸上欢呼雀跃，笑逐颜开，一片沸腾，好一番交响曲。孩子们也来凑热闹，拿着鱼叉、捞海、趟网，鼻涕泥水弄得一身，大人嗔怪着，在塘主爽朗的笑语中把鱼放进了篓子。出罧的当天晚上，户户院落都会弥漫起鲜美的鱼味和快乐的笑语。

"取鱼"是为了"吃鱼"，吃鱼可以满足一时的口福，取鱼可以享受一时的乐趣。幸福的人生就是图的个乐嘛，吃鱼没有取鱼乐，一点儿不假。

积善人家磬有鱼

"向阳门第春常在，积善人家庆有余"，这是一副尽人皆知的常用春联，早已成为人们挂在嘴上的口头禅。平淡中藏俗语，祈愿里有寓意。

"积善人家庆有余"出于《周易》：积善之家，必有余庆。俗语谐音解释庆，磬，它在古代是一种礼器，敲打时会有声音传出，跟旧时人们敲打的钟有异曲同工的作用，通喜庆的"庆"字；鱼同"余"，这也是中华文化一种有趣的现象，隐喻吉庆有余。吉庆有余是中国传统吉祥纹样之一。清代刺绣、织锦、砖刻、木雕上常见应用，民间年画艺术中的《吉庆有余》，纹饰以一童子右手执"戟"示"吉"，左手提"磬"示"庆"。磬上之鱼示"有余"。《诗经》："修我矛戟，与子偕作。"戟为古代兵器，后戟也成为官阶、武勋的象征。"戟磬"谐音"吉庆"，"鱼"与"余"同音；"戟""磬""鱼"隐喻"吉庆有余"，寓意祥瑞。

中国文化自古凡事讲究蕴意，同样在表达情感或生活方面许多事儿，也是比较含蓄的，吉兆的此联，源于渔事，还引出苏东坡对联求鱼的故事。

说苏轼东坡有个老朋友诗僧佛印,虽是出家人,却不避酒肉。这日,佛印将一条西湖鱼洗净剖开清蒸好,正巧东坡登门来访。佛印急忙把鱼藏在大磬之下。苏东坡就座喝茶时,闻到阵阵鱼香,又见到桌上反扣的磬,心中有数了。因为磬是和尚做佛事用的一种打击乐器,平日都是口朝上,今日反扣着,必有蹊跷。故意说:"友人出了一对联:'向阳门第春常在',我一时对不出下联,望长老赐教。"佛印"嗤"一声乐了,心想这种对联家家户户都贴烂了,随便并说出下联:"积善人家庆有余"。

"高才高才!"苏东坡忙称赞道:"我是'向阳门第',你是'积善人家';我是'春常在'你是'庆有余'。既然磬(庆)里有鱼(余),那就积点善,拿出一起吃吧"。佛印这才明白,原来苏东坡绕来绕去,就是为了这磬下面的鱼啊!

磬有鱼,庆有余。佛印方知上了苏东坡的当,高兴地把鱼拿出来同苏东坡一起享用。

"向阳门第春常在,积善人家庆有余",是古人追求年年幸福,富裕生活的良好愿望,若门楣再写上"姜太公在此百无禁忌",春常在、庆有余,民俗中的图腾崇拜,古而不俗的生活态度,真是天下第一副吉祥春联,实诚是表达欢庆之情,又图来年吉利绵绵相传的鱼话。

愿普天下的百姓,家家幸福有美梦,年年月月吉庆有余。

钓鱼要钓刀子鱼

民间俗语有句绕口令:"钓鱼要钓刀子鱼,刀鱼要到岛上钓。"粗一看,挺顺口的,细一读,就很绕口搞笑了,特别是快速重复嘴不"打啰",口条就不活络了,甚至读出污秽的笑话来。

刀子鱼就是鲫鱼,大概取形似而俗称刀子鱼吧。江浙沪一带称河鲫鱼,东北称鲫瓜子,湖北称喜头鱼,又称鲋鱼、鲫瓜子、鲫皮子、肚米鱼等。家乡话"鲫"儿多读成朩,鲫、鳜好像也难辨,很多年里,我以为鲫鱼就是指桂鱼、季花鱼,即鳜鱼,"桃花流水鳜鱼肥"常写成"桃花流水鲫鱼肥"。

鲫鱼是人们最为熟悉的一种鱼,自古就是内陆江河湖塘分布最广且常见的传统淡水经济鱼种。早在两千多年前的《吕氏春秋》上就有记载:"鱼之美者,洞庭之鲋。"生活在江河流动水里的鲫鱼,体态丰腴,身形圆润,在水中悠悠穿梭,圈圈涟漪中吐着水泡儿,游来游去的姿态很优美。性情温顺、文静而胆小,有时顺水,有时逆水,常常群集而行。到水草丰茂、饵料丰富的浅滩、河湾、沟汊中荤素杂吃,择食而居,栖息产卵，即使到了冬季，它们贪恋草根，一般都不游到无草的深水处。

鲫鱼分布广，喜在杂草丛生地群游栖息，繁殖快，食性杂，它在产卵期也不停觅食，故一年四季从早到晚都能钓到鲫鱼，自然是钓鱼爱好者最常钓的对象鱼。汪曾祺在《观音寺》中写道："龙潭里有鱼，鲫鱼。我们有时用自制的鱼竿来钓鱼。"当然，春夏秋冬垂钓鲫鱼的技巧必须掌握好，钓位、钓具和钓饵要适宜选取。

鲫鱼与大众生活较接近。如果哪家说今天吃鱼，大多吃的是鲫鱼。鲫鱼肉质细嫩，肉味甜美。有种说法："鲫鱼头，草鱼尾，鳊鱼肚皮，鲤鱼嘴。"这概括说明了家乡里下河吃鱼的"最佳处"。鲫鱼头小，应该是最好吃的地方。像鲢鱼头大口粗，土气重，就没有鲫鱼头活筋鲜嫩。鲫鱼含脂肪少，吃起来鲜美又不肥腻。

常言道：吃鱼补脑。《本草纲目》说鲫鱼：（肉）甘、温、性平、无毒。鲫鱼所含的蛋白质质优、齐全、易于消化吸收，有健脾、开胃、益气、利水、通络、除湿之功效，民间常给产妇炖食鲫鱼汤，既可以补虚，又能够通乳催奶。而补脑之功效，是不是在鱼中数一数二？好像大人们总会将鲫鱼头撅给孩子吃，说补脑哩。水乡的孩子聪明伶俐，似乎是与吃鲫鱼补脑有千丝万缕的联系。

鲫鱼的烹制方法很多，也很简单。可红烧、炸熘、清炖或煮汤，尤其适于做鲫鱼汤，不但味香汤鲜，而且具有很强的滋补作用，常食可补身益体。但鲫鱼下锅前，如果只知道刮鳞抠鳃、剖腹去脏，却很少去掉鱼鳃后咽喉部的牙齿，不能将较重泥味完全消除，其味道就欠佳了。

鲫鱼也是文化鱼。成语涸泽之鲋、涸泽之鱼、涸辙枯鱼，出自《庄子·外物》："周昨来，有中道而呼者，周顾视车辙中，有鲋鱼焉。"鲋，鲫也。"莫笑过江典午鲫，岂无横槊建安才"，"过江名士多于鲫"，这些诗句，让鲫鱼的文化味更浓了。

钓鱼要钓刀子鱼，吃鱼要吃河鲫鱼。

菜花流水鳜鱼肥

春天，花开，吃鱼，吃鳜鱼。

鳜鱼，又名季花鱼、翘嘴鳜、桂鱼、胖鳜、鲜鱼等，是凶猛性肉食淡水鱼类。与中国"四大淡水名鱼"黄河鲤鱼、松江鲈鱼、兴凯湖大白鱼齐名，有"中华鱼"之誉。鳜鱼之名最早出现在《尔雅翼》中，《正字通》有："鳜鱼扁形、阔腹、大口、细鳞、皮厚、肉紧，味如豚。一名水豚，又如鳜豚。"

在江河湖泊中的鳜鱼，广泛寻常，长相威猛霸气，但游动起来英俊潇洒、五彩斑斓，是一种长相较美的鱼。扁圆，尖头，大嘴，大眼，细鳞，鲜艳的藤黄体色，不规则地附着黑色花点斑块，泛着果绿色的金属光泽，悠然地在沿岸水草丛生的水域栖息，背脊上有12根大刺，咄咄逼人，似在彰显着贵族和王者的心境。它只吃活鱼，机警地潜伏在泥穴中，窥视目标，以迅雷不及掩耳之势进行袭击，吞下鱼、虾以后，食时十分仔细，会吐出鱼刺和虾壳，这种独特性，在其他食肉鱼类中是不多见的。

"吟哦口垂涎，嚼味有余隽。"身体侧扁，背部隆起，身体较厚，口大、尖头的鳜鱼,古往今来,它一直被视为"鱼中上品"。刺少,肉呈蒜瓣状,厚实肥美,洁白细嫩,味道鲜美。《本草纲目》记载:"鳜鱼肉,味甘平,无毒,可补虚劳,健脾胃,益气力。"李时珍将鳜鱼称为"水豚",可以想见其味道鲜美如河豚;还有偏爱的古代食客将其比成天上的"龙肉",以示鳜鱼名贵。

品鱼鲜,重在时节。春暖花开时,便会想起张志和那千古绝句"西塞山前白鹭飞,桃花流水鳜鱼肥"。诗人应该是个食客,懂得桃花瘦了的时候正是"鳜鱼肥"的季节,否则,也不会为了吃口鱼不畏风雨,而"青箬笠,绿蓑衣,斜风细雨不须归"。

确实,鳜鱼四季皆有,尤以三月最肥美。桃红柳绿菜花黄,在这江河水涨,白鹭忙碌飞翔筑巢,春光明媚的时节,经历了一寒冬的鳜鱼,成群结队饕餮着春天的气息,体内积累的营养还未转移到性腺中,所以,此时的鱼儿肉质细腻紧实,最为肥美细嫩,被称为"春令时鲜",难怪人们纷纷想在此时一饱口福。

吃鳜鱼,赛神仙。汪曾祺先生写过:"活鳜鱼,重3斤,加花刀,在大油锅中炸熟,外皮酥脆,鱼肉白嫩,蘸花椒盐吃,极妙。"其实斤把重的活鳜鱼最为上,蒜瓣肉,极妙;大的鳜鱼,是大呆子,肉就有些"柴"了。鳜鱼做法极多,千百年来,人们创造了多种烹饪妙招,烧、炒、蒸、烩、瓤、煎、酥焖、醋熘等,最知名的要算"醋熘鳜鱼"与"松鼠鳜鱼",更为脍炙人口。醋鳜鱼焦脆并带有甜酸味,吃起来十分爽口,它选料精,烹调方法比较讲究,但也并不难掌握;松鼠鳜鱼花刀尤其讲究,油炸后,尺把长的鳜鱼昂头翘尾,其须形似松鼠。当一盘松鼠鳜鱼端上桌,番茄卤汁一浇,顿时鱼身吱吱作响,极似松鼠叫声。在色香味之外,还多了声和形。据说乾隆皇帝下江南时在苏州松鹤楼尝过,甜酸适口,外酥里嫩,入口满嘴酥香连声叫绝。可谓"席上有鳜鱼,熊掌也可舍"。家常鳜鱼通常清蒸、氽汤或红烧,皆妙,鳜鱼的本味更足些。

"鳜""贵"同音,中国人都喜欢用语言的谐音"讨口彩",因此历来把鳜鱼作为宴请贵客的首选,是喜庆宴席上的美味佳肴。鳜鱼还有传说:姓刘的是不能吃的。因为相传,季花鱼的祖宗和姓刘的祖宗,同争着要姓刘。结果,没有争得过姓刘的祖宗。它非常气愤:"争姓我争不过你,我就变成季花鱼,专门刺吃鱼的姓刘的。"其实,这个故事是老祖宗哄孩子吃季花鱼时小心一些,不要被鱼刺卡着了。

　　鳜鱼是文化鱼,宜入画。画家们常常喜欢画一两条鳜鱼,大嘴大眼,嘴里穿一根稻草扣,挂在马头篮上,旁边或有青菜、茄子,大葱自然是不可少的。桃花流水,画面飞白多,确是颇有意境。白石翁曾言八大山人画鱼最好,《鳜鱼图》亦如是:一条孤僻的鳜鱼,直尾游弋,白眼向上,四周别无笔墨,只是大片的空白,寄托了生命的悲愤,真有烟波无尽之感。邑人"扬州八怪"李复堂,也画过鳜鱼:一尾白眼大嘴鳜鱼,柳条穿嘴,旁边点衬一根大葱,一块生姜,简是简单,却有股清气孤僻之意。题曰:大官葱,嫩芽姜,巨口细鳞新鲜尝。现藏于故宫博物院,这大概是世上最贵的鳜鱼了。

　　我们家乡有一道菜,名菜传奇,叫"菜花流水鳜鱼肥",与"桃花流水鳜鱼肥"相映成趣。你看:片片菜花瓣儿漂荡在鳜鱼汤上,"扁舟来往无牵绊";细细青葱点缀其中,"春风又绿江南岸"。碗中香暗渡,妙趣横生。夹上一筷子蒜瓣鱼肉,慢慢品尝,只觉得渗透着菜花的清香,催生出鳜鱼肉的鲜美,相映生辉,难得的珍馐。时巧的食材搭配在一起,居然如此和谐,充满了诗情画意。

船过簖抓痒

郑板桥有副对联"船过簖抓痒,风吹水皱皮",这副对联不但工整,难得的是形象、传神。风吹水皱皮,好理解。船过簖抓痒,也许不少人会抓头呢,因为不知道"簖"是什么。

百度释义:簖,渔具名,插在河水里,阻挡鱼类,以便捕捉鱼、虾、蟹的竹栅栏。俗称为"簖棚子""簖上""簖门""鱼簖"等。

"簖"是个生僻字,用的是竹,断掉鱼蟹的去路,实用取义,恰道出了造字真谛。簖,设在源头活水的河道里,这里不叫筑簖,也不叫装簖,而是叫打簖。将丈许长、寸半宽,柔韧性强的竹条竹枝或苇秆,编为栅栏一样的簖帘,直立地插于水中,贯穿河的两岸;再用毛竹编排打桩,以固定住簖箔,拦住鱼蟹去路,又曲里拐弯的在河道两边对称地插上簖箔,如八卦阵似的"鱼道",两侧的水下面还通着簖笼,俗称"瓮",尼龙网"篓儿"裹着十来个铁环,其实是玄机暗藏,被誉为迷魂阵,簖笼里的铁环,大小不一,每个环节处都装有倒刺,鱼虾蟹游玩时,一旦依着习性撞进去,浑浑然进入"瓮"中,万难逃脱,便壮士一去不复还了。

"芒苇织帘箔，横当湖水秋。寄言鱼与蟹，机穽在中流。"宋代金嘉谟的《鱼箙》诗描写得十分形象贴切。

河道中间的箙帘明显低于两侧的箙帘，留一段齐于水面的"口门"，可以水流舟往，却不让鱼儿通过，船只通行时，船底贴着箙帘的"口门"滑行，箙帘像一把富有弹性的大篦子，从船头梳到船艄，船过箙抓痒，抓痒的情景，"嚓嚓嚓"的声音融入水中，又回荡在河面，在空旷的水域中，空灵、灵动、动听，颇有意境，妙！

河道纵横，水网密织的里下河，鱼箙是水域中一道特殊的篱笆，也是一道独特的风景。

箙在水乡很常见，箙的一侧岸边，架有看箙人的小箙屋，其实就是一座棚子，很小，但近水迎风，清新质朴，犹水上仙阁。河口系一叶"划条子"舢板船，清早，渔人划着小舟，清泠泠的咿呀咿呀声，划过绿莹莹的水草，惊起一滩鸥鹭。拎起箙笼末端，还在"篓儿"里嬉戏追逐的鲫鱼、鲤鱼、翘嘴白、胖头鲢子、鲶鱼蛙子，还有细小的罗汉、昂刺、虎头鲨、长毛鱼、河虾子、甲鱼螃蟹什么的，箙上的鱼很杂，皆席卷被倒入鱼篓、装进船舱……在迷蒙晓雾中，早市场上回荡着渔人悠扬的吆喝声："卖鱼儿，鱼儿卖啊——"

靠水吃水，靠箙取鱼，里下河常见的渔事。朝迎日晖，夜沐月华，箙上出鱼一般早晚各一次，叫倒箙笼。当然，如果庄上有人家来了亲戚，就随时去倒箙笼。鱼虾鲜活，红烧，鲜嫩；清蒸，纯色；烧汤，雪白。

夏末秋初，渔获盛多，是箙上最忙最热闹的季节。重阳前后，是箙蟹的旺季。

俗话说"秋风响，蟹脚痒"。月白风清，万籁俱寂，恰逢蟹汛之夜，一盏桅灯挂在箙帘高处，摇晃着昏黄的光亮，映落到水面上，散发出温暖的气息。一两支香的时辰，箙上传来"簌簌簌"的爬动声，一只河蟹的尖爪子攀住竹栅，迎着灯光爬上箙帘，"唰唰唰"又一只肥硕的河蟹吐着白沫，如盛开的白蕊墨菊，贴在籪帘上……远处伸出长竿网兜，娴熟地抖动几下，窸窸窣窣，螃蟹便落入网兜，然后丢进了鱼篓。

秋夜越来越深，螃蟹越捉越多。冷风中艰辛的籪上守蟹、捉蟹，意趣盎然。九黄十膏，是吃螃蟹的好季节，如若在网兜中取几支青眼红毛、膏厚肉腴的籪蟹来享用，清水煮食，雌的蟹黄红中带金，雄的蟹膏透明软腻，天然烹饪，不用加调料，就能吃得满嘴留香，畅快淋漓。除却籪蟹不是鲜，风味卓然啊，那齿颊留香的鲜美滋味，大概一辈子都忘不了，真是一大乐事。

用"籪"捕鱼虾蟹，类乎"请君入瓮"。如今，尼龙网普及，乡村小河里沉着的一只只"地笼子"，从辈分上说，应该算是"籪"子玄孙了吧。

古时，上海多是渔民，发明了一种竹编的捕鱼工具"沪"，即是"籪"，又称"簋"，并称"簋籪"，因此，这一带被称为"沪渎"。唐陆龟蒙《渔具咏序》题注："沪，吴人今谓之籪。"后人据此，认为上海简称为"沪"，源于"籪"的身影，是从"籪"演化而来的。"沪"在前，"上海"在后；"沪"是历史老人，"上海"是时代宠儿。原来上海是河流中敞口待鱼的一只籪呀，悠悠千载，无法湮灭的地域文明痕迹，趣。

船过籪抓痒，人来沪变富。

罾上鱼虾鲜

水乡河网纵横，野藤般乱缠。满盈盈的河水，潺潺流淌，波光粼粼，几只水鸟贴浪翩跹，好一幅乡情四溢的风俗画，意蕴古雅憩美。

猛然，静静的河面四周升起水花，鸟惊水响：一张渔网腾河升起，好大的一张网呀！网着天空，刻纸一般的悬挂在河道上。水花四溅，阳光伴着水滴，穿过千千万万只网眼，洒下一河的金丝碎银，鱼虾乱蹦，闪烁迷离。

这是渔人在扳罾。《说文》解释：罾，渔网也。形似仰伞盖，四维而举之。扳罾，这一古老的捕鱼方法，已流传几千年。《楚辞·九歌》里就有"扳罾何为兮木上作渔网"的记载。故宫收藏的明、清山水画中，也有以"扳罾"为题材的作品。

扳罾捕鱼，最重要的工具就是渔网。罾网，是一种笨重的大型捕鱼工具，一般安在水流湍急的活水河中。在河岸竖栽着两根高大的罾杆，渔民称之为"大角"，一根为竖柱，有铅丝攀条固定，可以将渔网拖出水；一根为倒柱，在扳罾网时就会竖起，放罾网入水后又倒下。罾网长宽大约相等，四角见方，四边带纲，中间凹下如锅状平放到河里，罾网口还有矮矮的一个支点木柱，另一个网角被粗大的绳子牵扣着，缠绕在木轱辘上，一根三四米长的桑木轱辘，架在两根"Y"字形的木架上，网起网落，全靠岸上的"绞关"操作。扳罾时，用手扳住"绞关"，轱辘一圈圈转动，就把罾网的缆绳一圈圈绕起，四两拨千斤，朴素的杠杆原理，河里几百上千斤重、湿淋淋的罾网就会渐渐出水，路过的鱼群便落到罾内，拼命兜着圈子逃生……罾人便用长柄捞海，抖动着网底，将鱼抄进鱼篓。特大的罾网则要撑着船去罾中捞鱼。

罾一旦固定好，就不能移动了。这种捕鱼方式，有点"守株待鱼"的意思。罾有大有小，边长要视水面的宽狭长短而定，网上的眼称作"目"，网下的脚子叫作"纲"，是渔网上的总绳。"壹引其纲，万目皆张"，成语"纲举目张"的典故即由此而来，尽显了渔人的智慧。

扳罾是个力气活，也是一门技术活。扳罾人在绞关前，弓步站着，埋着屁股，两只胳膊用足力，两手交替不停地扳，成年累月，扳罾的人多腰哈背驼，满脸沧桑。扳罾技术掌握不好的话，特别是松绞关时，稍有不慎，轱辘就会伤人，打断手臂，压残手指。我们庄上有一个人没了下巴，就是扳罾时失手，轱辘回转，让扳柄砸掉了下巴。

俗话说："勤扳罾，懒打簖。"扳罾十分辛苦。扳罾轱辘连着罾棚子，这就是扳罾人的窝。不管是严寒酷暑，还是刮风下雨，都得每天重复着扳罾、放罾，日复一日，年复一年。扳罾的人都有一颗平常心，往往放罾放下去的是希望，收获的往往都是失望，"十网九网空，捞住一网就成功"。扳罾捕鱼需要经常守护，不断地扳罾出水才能捕获到鱼，如果懒，进了罾口里的鱼，也会游出网外的。

一般白天扳罾少，常常把罾网扳在河面上空，让太阳晒晒网；夜里扳罾勤，因为天黑以后，鱼儿活动增多。梅雨季节，汛期来了，水高鱼肥，是扳罾最繁忙和收获的季节，成群的鱼儿，随着上涨的河水，赶集般地窜来窜去。罾上就要找一些帮手，几个人轮番扳罾，轮番歇息，一天一夜下来，可扳到百十斤鱼虾呢。要是碰到鱼阵子，每罾上来就是几百上千斤鱼呢。

　　罾上鱼很杂，不问大小，好像什么鱼都能捕到。乌黑的青鱼，肥硕的草鱼，宽大的鳊鱼，鲤鱼、鲢鱼、鲫鱼、鳗鱼、鳝鱼、餐鱼，还有螃蟹、河虾、小罗汉鱼，有时还能捕到河豚、大甲鱼呢！

　　沈从文先生说："我欢喜看人在洄水里扳罾，巴掌大的活鲫鱼在网中蹦跳。"杜甫诗曰："林居看蚁穴，野食待鱼罾。"倘若去簖上买回活蹦乱跳的鱼虾，做成菜肴，那个滋味啊，鲜美得连眉毛都要落脱啦。

　　鱼虾罾上来，图的个新鲜。

取到鱼舱板都会说话

"取到鱼舱板都会说话",又作"取到渔船板也会说话",是人们常说的一句俗语。喻义一个人功成名就了,说话就有底气,也就有资本能摆谱了,有牛皮轰轰的意思,"没取到鱼的人",在夸赞中内心多少带有嫉妒和不屑,反感又无奈的心态。

舱,释义为一种木制大船,舱板,船面上的铺板。《水浒传》第三十七回"黑旋风斗浪里白条":"李逵不省得船上的事,只顾便把竹笆篾来拔。渔人在岸上,只叫得:'罢了!'李逵伸手去舱板底下一绞摸时,那里有一个鱼在里面……"不省得、舱板、绞摸,都是地地道道的兴化话。李逵不晓得渔船中舱后面的"夹舱",开半截大孔,舱壁有一个洞,用竹笆篾网拦住与河水相通,放水出入,是一个活水舱,取到的鱼儿就存在里面养着,鱼儿在活水舱里如同在河沟里一样,可以优哉游哉地戏水玩耍,因此江州有好鲜鱼……这里说的舱板,指渔船"夹舱"上面铺的一层盖板,既可防止鱼儿跳出船舱,又可方便行人。

舱板"说话"可取鱼,我儿时常见的敲响罾捕鱼的生活情景。

渐渐加深的夜色，如浓稠墨砚，徐徐地在乡村拉开藏青色的帷幕，静谧祥和……这正是敲响罾的最佳时刻。

一叶小舟慢慢地驶近河边。船上两个人，男人坐船头，左手提着小提罾，提罾是一种小型渔具，网底长方形，底面长约1.5米，宽约60厘米，三边用网加高的罾网，网便扣在框上，前面空着是"罾门"，也叫"罾口"，两边各竖一根竹竿，背后竖三根竹竿，即左中右，五根竹竿上端被绑在一起，即可放入水中取鱼；右手拿一件用竹竿绑着的三脚架形的"趟子"，从远处向罾门前划着，驱赶着东躲西窜的小鱼小虾，拦进罾里……女人在船艄撑着船，用脚踩着脚下一块悬着的长长的木板，不停地击打艎板，有节奏地发出"嘭嘭嘭"的响声，时而还一手拿槌棒不断"咚咚咚……"敲击船帮，前面船头"趟子"划，后面船艄艎板"噼噼啪啪"的响。那声音，就像一场戏剧，杂碎中浑厚铿锵，便会直往水里钻去，唬得小鱼小虾在水中慌不择路，乱游乱窜，自投罗网。男人将网放入水里，按到河底，由外到内，前划后敲，赶着鱼虾们进网。一会儿，男人一提，一抖，小鱼小虾尽数被颠到网中间，然后悠悠地往身后一倾，一条条活蹦乱跳的鳑鲏、䱗鱼、罗汉鱼、大青虾，也有鲫鱼、昂刺，运气好的，还能碰上一两条黑鱼、花鱼，便倒入船舱中。

乡村的河沟热闹得很。又见一两条小农船悠进小河沟，由外向内"倒退"着行进，开始敲提罾取鱼……夜色朦胧，就这样，撑着、敲着、划着、提着，循环往复。

敲响罾捕鱼，一般是傍晚后，冬春季节，农闲之时，农民用提罾捕到的小鱼小虾，不卖，而是和雪里蕻咸菜一起煮了晚上吃，或做鱼冻冻，味鲜美无比。男人会咪口酒，夹条小鱼，连鱼头带鱼骨吃得精光。孩子和女人则以小鱼咸菜吃粥，个个吃得喷香喷香。

专业捕鱼的渔人早上也用此捕鱼。"早上出门去撒网，晚上回来鱼满舱"，渔夫晃动着船身，得意扬扬地哼着《洪湖水啊浪打浪》小调。渔船一靠岸，满舱的鱼儿，惊慌失措地蹦跳，撞得艎板"扑通扑通"直响，收获不小啊，"艎板"都在说话了，惹得岸边看热闹的人也七嘴八舌地活跃起来。

忽然想起《楚辞·渔父》："渔父莞尔而笑，鼓枻而去。"歌曰："沧浪之水清兮，可以濯吾缨；沧浪之水浊兮，可以濯吾足。"鼓枻，鼓栧，这里指拍打着船板，敲打船桨。"短棹分波，轻桡泛浪。瞰堂油漆彩，艎板满平仓。"三闾大夫屈原划桨泛舟，也懂得"取到鱼艎板都会说话"？

麻虾子嗍嗍

在里下河一带,人们喜欢说:"麻虾子嗍嗍,下饭。"还常常听到这样的话:"好菜一桌,不抵麻虾子一嗍。"

麻虾子为何物?

江浙一带,尤其是苏北里下河没有污染的流域,碧波粼粼的大湖小河里,有一种很有灵性的小野虾,小虾颜色白净,皮薄质软,通体几近透明,很小很小。它可能是世界上体形最小的虾,比芝麻粒稍微大一点儿,可以从针眼里穿过去,而且永远都长不大,因为它们体表长有许多麻点,又只有芝麻粒儿那么大小,因此得名"麻虾子"。虾,在我们方言里都读成"哈",也就是叫"麻哈子",而国外则戏谑地称其为"纳米虾"。生物学界至今对这种虾没有正式的称谓。

何为嗍嗍?

嗍,一种吮吸动作,抿紧嘴巴,用唇舌裹食,比如小孩子生下来就会嗍奶。挑一点麻虾在嘴里慢慢地嗍嗍,非常形象生动。

这里说的"麻虾子嗍嗍",其实"嗍"的不全是原生态的麻虾子,大多是经过加工酿造过的麻虾子酱。麻虾子就是虾酱，唯有麻虾子是独特的虾酱。李渔《闲情偶寄》中所说："世人制菜之法，可称千奇百怪，自新鲜以至于腌糟酱腊，无一不曲尽其能，务求至美。"麻虾子初闻如入鲍鱼之肆，让人掩口捂鼻。但是在此气味下，却是不可思议的味道鲜美可口。

制作麻虾子虾酱，既简单又复杂。刚捕获的麻虾子壳薄娇嫩，生命力很弱，如果不在两三小时内进行工艺处理，最后会烂成一摊水。自制麻虾子大多是先将新鲜的麻虾子漂洗干净，然后铺匀晾干，加盐腌渍，也有人家讲究，用石磨子把麻虾子磨成浆汁，黏土封缸或陶盆中，让它自然发酵，十天半月之后与上好的黄豆酱混合，加入素油及葱姜汁、香辣粉及酒等调料，搅拌均匀，再用大锅熬煮后分装，便是麻虾子酱了。过去，有专卖麻虾子的渔船，船一靠码头，腥气味便串满整个庄子，这些卖麻虾的人，总是用一根光溜溜的毛竹小扁担，挑着两只有盖的木桶，桶里装满了麻虾，桶口扣着一个竹端子，不紧不慢晃悠悠地从一个庄子挑到另一个庄子，走街串巷地吆喝着：麻虾子——卖额，卖——麻虾子哟……那时卖麻虾不用秤来称斤两，三五分钱一端子。如今，超市货架上一瓶瓶一盒盒包装精美的虾酱，也不算贵，一瓶就十来元钱吧。这种麻虾子，特咸，黏稠状，淡淡的水红色，多是用细小的杂虾子和小鱼，甚至还有小河蟹一起磨成浆汁，加了盐卤而制成的，所以价很贱。

麻虾子富含大量的蛋白质、钙、锌、磷等人体必需的营养成分，味道鲜美独特。麻虾子酱的食用方法很多，既可用作各种烹饪和火锅调味料，又可用于做出许多独特的美味小菜，如"麻虾子炖鸡蛋""麻虾子汪豆腐""辣椒蒸虾酱""麻虾子烧茄子"等，绝妙小吃很多。无论来人到客，还是自家吃饭喝粥之际，桌上摆上一小碟麻虾子酱，用筷子挑上一小撮，尽力一嗍，抿进嘴里使劲咂着，美美地享受大自然带给味蕾的深度接触，不失为一种慢生活的幸福味道。其独特的鲜美滋味，不是普通的菜肴所能比拟和替代的，若要做馅饼、下面条、煮馄饨、蒸包子，有麻虾酱做配料，绝鲜。老家"麻虾子哆豆腐"这道家常菜，看似平常，也很便宜，豆腐本身滑而不腻，野生的麻虾子无比的起鲜，有着独特的咸、香、爽、鲜、嫩味道，十分令人生津。麻虾子配菜多沉底，享用时刻，一般人都喜欢用勺子尽情地碗底挖虾，别具风味的诱惑和情趣，以至让人对其他菜肴视而不见，于是有了"好菜一桌，不抵麻虾子一嘲"的说辞。另一个原因，大概是由于以前的生活条件有限，百姓人家连吃饱饭都得不到保证，平时的餐桌上就是豆腐都难得一见，吃大鱼大肉更是一种奢望，因此小鱼小虾的味道记忆尤其深刻，即便有个机会面对满桌的佳肴，情感的天平也早已倾斜在渺小微物的麻虾子身上，感觉"好菜一桌，不抵麻虾子一嘲"。

小麻虾子还流传着一则很有意思的传说。明朝传灯大师所著的《天台山方外志》中就有相关记载记录：一日，与阇黎（戒门阇黎和尚，文殊菩萨的化身）共买虾食。虾主索钱，师曰："我无钱。"虾主曰："还我虾来。"师与七娘遂开口一吐，虾皆活。众人曰："疯僧幻术何足信哉？"。这个民间传说中提及的七娘就是普贤菩萨化身的周七娘。你说，从菩萨嘴里点化而出的麻虾子，味道能不鲜美无比吗？

春夏两季是繁殖季节，此时最宜捕捞。麻虾子喜欢群聚，多于半夜三更浮出水面，一簇一簇、密密麻麻。捕虾时辰选在夜里两点左右，叫"夜推虾"；渔网是一种特制的推网，用两根约一丈五尺长的毛竹，在三分之二处交叉。前三分之一用蚊帐布为网，成兜状。前沿置底纲，与左右棍两端相连。捉虾人双臂紧夹后三分之一的竹竿根部，不停地推拉网兜，一遍又一遍，一圈又一圈，反复远近来回十数遍下来，成千上万的麻虾子便纷纷落入网兜了。夏日里，小孩子们在河里游水，常用毛巾贴近水草丛中，轻轻地一抄，毛巾上就会有几只小麻虾子在跳跃。孩子们吃着小虾子，还天真地唱道："先吃头，争上游；后吃尾，会凫水……"

有趣得很。

　　里下河地区还有个说法："大鱼吃细鱼，细鱼吃麻虾，麻虾吃藻泥。"可见，在动物圈中，麻虾子位于生物链的最底层。但就是这样的底层圣灵，依然追求清澈的生活环境，依然不屈不挠地海量繁殖，依然默默无闻地提供鲜美。还有人把地位低下、财富清贫、贡献一般的人或物戏称为"细鱼麻虾子"，在调侃之余，难免有点鄙视的意味。其实，正是这样成群结队的"细鱼麻虾子"，才构成了洋洋大观的生物世界，在生物链中起着不可或缺的作用。万丈高楼平地起，一砖一瓦都是千万广厦的必然要素，一个个的普通人士同样是芸芸众生的重要成分。由此看来，广大的底层劳动者与麻虾子倒是有着很多相似点的。

吃"鱼拐子"不吃字

"吃'鱼拐子'不吃字！"里下河地区的俗语，又作"吃'鱼拐子'不识字""吃'鱼拐子'不识数""吃'鱼拐子'不会看秤"。外地人可能莫名其妙，但我们这里人可谓耳熟能详。

拐子，字典上解释是一种简单的木制工具，形状略像"工"字，两头横木短，中间直木长，也作一种名器，十八般武器之一。通常指下肢残疾的人，瘸子或跛子。还指江湖用语的帮派老大、人贩子，《初刻拍案惊奇》卷十六有句评论："世间最可恶的是拐子。"《红楼梦》第四回也写过："因那日买了个丫头，不想系拐子拐来卖的。"在口语中，鲤鱼又名鲤拐子、鲤子，较小的鲤鱼被叫作拐伢子，通常钓鱼人都喜欢称为拐子。这里所说的"拐子"，是指鱼子，里下河方言，那些还在雌鱼体内、还没有完全成熟的卵子，即鱼子，形状拐头拐尾的，有点"拐"。"吃字"，是指读书习文接受快，脑瓜灵，学得进，成绩好。一个土话的"吃"字，还是挺文化的。

"吃'鱼拐子'不吃字"，这句话是专门针对小孩子的训诫。每当孩子禁不住诱惑，抑或是好奇心驱使，伸出筷子夹起一块硬邦邦的"鱼拐子"时，无一例外，他们听到的总是这一声，要么温和的提醒，要么严厉的呵斥。那时候，家家收入寒碜，平时家里餐桌上是看不到荤的。但里下河地区是水乡，水多，鱼也多，水乡人大多又是捕鱼的能手，偶尔餐桌上还是可以看到鱼的。鱼子是下脚料，现在的人常常随手把它扔掉，那时绝对舍不得浪费鱼肚里的"拐子"。

鱼子一直都是人们的最爱，而且食用历史久远，19世纪，俄国人就提出"鱼子酱是最优质的食物"。历来名人对鱼子也是情有独钟，唐朝宰相韦巨源的《烧尾宴食单》中有道菜叫"金粟平"，就是用鱼子和面做成的。宋朝的苏辙也写过"黄粱沦鱼子，白酒泻鹅儿"的诗句，而清代袁枚曾在《随园食单》中专门提及熏鱼子："熏鱼子色如琉璃，以油重为贵。"鱼子一般都是吃新鲜的，不宜久放或腌制。汪曾祺在《故里杂记》里写道："庞家桶里的鱼最多。但是庞家这两天没有吃鱼。他家吃的是鱼子、鱼脏。鱼呢？这妯娌三个用盐揉了，肚皮里撑一根芦柴棍，一条一条挂在门口的檐下晾着，挂了一溜。"里下河的百姓常吃的是鲤鱼和鲫鱼的鱼子，按理汪曾祺文中所指也就是这两种鱼。鱼子的家常做法很简单，一般都是红烧制作。可以先将鱼子洗净、沥干，用少量盐、黄酒拌匀腌制，热锅冷油，葱、姜、蒜爆香后，再放酱油、少许辣椒和鱼子翻炒，多放点水，先大火烧沸，再小火熬煮，待水分蒸发渐干，即可起锅装碗。如果再放进冰箱中冷冻一下，那吃起来更是别有一番风味。鱼子烧豆腐，是一道越嚼越香、妙不可言的下酒菜，可口，令人回味无穷。

小孩子吃"鱼拐子"真的不吃字吗？这当然没有科学道理，也没有因果逻辑。鱼子富含蛋白质，脂肪多，维生素的含量也很高，还含有丰富的钙、磷、铁等矿物质，以及大量的脑磷脂一类营养。这些营养素都是我们日常膳食中容易缺乏的，但对人体，尤其是对儿童生长发育极为重要，有利于促进发育、增强体质、乌发健脑。鱼子味道鲜美，被称为舌尖上的宝贝，要是用鲟鱼、乌鱼、鲱鱼、梭鱼、鲑鱼、大马哈鱼、大黄鱼的鱼子做成鱼子酱，那更是无上的美味。所以，从营养的角度来说，孩子吃些鱼子是无妨的，更不会变笨。

代代口口相传的小孩子吃鱼子会不识字，会变笨，又是怎么回事呢？大概是古代人已有的恻隐之心，一条鱼的鱼子成千上万，吃了一条鱼的鱼子，等于伤害了成千上万的小鱼，所以劝君不吃三月鱼，万千鱼仔在腹中；劝君不打三春鸟，子在巢中望母归，劝君莫食三春蛙，百千生命在腹中。还有，"鱼拐子"是发物，胆固醇含量高，小孩子吃多了容易上火，头上、身上容易害疮生脓。可能更主要的是"鱼拐子"虽然很小，烧煮就像荞麦、玉米粒一样，很难熟透，没有鱼刺，小孩子吃起来方便，会吃多，吃进去后却难消化，容易胀腹拉肚子。

为了制止小孩子吃"鱼拐子"，大人们常叮嘱："别吃鱼拐子，吃了就不会写字！"类似的还有"别吃鸡肠子，吃了会写弯字"。小孩子看着那黄灿灿、圆溜溜诱人的"鱼拐子"，"近在咫尺，远在天涯"地咽一咽口水了。不管是哪一种原因，大人不让孩子吃鱼子的借口，是一个善意的谎言，是对孩子的关心，想想是很有趣的，又那么让人感动。

鱼子，只要我们在烹饪的过程中煮熟煮透，吃的时候不要吃得过量，鱼子不仅不会影响智力发育，还会帮助提高智力发展和身体。不过，"鱼拐子"虽然营养丰富，味道鲜美，但也不要贪食，哪怕是成年人，食用过多也会消化不良的。而且，像河豚、鲶鱼的"鱼拐子"还有毒性，那更是要谨慎食用，避免食物中毒。

里下河地区还有个俗语："矮虽矮，一肚拐。"这里的"拐"，原义就是"鱼拐子"，引申为一肚子的坏点子像鱼拐子一样的多。其实，一个人头脑灵活还是思维笨拙，与个头的高矮没有一丝关系，我们在生活中还是不能以貌取人，您说是吗？

少吃多滋味，多吃无滋味。小孩子适当吃"鱼拐子"，吃字、识字、识数呢！

第二辑　乡味·舌尖

秋风中到垄沟、塘埂掏螃蟹是最有趣的事。在田埂上找螃蟹洞，二侉子抢先观察洞口，有没有蟹脚印和气泡，确定是不是蛇道，然后小膀子才抠进洞里，说：有！没带铁钩子，就地取材，随手拔起一把青草揉成团，将洞口严严塞住。过会儿，洞里的螃蟹要到洞口来呼吸空气，螃蟹的听觉非常灵敏，稍有响动，它就会狡猾地缩回洞里，让你干瞪眼。这时，贴住地面的二侉子左手猛拔出草团，右手以迅雷不及掩耳之势伸入洞中，抓住一只肥硕的大螃蟹！

"那种时代进历史啦。"二侉子摇摇手，说，"靠山吃山，靠水吃水。螃蟹规模化养殖了，养螃蟹不同于鱼虾，螃蟹的脾气大，难侍候呢！你得读懂它，才能掌握到它的脾气。"

吃自己裹的粽子

麦儿黄、秧苗青,端午将至,又一个我国的传统节日,这几年端午节也被列入国家法定假日。纪念楚国大诗人屈原的祭祀方式,离不开吃粽子。尽管餐桌上的"宠儿"花样不断翻新,豆粽、果粽、肉粽、菜粽;三角形、四角形、尖三角形、方形、长形、枕头形的,风味形状各异,让你懵懂,但万变不离其宗,粽子还是粽子。

巷道里飘出的粽子清香,有一种宋诗里"暗香浮动月黄昏"的意境,闻着、嗅着,恍然才发觉自己对粽子香味的儿时记忆,往事开始随着香气蒸腾涌现。我自小在农村长大,那时物资匮乏,已经记不得粽子的意义,只晓得清水缸里浸下白花花的大米,旁边桶里一沓沓水汪汪的翠绿欲滴的粽箬,眼巴巴地等着吃粽子。等不到粽子熟透了,就先拿个粽子往门外跑,一路上哼哼着歌谣,屁颠屁颠走着,故意把粽子扣在胸前晃荡着,显摆。老榆树下,兴奋不已地和同村的孩子们比试谁家的粽子包的馅更多、料更好。端午节的粽子啊,便和中秋节的月饼、除夕夜的年糕一样,成了当时全年难得的几顿美味佳肴了。

傍晚，父亲又从老家打电话来，说糯米和粽箬都准备好了，什么时候想吃粽子就说一声。我想，虽然超市食品店都有各种品牌口味的粽子出售，但吃起来总觉得缺少点什么，如果自己动手包粽子，肯定会别有一番滋味。就说，让妈妈把糯米和馅备好，明早我们开车回去，自己去打粽箬，采芦叶，做传统经典的豆粽，吃自己裹的粽子。

老家新恢复的后荡湿地，草木葳蕤，绿影婆娑，翠鸟轻盈地从荷叶上掠过，惊得纤巧的蜻蜓乱飞。借一叶扁舟，拿着篮子，带着扎绳，绕过水寨，游进芦荡深处。

芦苇生在水中，长在温暖的河床上，清秀、妩媚、摇曳，风姿绰约，少女般的纯美宁静。端阳时节，更是骄矜亭亭，抽叶铺绿，翠绿的云朵连绵到视野的尽头处。我们好像走进了画中。

高雅又不失谦逊之气度，茎中空，秆光滑，如竹的芦苇，叶儿也似竹片，碧绿、生动、柔韧。左右采之，我轻柔地抓住芦苇的叶子轻轻地往下一按，那嫩嫩的、青绿的叶子就乖巧地落在了我的手里，看一看，根根经络隐凸在上面分出层次；抹一抹，感觉如丝绢般光滑软韧；闻一闻，带着甜夹着香，顿感神清气爽。妈妈在船那头对我说："别眉毛胡子一把抓，芦虱叮黑的别摘，采宽叶嫩叶厚实的，手指要抵住叶根，顺着芦秆往下摘，不然芦叶会撕裂包不好粽子的，一枝芦苇只要摘一两片叶就行了。"又举起一张芦叶，叮嘱道，"你别看芦叶儿毛茸茸，它的边上像锯子一样的锋利，很容易把手划破，小心点。"

"知道，知道了——！"带着水珠的欢声笑语，晶莹剔透，自然让我想起家乡的民歌《拔根芦柴花》："叫啊我这么里来我啊就来了，拔根的芦柴花花，清香那个玫瑰玉兰花儿开，蝴蝶那个恋花……"

一船的明媚阳光，带着两三篮子阔阔的梭形的芦叶，优哉游哉地躺进了老家的水盆里，变成了湿润润、亮绿绿萋萋滴翠的粽箬，屋檐下挂着的艾草、菖蒲，掩饰着它羞涩的灵性，让你感叹大自然的生生不息。

母亲端来了涨得饱满满、韧度十足的江米，用热水滚了一下粽箬。说，焯过的粽叶会软一点，用起来不容易破。老婆抢着大显身手，选了两三片粽叶，生硬地折叠成漏斗形状，加米、添豆，又放几粒红枣，用棉线缠绕粽子几圈，哗啦——，粽子散了！又包，总是捆不好绳子，裹成的粽子还是不成形状，浪费了好几张叶子。

母亲笑了，嘴上含一根线头，让我们看着。几片粽叶在她的手掌上灵巧地跳跃着，这些粽叶，上面的压住下面的一半，错开折叠，卷成圆锥状，江米放一小半，放豆枣，然后再放点江米盖住，选一片适宜的粽叶封口，拧、压、抖搂、旋转，用口中的绳线捆好，动作摆布有致，一气呵成。多余的粽叶用剪刀剪掉，漂亮而整齐。不一会儿，一只既不瘪又不胀、有棱有角、漂亮的粽子就裹好了，青果果的，很是诱人、养眼。母亲笑眯眯地拎起两只给我们看，说，白粽子要用绳裹紧，豆沙等粽子的馅料得夹在中间，不能捆得太紧，防止米粒挤进豆沙中。裹粽子得系上活扣，吃的时候才方便解开。又说，包粽子、裹粽子也像人打扮，要有耐心不能急，首先要棱角分明，这样的粽子才可以称之为粽子。

我看母亲包得很是随意，挺简单的，也迫不及待地自己动起手来。谁知，看和做不是一回事，不是粽叶不听使唤，叠不好，就是糯米像孩子似的接二连三地跳出来，让我包不上口，反把那些糯米粽叶弄得乱七八糟的。好不容易包出了一个粽子，却像个"受伤的大肚将军"，东倒西歪。这才悟道，看花容易绣花难啊。

粽子上锅煮了。母亲说，要码整齐压实，水要浸过粽面，中途不能添生水，锅盖要盖好，用旺火煮、小火焖上两三个小时，粽叶和糯米的清香味道飘满整个厨房，才行。

父亲蹲在老屋的土灶门口，往锅膛里添柴火。我想，裹粽子的活儿干不了，当伙夫还行吧。就势捡起一抱棉花秸，抄起一把就往灶膛里送。烟袅袅，火阴阴，猛吹一口气，烟滚火蹿，差点没将眉毛烧掉！父亲忙不迭地拉下几枝棉花秸，说，人要实心火要空心，穰草火软，秸柴火硬，烧火都得慢慢添，抬着烧，这样火才会旺，也节料。我说，这烧火真是奇妙啊，规矩还不少呢。父亲笑呵呵地说，凡事都有个性的，得顺着它的脾气才成，三百六十行，行行出状元嘛。

我不由得懊恼纳闷，想当年还在家的时候，没锅台高时，父母就手把手地教我干活计，这起码的烧火，我怎么能忘了呢？想起家乡的童谣：花喜鹊，尾巴长，娶了媳妇忘了娘……不然哑笑，真是穿上皮鞋就忘本变修了。

粽香香厨房了，母亲趁热取出青衣粽子，在八仙桌上摆放整齐，又舀取了铁锅中的淡黄黄的粽汤，分在瓷碗里。打开粽叶，吃上一口，糯而不黏，再喝一口粽汤，别有风味。那滋味，黏韧而清香，情浓又温馨，散着难忘的浓郁，心里也美滋滋的，充满着美好的话语，真是一个香！

碎米粥

在我们家乡，讨嫌一个说话零碎、絮烦、啰唆、婆婆妈妈的人，就会称之：一张碎米似的嘴。

碎米呢，就是大米的下脚料，碎的大米呗！稻谷要经过清理、砻谷、碾米，还有过筛、风扬等几道工序后才能变成大米。颗粒不完整的残次米占一成多，就是碎米了。洁白，晶亮，润泽，形状各异有棱有角的碎米，像碎了的珍珠，又若破了的和田玉，别有一番风味，但品相不好，多作饲料。

碎米粥，顾名思义，碎米煮的粥，粒不饱，稀且薄，如张公在《鹤落埨的夏夜》中说"照得见天光云影"，文化人有道：一盆薄粥向天开，天光云影共徘徊。问渠哪得清如水？主公缺粮又少柴。民谣也说："碎米煮粥薄溜溜，鼻子吹起两条沟"，所以俗称"薄溜子"。童年的记忆里，因为粮食短缺，村里人家流行一天早晚喝两餐粥。碎米常常当大米用，没咬嚼，口感也不如大米好，但物尽其用，会过日子。

碎米粥很好做，在锅里放适量的水和淘净的碎米，用勺搅匀，柴火烧开即可。但要把碎米粥烧好，还得掌握一定技能：待水烧开，扬进碎米，这样才均匀、黏稠。扬的方法很传统，即用瓢搋好碎米，左手拿瓢，右手拿铜勺，慢慢抖动瓢，少许、均匀地把碎米飘向锅里，同时，铜勺在锅里协调地搅和，避免粘生碎米疙瘩。大火煮、小火焐，稠和，所以常说熬碎米粥。

从前用铁锅熬的碎米粥，清清淡淡，浑然天成，虽说没有丰润饱满的大米粥有咬嚼、耐饥，但黏黏的、稠稠的，也有一层薄薄的乳白乳白的米油子，不要用筷子，"呼——"声中，嘬上一口，满嘴生津，真香啊。清寡的碎米粥，佐以农家小咸菜、腌菜、酱豆、萝卜干、豆腐乳什么的，青豆炒水咸菜比较爽口，好像深色天幕里散落的星星，倘若再加只馍头，一块烧饼，夹上一角用盐渍过的时令水瓜，更能品出那碎米粥分外的甘甜来。

郑板桥喜欢喝碎米粥，甚至还加入棒头面粉屑，煮得糊里糊涂的，还活灵活现地陈述食粥之乐："暇日咽碎米饼，煮糊涂粥，双手捧碗，缩颈而啜之。霜晨雪早，得此周身俱暖。"应该是以此感悟为灵感，写下"难得糊涂，聪明难，糊涂难，由聪明变糊涂则更难"的千古名句。

碎米大米都是米，煮粥皆为粥。粥又叫作糜，《说文解字》有"黄帝初教作糜"之说。粥，两边是弓字，中间夹个米字，就好像米在锅里滚一样。《大长今》中韩国皇帝的早餐粥，还把煮好的粥用纱布滤去大米粒，喝粥汤。《本草纲目》里记载的粥有很多种，吃粥能节约米粮，又可治病养生，所以古往今来，地无分南北，人不论贫富，爱粥者比比皆是。北宋的张耒写了《粥记》："晨起，食粥一大碗，空腹胃虚，谷气便作，所补不细，又极柔腻，与肠胃相得，与饮食之妙诀。"陆游也写了一首《食粥》赞同张耒的说法："我得宛丘平易法，只将食粥致神仙。"苏东坡的体验是夜晚吃粥更妙："粥既快美，粥后一觉，妙不可言也。"

我也喜欢吃粥，尤其是碎米粥。可能是因为从小奶吃得少，先是奶嘴吸米糊糊，后来勺子喂米粉，米糊糊、米粉与碎米粥相近，滋味绵长的基因记忆缘故吧。时光荏苒，外出上学，公共食堂吃得多；到城里工作后，常食膏腻之味，数十年了，也就渐渐遗忘了熬一锅碎米粥，桌上一碟咸菜，一家人风生水起地喝得那么香的场景。

过年回家，满桌的大鱼大肉，精细的大米饭不屑一尝。有意无意中，谈到了往昔的碎米粥，气氛亲切、温馨起来，儿子也跟着起浪，要奶奶烧碎米粥。好，好，明天早上吃碎米粥，老父亲爱意浓浓，溺爱地答应着。荒年充饥的东西，现在到哪里找碎米呢？母亲感到很为难。

第二天早上我们还未起床，厨房里就悠悠飘出熟悉的碎米粥香。我连忙起身，望着灶膛中特别明亮、像舞台上变幻的火光，动感地问：哪里找的碎米呀？母亲告诉我：你爸爸忙了个大半夜，问了个通庄，还跌了个跟头，才在吴三家找到这点碎米……特殊的香味，渗入五脏六腑，浸透我的心灵，我心头不由得一热，哽咽着叫大家起来尝碎米粥。

碎米粥熟了，热气腾腾，暖意融融，"哧溜哧溜"，一大家人喝得全身暖洋洋，特别的惬意。那真是难得的口福，令我遐想，使我陶醉，让我感慨。儿子大快朵颐，连碗边沾的丁点儿都伸舌舔净，舌头够不着，还用手指刮到口中，直把肚皮撑得鼓鼓的，咚咚作响，说：好喝，爽！

参茸鲍翅无穷尽，稀粥淡饭可长久，莫嫌淡泊少滋味，淡泊之中滋味长。碎米粥，养天年，做人当应不忘初心，依旧憧憬美好的信念。不敢淡忘碎米粥的滋味。

故乡的茶

故乡在苏北里下河,一往平川,河汊交错,没有山地丘陵,自然就没有一厢厢、一层层漫山遍野的茶树,也就扯不上什么茶乡了。但故乡"茶"的名声很大,糕点叫茶食,吃饭叫吃茶饭,"茶"字还放在"饭"之前,重"茶"其例不胜枚举。倘若路上碰到熟人,见面的招呼语就是:"到我家吃茶去!"不说喝茶,而讲吃茶,言之十足的客气豪爽,十分的热诚隆重。

到主人家"吃"什么茶呢?蛋茶,叫着"打蛋茶",又叫"蛋鳖子"。待客的"茶"不是茶叶,而是鸡蛋,是老家传统的特色茶文化,代代相传,沿袭至今。有客自远方来,以蛋为茶,朴质的待人接物、为人处世的一种民风侧影,一种习俗礼数,一种敬客之道,大礼。

那个年代,天蓝水碧,常常生水当茶喝,烧开水算是考究了。乡村人家都养着三五只鸡,鸡屁股是小银行,鸡蛋是重要的交换物,平时买油、盐、酱、醋,就指望着这些鸡蛋换呢,一般情况下还真舍不得吃。但来了亲朋好友,是不好亏待客人的。客人落座,几句寒暄过后,主妇随即在瓦罐竹篓里摸出几只鸡蛋，打蛋茶敬客。

蛋茶很方便，做法也简单，先将锅里水烧开，锅沿上把鸡蛋敲破，打蛋，整形进锅，盖上锅盖，添上两把柴草，稍稍悠一下，鸡蛋在热水锅里结成了荷包形，"养"得白白胖胖的，乘势盛进灶台上的碗里，圆圆的鸡蛋变成"蛋鳖子"，蛋白如玉，蛋黄似珠，轮廓都很分明地在汤里荡游着，诱人。根据客人口味，佐料随意。喜欢咸的，捏少许的盐，再浇点酱汁，散上蒜花，滴滴香油。喜欢甜的，加点红糖、白糖即是。倘若能剜块猪油，更是香气浓郁，谗人。无论咸的甜的，碗里都要舀点汤水，要不，怎么叫"蛋茶"呢！

主人打蛋茶，客人吃蛋茶都有一定的俗规。打蛋茶是有讲究的：茶碗里打上一只蛋，孤寡，不吉利；两只蛋，俗称卵蛋（睾丸），不作兴；所以，一碗蛋茶一般是三只，一生二，二生三，三生万物。当然，多打几只蛋，显得阔气有面子，客人也有个讲礼节的余地。客人吃蛋茶时也要留意：吃品见人品，不可露穷相，一上桌就风卷残云，要客气地跟主家找个空碗，倒两三只下来，要把"根"留住：三留一二，四个蛋以上的，一般留两个以上蛋鳖子。如果是新女婿上门吃蛋茶不懂得留蛋，就是笑话了，轻则要被人家说不懂规矩、没有家教，是个"呆女婿"，重则这门亲事就能因之而告吹。为什么要留蛋呢？表面上是相互谦让客气，实则上是怜爱主人的孩子：门缝里几双小眼睛，眼巴巴地看着，正等着这一份意外美食呢！

往往也有主家不宽裕，手长衣袖短，蛋茶招待不起，来客了怎么办呢？"炒米茶"待客。既会过日子，又不失礼仪：客人来了，抓两把家常预备的炒米，大方的人家还掬两勺红糖，开水一泡，就是一碗热气腾腾的炒米茶。尤其"天寒冰冻时，穷亲戚朋友到门，先泡一大碗炒米送手中，佐以酱姜一小碟，最是暖老温贫之具"，热烫烫的炒米茶，简单方便，既暖了身又暖了心，待客的热情、真诚溢于言表，难怪郑板桥在

《范县署中寄舍弟墨第四书》中也如是说。

炒米是选用洁白温润的糯米,经过炒或"轰"的方法制作,炒的比轰的炒米有咬头。炒:先把铁锅里的细沙炒得极烫,再将淘洗好的米入锅快速翻炒,待米起身发大,筛去细沙,就是炒好的炒米,色黄而不焦,米坚而不硬,晶莹明亮,清香爽口。轰:是最震撼的食品制作方法了,圆鼓鼓的肚子,通身漆黑的炒米机,架在红红的火炉上,斤把米放进机肚子,风箱一拉,机子一摇,火苗跟着节奏纵情舞蹈,时候一到,"轰——"!惊天动地的一声巨响,"就锅排下黄金粟,转手翻成白玉花"。热烫烫、香喷喷的炒米,如珠似玉,洁白、蓬松、香脆。

人们一般讲究春饮花茶,夏饮绿茶,秋饮青茶,冬饮红茶。但在我的故乡下,也有一种茶饮,可以清心也。

《茶经》曰:"茶之为饮,发乎神农氏。"神农氏,华夏太古三皇之一,传说中的农业和医药的发明者。故乡盛产的大麦,就是"发乎神农氏。"

大麦茶,魅力独特赢得了"东方咖啡"的美誉。大麦洗净,除去杂物,晾干或晒干,文火在锅中均匀翻炒,用力适当如焙炒茶叶,表皮焦黄略黑即止,故民间称之"大麦乌"。抓上一把,放在二龙盆或钢精锅里,倒上滚开的透水,金黄的色泽,浓烈的焦香,恰如咖啡,嗅起来比喝起来好,那滋味,一个字:爽!

《本草纲目》记载:"大麦味甘、性平。"大麦茶含有人体所需的多种氨基酸、微量元素,去油腻,助消化,健脾减肥,清热解暑,适应了人们回归自然,追求健康的需求。大麦茶可以反复泡,而且越到后来越香浓。像是生活,越长久,越有味道……

早茶是一道靓丽风景。故乡乃水乡泽国,一直畅行"慢生活",早上"皮包水",晚上"水包皮"。"水包皮"讲的是泡澡,"皮包水"说的是"喝早茶",或者叫作"上茶馆"。早茶就是早饭,食事越来越丰盛,虽说以点心为主,烹饪抑或以爆、煨、煎、炸、炒、焖等"茶头"为见长，土产原料、调料、技法上与时令季节相谐，春鲜、夏淡、秋爽、冬厚，渐现饕餮之景，让你喝得满嘴流油。一壶茶上来，少了时间的催促，这样的茶，汪曾祺先生喝得很酽的，他在《寻常茶话》里对家乡的"早茶"描述得颇为考究："上茶馆其实是吃点心，包子、蒸饺、烧卖、千层糕……茶自然是要喝的。在点心未端来之前，先上一碗干丝。我们那里原先没有煮干丝，只有烫干丝。干丝在一个敞口的碗里堆成塔状，临吃，堂倌把装在一个茶杯里的佐料——酱油、醋、麻油浇入。喝热茶，吃干丝，一绝！"

最隆重讲究的"茶"当是访亲。接待吃茶得用最高礼节——"三道茶"：头道茶是果子茶，红枣蜜饯，寓意幸福甜蜜；二道茶是圆子茶，传统小汤圆，讨个团团圆圆的口彩；三道茶是清水茶，也谦称为淡水茶，其实就是绿茶，碧海无波，清香萦绕唇齿，淡如清风，浅了再添，意味细水长流，生活自然而平和。桌上还要摆上七盘八碟的"茶食"，盛上茶干、京果、花生糖、云片糕，取意步步登高。三道茶牵连着尘世里的千丝万缕，寓寄着"一甜二美三回味"的生活哲理，多色多味，韵味独有，乡土气息浓郁，也算是民俗茶艺中的奇葩，韵动的情趣，文化内涵也深远、纯真。这种场合一般上不上蛋茶：蛋，淡、瘫，谐音不吉，一种朴素的民间哲学。但新媳妇第一个新年，要为长辈送"早茶"，一般是鸡蛋茶，收红包。如果晚辈因不留心而得罪了长辈，也有"端蛋茶赔礼"的习俗。新女婿上门，丈母娘得打蛋茶招待，乡谚云："新女婿一到，丈母娘靠灶，锅铲直跳，鸡蛋壳子乱撂。"

一方水土养育一方人，俚语中汤水不分，茶水不分，"吃口汤"即是解渴的意思，故乡的茶则不然，与"礼"相关，很敬重，蕴含情趣和韵味，总是追求一种悠然自得、回味无穷的境界，别有风味，盈满风情。粽子茶，清香；薄荷茶，提神；菊花茶，疏风；桑叶茶，祛炎；金银花、川芎茶，味怪，茶气悠长；茉莉花茶，鲜灵芳香，可闻春天的气味。新瓣的玉米须子只有风雨的浸润,没有农药的污染,汤水入茶,清莹黄澈,尝一口,甜丝丝的,原生态的绿色茶饮。换换口味,荸荠、慈姑,塘里的莲藕,用刀拍碎,加水煮沸,温暖如乳汁,天然的品质,好茶!

故乡厚道载物,无茶胜有"茶"。故乡的茶,是用心浸的用情泡的,以茶代礼,品的是心境,喝的是情怀。茶越喝越淡,情却越谈越浓,这样的茶,粗茶细喝,品茶精神,细茶粗喝,见茶故事,氤氲中凤凰涅槃,平淡里慢慢沉淀,如乡贤郑板桥写的一副对联:"白菜青盐粯子饭,瓦壶天水菊花茶",实是一副不用劳民伤财的养生方子,清远朴实。

啜饮四季风光,浅尝茶香风情,禅茶佛心,品茶当懂茶。执一颗素心,观浮沉人生,幸运地做一个幸福的人,应听鲁迅先生的一句话:"有好茶喝,会喝好茶,一种清福。"

到我的故乡来吧,我请您喝茶。不,应该说:"到我家吃茶去!"

和事草

津津有味地给儿子讲《盗灵芝》:"端午节日,许仙听从法海之言,劝白素贞饮雄黄酒,白蛇现原形,许仙惊吓而死。白娘子腾云潜入昆仑山。在林深树茂的密林深处,她寻找到祥云般熠熠发光的仙草,不料守山的仙鹿仙鹤两童子挡住去路……慈悲的南极仙翁为白娘子之真情所感动,赠以昆仑山之宝,名唤灵芝……"

"不对!"儿子打断了我的话,并拿出手中花花绿绿的卡通画册说,"神话剧中讲救命的仙草,是一根葱!"

"灵芝!""葱!""灵芝!""葱!"

看着争得面红耳赤的爷俩,母亲笑嘻嘻地说:"说得都不错,仙草有好多种呢,像人参、何首乌、灵芝,还有冬虫夏草什么的,葱是个和事草,是民间的仙草。"

是呀,我小时候感冒,母亲就会用葱插入我的鼻和耳内,顿然感觉清爽通气,又用葱白一握,生姜两片,去做一碗葱花蛋花"仙汤",让我趁热喝下去，热腾腾的，酸溜溜的，发一身葱汗，头疼脑涨的程度果然减轻了。别看乡村办法土，却有古代医书里面记的葱的药用知识。所以民谚说："葱不离怀，百病不来"，"感冒病、治不难，大葱大姜和大蒜。"葱真会和事。

我国最古老的蔬菜中，除了韭、葵、菘、芥，再就是葱了。相传神农尝百草，在东海之滨找到了一种叫"大葱"的植物，便作为日常膳食之品，它不仅能调和众料，作菜肴的装饰，可去腥解膻增香，有中和之功能，而且能防治疫病，可谓佳蔬良药。

葱，包括大葱、分葱、胡葱、楼葱、韭葱、细香葱等品种，有冬春两种，南北之分。北方以大葱为主，植株高大，圆而中空，葱白洁白而味甜；南方人说的葱，主要指小葱，又称香葱、四季葱等。小葱颜色青翠、属草本植物，外直中空，细长圆通，先端尖，葱的茎与叶，上部为青色葱叶，下部为白色葱白，便于烹调，辛香味浓。

百合科葱属植物的大葱，原产于西伯利亚，是由野生种在中国驯化选育而成。"葱从囪，有囪通之象也。"宋陶谷《清异录·和事草》记载："葱和美众味，若药剂必用甘草也，所以文曰'和事草'。"明李时珍《本草纲目·菜一·葱》介绍："菜伯，和事草……诸物皆宜，故云菜伯，和事。"

葱者，菜之伯也。一日不可无葱，南方北方莫不如是。在炒菜调羹烹饪中，炒、爆、熘、炖、焖、扒、拌、炝、炒、爆等菜肴，都离不开葱段、葱青、葱白、葱结、葱花、葱泥、葱汁或葱油的佐味，虽说只是和事的陪衬配角，缺之却乏味。难怪古人评葱：虽八珍之奇，五味之异，非葱莫能达其美。

葱之美，在于它朴实的品格。"大官葱，嫩芽姜，巨口细鳞新鲜尝。谁与画者李复堂。"扬州八怪之一的兴化邑人李复堂（名李鱓）的一幅

《葱姜细鳞图》，展现其深爱家乡特产风物的故乡情结。陆游一首以《葱》为题的七绝："瓦盆麦饭伴邻翁，黄菌青蔬放箸空。一事尚非贫贱分，芼羹僭用大官葱。"朱熹写的《劝女儿》："葱汤麦饭两相宜，葱补丹田麦补脾。莫道此中滋味少，前村还有未炊时。"对比言葱，立足大地，不分贵贱；伸臂向天，傲然挺立；一清二白，情怀内敛，不做作，不炫耀，不张扬个性，善解人意的怜悯胸怀，淡雅极致的君子风范。

平常的"和事草"，像是端庄柔美的添香红袖人儿，对民俗情有独钟。乡间的一些民间习俗，也与香葱密切相关。结婚迎娶新娘，新娘须选一束对葱和新鲜的桃枝，用红纸包了，辞别父母上路后拿在手中"避邪"；下轿进门时，先要从一个小板凳上跨过去，小板凳上就放有一把斧头和一棵香葱，以象征驱邪避晦。乡村里给婴儿剃满月头时，温水盆旁放棵葱，放面镜，寓意着孩子聪明。乔迁喜事逢过节，老百姓"敬菩萨"的"刀头"中，通常是一块肉、一条鱼、一只鸡、一方豆腐、一棵用红纸包身的连根香葱。旧时常有瘟疫发生，亲友探望病人或参与丧葬时，通常在鼻中插一小段葱叶，用以防疫消灾。

社稷人间的生活，总是离不开葱。在院角或瓦盆里，栽点葱果子，青翠细嫩，清香爽人，则预示着家庭兴旺和顺。平生的和事草真是棵仙草，不但调节了日常人们的口味，也丰富了民族元素和民俗文化。

手执一株板桥故里盛产的"兴化香葱"，纤细娇俏，茎白叶绿，在青葱岁月里，显得是那么的安静、自足，自得天然；掐观一枝管叶，葱心中空空然，淡淡中独善其身，清清里调剂天下味尘，看似一无所依，实则虚怀若竹。幽即露，空是盈，幽赏未已，高谈转清。当是《论语·学而》"礼之用，和为贵"，应如《道德经》所云"无为而无不为"。

寒风中的扁豆

寒风响枯木，万物渐凋零，冬天越来越深了。

一丛扁豆，依旧攀缘在院墙角光秃秃的枝丫间，虽说枯死了，显得有些稀拉，却犟劲地傲霜凌雪。干瘪的秧藤枝杈向上支撑挺立，如沧桑老人的腿筋一般；暗红的叶片微微地翕动着，好似在梦中呓语，又像在仰天嬉笑；焦头的豆荚在打盹吧，风吹枝摇，嗖嗖作响，无奈地蔫萎了，还倔强地如月琴般低吟浅唱；晚发的扁豆花，虽已僵硬，依然高傲地挂在顶端，在凛冽的寒风中，颤动着、笑着，摇摇欲坠地撑持着，久久不愿飘落，耐受着最后的收梢，还想继续努力地向上伸叶、开花……看着这蹲在枯草败叶边，安详挺伏在篱笆上，寒风中雕塑一般饮霜尝露的扁豆，让人心生敬佩和怜爱。

扁豆，乡下普遍种植的一种豆科植物，春播秋收，郑板桥有句"满架秋风扁豆花"，道出了秋季扁豆的盛况。扁平的嫩荚是家常蔬菜，老扎的白色、黑色、红褐色种子可入药。一般长在乡村的墙脚，不碍地方，又称篱笆豆。

我想起小时候母亲最喜欢种它。

谷雨前后，种瓜种豆，和着民谚的节奏，母亲在院墙角垦出圆圆的小坑，点下三四粒滚圆的种子，砍来树枝竹竿编搭好架子，然后每窝浇上一大瓢水，数天之后，无声无息的扁豆便如顽童一般，高昂着青白的颈项顶土而出，纤长的叶芽在阳光下摇摇晃晃。不知什么时辰跑藤扯蔓地顺势爬到枝干上，蓬蓬勃勃地攀缘而上，开始了生命的缠绕。红褐色粗细不一的茎干，空心却硬实。稚嫩、圆小、碧绿的卵形叶片，三个一排，好像非常亲密的一家三口，活泼清亮的绿色，慢慢就把整个深深的墙院缠得密密匝匝，一个饶有情趣的荫蔽，让人精神抖擞，感受到家园的宁谧与温馨。柔长的须蔓爬呀爬，一路尽情地撒欢，在阳光下横穿竖钻，像走钢丝的运动员，前后左右，摇摆不停。不久，便在茂盛的深处，开出白色或淡紫色的花穗。雏形的花蕾，尖尖的，像小鸟的嘴，调皮地抢着吐蕊翻瓣，精灵般的灵巧可爱。一串串片细丽碎、含苞待放的花朵，昂首挺立，争抢在浓密的阔叶前面，笑逐颜开，竞相开放。扁豆花灿烂的笑容，看似高傲的瓣儿，簇簇鲜灵，红紫相间，那么清新，那么素雅，犹如一群群蹁跹飞舞的彩蝶，栖息在绿枝之上，很是养目。花谢荚出，丛丛生机，紫色的花结紫扁豆，白色的花结白扁豆，枯萎的花萼紧抱着果实，像幸福的妈妈紧抱着婴儿不放手。

你看这离离的豆荚，因颜色不同，白扁豆、青扁豆、紫红扁豆，却都味淡气清，肥厚平滑，鲜亮如宝石。采撷一枝豆荚，便觉润泽清心。细细赏玩，虽说朴实无华，横看如一条小船，竖看似一弯月牙，恰是怎样的可爱。

"扁豆扁，长瓜长，青菜青，黄豆黄……"这时候，在高扬的绿色大幔下，俏皮的我们会快乐地唱起儿歌。母亲笑盈盈地眯着眼，讲起扁豆的传说：玉皇大帝见凡间人作孽，就悄悄微服下凡，把原本整株的麦穗子、谷穗子捋得只剩了个头。捋到了荞麦时，手上流出了血，才愤懑罢休了。转眼一看，地上一种豆角子，正长得圆珠般的茂盛，就狠狠地踩了一脚，因此，人间就留下了一种又矬又矮，却果实累累的作物，它就是扁豆。母亲又有意无意地仰面看着，说："人勤地不懒，种瓜得瓜，种豆得豆。这'月亮菜''眉豆'，好养，无论土瘦土肥，阳处阴处，不须多少侍候，报答我们的不是漂亮的花，而是实实在在的果实！"朴质的话语，很诗意，好听。

扁豆从此走进我家，成了秋季每天必备的菜蔬。

大集体时期，父亲为填饱一家老小的肚子，忙碌奔波，辛劳备尝。那时生活虽说苦涩，但还是让我们觉得如泼皮、亲睦、自在的扁豆，有滋有味的。

常看见母亲在天井里的石磨旁，把竹篮里的青扁豆、红扁豆倒在石板上，捏住豆角，手指麻利地上下一圈，撕去边缘上镶嵌着的豆筋，说豆筋不容易消化。母亲把扁豆放进篮子里，到门前小河边，晃荡着，颠簸着，拣出残留的筋丝，湿润润的扁豆，干干净净，水灵灵的，更显得鲜活。

母亲不懂什么营养学和烹调技术，却总能把扁豆做出花样不同、清香可可的美味菜肴。

披星戴月学大寨，自尊心很强的母亲，从不误工时，忙的时候，往往直接把洗净的扁豆放在饭锅子焖焐，饭熟豆烂，简便节能。再把扁豆拣到海碗里，加上酱油、蒜末、细盐，点点醋，滴上几滴香油花，拌匀即是。那扁豆，原汁原味，清香自然，很是下饭。

稍闲的时日，母亲会把扁豆洗净后切丝，在沸水中焯熟，说是除去毒素和豆腥味，尔后捞出扁豆丝投入冷水中浸泡一下，讲究地捞进盘中，然后加入酱醋盐蒜葱姜丝等，有时还洒点味精，香油总是上计划，只舍得滴上几滴油花，拌匀。青扁豆碧绿如玉，红扁豆色似玛瑙，清清爽爽，口感也很是脆嫩。

也有清炒扁豆和红烧扁豆的，母亲都能把扁豆煸得软软的、熟透透的，还别具匠心配上辣椒，入嘴多了一股淡淡的辣香。扁豆烧芋头，虽说是庄户人家的家常菜，却滋味甚妙，总让我们感官意犹未尽。

最喜欢八月半吃扁豆烧鸭子，扁豆烧肉。青的饱鼓鼓，紫的亮盈盈，一揭锅盖，一幕油腻气团弥漫出来，满屋子都喷香香的，那真是个滋润啊，酷！可惜一年只有一个中秋节。

扁豆多了，母亲便把扁豆蒸压或风干了，装入罐坛，留着过年吃。那扁豆，入口韧而耐，且越嚼越香，鲜美中还有一种干菜腊香在里面。扁豆籽还能制作糕点，端午节也用它做粽子馅，其口味不亚于其他豆枣。

又一个秋天滤了黄的时节，冬天越来越深了。在寒风呼啸中，母亲从乡下老家过来，带来了一大包扁豆干。母亲说，城里时令菜多，但这菜恐怕没得卖的。我猛然想起，有扁豆干的时候，该是母亲的生日了。忙接过母亲肩上的包裹，似乎是第一次发现，含辛茹苦的母亲原本乌黑、自然带卷的头发，早已染上了岁月的霜华。母亲老了，从背影里可看出：沉甸甸的疲惫与70年风雨俗世的劳苦，但还是那样的不服老，淡定倔强着。

翻看包里的扁豆干，虽说光泽有些暗淡，但红紫青白，那样的深情纯粹。寒风中，夕阳下，看着又忙碌开的母亲，想起"西风吹瘦东篱架，昨夜迟开扁豆花"的诗句，沸热的思绪中，不知怎的我不由想起寒风中的扁豆，在平静岁月的流逝中，总是在憨厚中执着和坚韧，不管风吹雨打，依然神闲傲骨，气定乐天……

兰花豆儿

朋友出差，微信中嘚瑟一路风景，问我要带些什么。随手回复：兰花瓣儿。上次我在福州参观台湾农业园时吃过的一个小食品，比家乡的兰花瓣儿味道怪，不错的小风味。

友人回来，带回了两株兰花，碧绿的叶子翡翠似的，微微颤动的兰花瓣儿，花黄紧抱着红蕾，清高淡雅，暖意温馨。我不禁笑了：此兰非彼兰，你不知道兰花瓣儿？兰花豆，就是蚕豆呀。汪曾祺在《故乡的食物》中说得很白：蚕豆作零食，有：入水稍泡，油炸。北京叫"开花豆"。我的家乡叫"兰花豆"，因为炸之前在豆嘴上剁一刀，炸后豆瓣四裂，向外翻开，形似兰花。

其实，老先生还没有说透，这个传统小吃，原材是蚕豆，水发后油炸开豆瓣状若兰花：带壳的，叫"兰花豆"；脱壳的，叫"兰花瓣儿"。

家乡的这种说法，可能与梅兰芳有关。梅大师特别注重手势的多端变化，通过神奇的手势形体"语言"，灵活快捷、艺术化地表达出剧中人物复杂的喜、怒、哀、乐等内心情感。独创的五十三式梅派指法，形似兰花醉人的美，开如幽兰花心，故统称为"兰花指"。

清代苏州诗人尤侗《兰花豆》诗：本来种豆向南山，一旦熬成九畹兰，莫笑吴侬新样巧，满盘都作楚骚看。蚕豆作零食，兰花瓣儿，比之兰花豆，更是寄情寓志，形象有味。

蚕豆是一种很普通的农作物，又称罗汉豆、胡豆、南豆、竖豆、川豆、倭豆、佛豆。相传西汉张骞出使西域时期传入中国，可以作为粮食、蔬菜、药材、饲料、绿肥使用。元代农学家王祯在《农书》中说："蚕时始熟，故名。"明代医学家李时珍在《食物本草》中记："豆荚状如老蚕，故名。"

新鲜的蚕豆，在家餐饭馆里常常作为蔬菜，做法多种多样，水煮、油炸、碳焙、炒肉、素炒、做汤皆可，很是美味。还可入药，中医认为蚕豆性平味甘，具有益胃、利湿消肿、止血解毒的功效。

记得小时候，每天妈妈给的零花钱是5分1毛，上学的路上可买小零食，带壳的兰花豆，便宜；无壳的兰花瓣儿，稍贵点。当时都散装在大玻璃瓶里，论斤称两卖，用一角报纸包着。吃在嘴里油油的，酥酥的，牙齿吃热了就停不住，全部吃光了还舔着自己的"兰花指"。这玩意当饱，回家吃不下饭，挨大人骂。

奶奶常常做这小食。先把蚕豆用水淘洗干净，放点矾水浸泡，水上起泡沫它就醒了，清水漂洗好膨胀的豆，剔除泡不开的"铁豆子"，用菜刀在蚕豆上点出一道口子，最好用剪刀剪，这样整齐、好看。沥尽水后即可入锅，氽得色泽微黄，炸得豆肉突出。捞出，豆皮碧绿如翡翠，豆瓣金黄似宝石，颗颗宛如盛开的兰花。沥油冷却，撒拌些盐巴，装瓶封盖。这个时候，我们流着涎水，都抢着去烧火或围着灶台，时不时拈上一两粒，做着鬼脸，呼哧吹气，在奶奶的嗔怪中，反复咀嚼兰花豆，来回九转在口中，感味酥、脆、糯、香，齿颊流涎，神仙般的快乐。

一碗老酒，一盘兰花豆，一腔贵妃醉酒，是爷爷最逍遥自在的好时光。兰花豆瓶总是被藏到米缸里，我和弟弟还是能偷偷找到，兰花豆儿香！妈妈笑眯眯说我们长着老鼠的鼻子。

兰花豆有故事，趣事多。读《孔乙己》，自然会想起咸亨酒店里唯一的站着喝酒而穿长衫的人，每当念到"多乎哉、不多也"那句，就会提问：茴香豆是不是兰花豆乎？怎么不是，晒干、浸泡、油烟、沥干的蚕豆，经过重重捣鼓，再加上众多调料熬出来便是。想象着孔乙己排出九文大钱，"温两碗酒，要一碟茴香豆"，蘸着酒向别人炫耀"茴"字的四种写法。

如今，兰花豆被作为时令食品，工厂化生产，各色包装让人眼花缭乱，但似乎找不到那时候的兰花豆儿味。想起鲁迅先生《社戏》中的结尾：真的，一直到现在，我实在再没有吃到那夜似的好豆。

独脚蟹

去复旦学习几日,趁此机会去看看上海姑妈。表哥忙着去订酒店,被我劝阻。表哥说:"这可与'八项规定'不搭架。"我笑答:"反'四风'应当从亲友这里开始。"

"家宴才显真情同。"姑妈说,"难得相聚,还是在家吃,亲!"

就是嘛,你看:香芋焖鸭,酱糖排骨,清蒸鳊鱼,虾煮杂烩,红烧狮子头,韭菜炒长鱼,青椒烩带鱼,鸡汤汆鱼丸……满桌淮扬风味。

全荤席?我掉头望着厨房忙碌的姑妈表嫂,问:"怎么没得素菜呢?"

"有,就来了。"姑妈笑吟吟地说,"老新鲜的'独脚蟹'出锅啦!"

"这么多的菜,还买什么螃蟹?"我忙站起,说,"老家可是螃蟹之乡,别奢侈浪费啊。"

一家人都笑了,笑得让我有点莫名其妙。

我一看姑妈端上来的菜:啥螃蟹呀,原来是一盘烂芽豆!说白点,就是普通的蚕豆做的芽蚕豆、发芽豆,美名发财豆、奶芽豆。街道上的熏烧摊上,都常有储备的熟菜。我望文生义了,还真是尴尬,幸好全是家里人,也就没什么了。

姑妈知道我喜欢吃蚕豆,从春末夏初的嫩蚕豆吃起,吃到新鲜蚕豆落市后,就吃烂芽豆了。记得小时候,奶奶常做这道小咸菜,实惠又下饭。做法很简单:筛选好无虫蛀、碧绿如玉的干蚕豆,用温水浸泡,放在灶口或暖和的地方,经过几天数次热水浇换后,蚕豆的顶端,会悄然冒出白白嫩嫩的"尖尖角",乳芽长到半指长时,即可洗净,在柴草哔剥声中,下锅加水煮熟。然后,另起油锅,煸香葱花,捏上几个八角,放入芽豆里,加点盐及少量味精,翻炒调味,再略煮片刻,入味后起锅入盘,拍上蒜头,浇上一点麻油,即可。如果放上一把雪里蕻,更是别有风味了。

那时候,零食罕见,口淡嘴馋。看着热腾腾的锅台,嗅到诱人的香气,我们的口水实在是咽不住,往往等不得熟透,就掀开锅盖,氤氲里暗黄的芽豆如茶色,不管三七二十一,也顾不了烫人的热气,伸手拈上一粒,小嘴吹着热烘烘的热食……"多乎哉,不多也"嘛,权当孔乙己的"茴香豆"了,站在灶台旁,一眨眼的工夫,一颗烂芽豆就唼下去了。那滋味啊,酥中含粉,粉中夹沙,沙中沾糯,糯中带腻,特别清香、鲜美、爽口,香得打嘴巴不肯丢,鲜得眉毛都快掉下来了。豆已入肚肠,还在恍惚中咀嚼,不禁有些爽然若失,令人怀念不已。

"虽然只是一碟小菜,可是中看中吃还中听,菜素名荤,讨口彩呢!"姑妈说,"这可是阿拉拿手的私房菜,最最地道的'独脚蟹'。"

乡土的烂芽豆,草根小菜,在大上海"摇身一变"就被称为"独脚蟹"?欠学欠学,我不由讪讪地笑了,细细看起桌上的"独脚蟹":一群煮熟的蚕豆,横七竖八地趴在盘子里,露着扁圆的背面,貌似蟹壳;再拿筷子搛起一颗:顶端挂着淡黄的芽茎,弯弯的,是像一只蟹脚;入口品尝:清香酥松、鲜美可口,味道真是不错,确实能与螃蟹相提并论,真是一种恰好的形喻。

"素菜来了！"表嫂端来了一碟"小青青白娘娘"：韭菜碧绿、绿豆芽洁白，青白两相映衬，十分赏心悦目。姑妈又盛好了一盘"母子连心"：一道臭豆腐蒸毛豆子，卤汁醇厚，色泽鲜亮。还有"长庚菜"呢：一碗炒青菜，青翠暗绿，菜叶带梗，梗、庚同音，"长庚"就有了长寿的寓意。

菜肴不语，人情温煦。有味有趣有情的美食，荡漾着淳厚的温馨亲情，满桌笑滋滋。和哉，美哉，我连吃了几口"独脚蟹"，不亦乐乎。

智慧、幽默、意蕴，地方色彩浓重，民俗风味独特的中华美食，不仅讲求奇妙的色香味形之美，还非常讲究有情趣的"名美"，家常小菜"独脚蟹"的命名，就值得修辞学家们好好去考究研讨。

奶奶哼

夏令时节正是时令瓜果丰美的时候,多吃点瓜果好,消暑败毒,补充能量。如今的人太有口福了,西瓜、水蜜桃嫌糖分多,黄瓜、哈密瓜吃腻味了。我去菜市场淘淘,看看有啥奇珍异果。

瓜香果味,飘满一街,红红绿绿,美不胜收。也只见香瓜、水瓜、烧瓜、桃子、西红柿什么的。正快快出门,转身看见门口的一个小摊子上一种瓜:比香瓜小一点扁一点,皮色青中带黄,黄中乏白,如蛤蟆似的白里有条纹,散落着芝麻绿豆般大小的斑点……

"奶奶哼!"哦,久违的奶奶哼,我像发现了"新大陆",一种香甜而绵软的感觉油然而生。

"奶奶哼"应该是香瓜中一个独特优良的品种。在20世纪80年代前乡村随处可见,不算稀罕。喝着露水,吸着清风,吃着地气长出来的尤物,瓜结蒂的时候就是天生老相,皱皱巴巴的样子,天然纯朴,土气十足。

邑人汪曾祺在《故里三陈》中说:奶奶哼,一种很"面"的香瓜。这种瓜熟透后肉质像香蕉一样绵绵的,又香又软,不甚甜,而极"面",

瘪了嘴没了牙的老奶奶入口后细细地磨咽，喳巴喳巴的，叽叽唧唧，吃得陶醉，止不住地哼哼呀呀……大概此瓜就以老奶奶的哼声为"乳名"吧，虽叫这名字古怪，不登大雅之堂，却贴切形象，吊人胃口。

母亲讲，"奶奶哼"其实是有故事的：从前，有一年夏天，生病的老婆婆想吃香瓜，可是，人老牙齿不整，咬不动香瓜，急得上气不接下气，哼呀哼个不停。

孝顺的媳妇，选遍了瓜地里的香瓜，都是挺硬的，怎么办呢？急得抱着香瓜哭了起来。这时，有个满头白发的老人对她说："滴满你眼泪的那个瓜，是你婆婆能吃得动的香瓜。"媳妇一高兴，看看面前滴满了眼泪的那个瓜，咦！眼泪在瓜皮上渐渐变成斑斑点点的花纹。

摸摸凉快，闻闻喷香，洗净，切破，瓤肉分开，黄色的瓜瓤香甜的味。老婆婆嚼嚼糯面，吃吃鲜甜，嘴一抿一口瓜就下肚了。她想吃这种瓜急得哼，吃到这种瓜乐得哼，吃快了噎得哼，哼一声咬一口，咬一口哼一声，笑得合不拢嘴……那神情，好似老牛回味无穷的反刍，更犹如舔舐着儿孙孝顺的甜蜜，一口气把那个大香瓜吃了，病也好了。

奶奶哼、哼、哼，于是，就有了"奶奶哼"香瓜，瓜皮上的花斑就是孝顺媳妇的眼泪变的，缘由奇趣。

是啊。曾经在收获的季节，清风是香的，乡音是甜的。"奶奶哼"，哼熟了乡人对生活无限憧憬的美梦。仅有的三只"奶奶哼"全被我"倒篮子"了。

老的、少的，一圈子人在我家天井里吃起"奶奶哼"，在这个炎热夜晚，真是别有一番怀旧的滋味。淡淡的香气，若有若无；软泥的瓜肉，与众不同；绵绵的甜，羞涩含蓄。儿子夸张地"哼"地来，一院子欢快的"哼"声，境界曼妙。

"种子要吐到盆子里。"我不忘招呼大家。我要把种子淘洗后用草木灰拌和，做成饼状粘在墙上，风干后，留着明年做瓜种，延续"奶奶哼"的那番软绵绵的宁静致远的味道，把根留住，不再怅然……

青　菜

上海看世博，江苏人当然得去江苏馆。看江苏馆，肯定要看镇馆之宝，全国最大的一棵翡翠玉雕白菜。

"玉色临风美女娇，半卧半醒自清高。不是螳螂来攀附，谁人识得个中妙。"确实，这座"螳螂白菜"，造型优美，玲珑剔透。近看远观，茎鲜叶绿，舒卷如翼，仿佛还带着泥土的清香；两只螳螂栖息之上，似乎在检验着菜叶的新鲜度，散发出温馨而恬然的田园神韵，一派生机盎然，使江苏馆增添了许多生活的温馨。

白菜就是人们常说的青菜之一，最平常的蔬菜，价贱如泥，是个极平凡的东西，虽然永远是桌上的配角，穷人、富人都离它不得。它适应性较广，似乎落土就生，易种易收，四季不断。青菜可播种，亦可苗植，大肥大水，侉生侉长，但也有脾气，在长日照的条件下才能抽薹开花。

春夏秋冬，青菜总是披星戴月，站在原野里，立在房前屋后，粘在十边隙地的菜畦中，恋着脚下的泥土地，自由自在地享受着阳光雨露。一簇簇，一棵棵，绿油油、肥嘟嘟的挤在一起，仿佛在说一个个谜语，小孩子般的竞猜，让你有一种"采菊东篱下，悠然见南山"的惬意感觉。

青菜的栽种历史很长，古时称菘菜，又有小白菜、庆菜、藏菜、塌棵菜、箭杆菜等称呼，至今仍是冬储菜的主要品种。明代徐光启著作《农政全书》里就有"藏菜，七月下种，寒露前后治畦分栽""秋种肥白而长，冬日腌藏以备岁需"等记载。清·张雄礁诗《青菜》中也有"遗味与人俾识苦，碎身济世愿为齑"的慨叹，赞颂了青菜的身世。

青菜，常被泛指绿色蔬菜，品种也很多，常见的有鸡毛菜、苋菜、矮脚菜、长棵菜，也有以区域分称之为：上海矮脚青的、苏州青的、扬州小青的、兴化白菜的。在北方，冬季是难见青菜的，在人们眼中对青菜有着特殊的称谓，统呼之为油菜。

当乡村温柔的炊烟袅袅升起，家家户户的饭桌上少不了那么一盆小青菜。记得小时候，母亲就是将洗净的青菜，放进滚开的水里一焯，撒上一小勺盐，就直接下饭了，做法快捷、简单，没啥滋味，但很是挑逗味蕾，人间烟火里，融合了舒畅、淋漓、满足、惬意的温馨气息。

其实青菜的做法很多，一般有炒、半炒半焯、焯、汤，无论何种做法，要求是色香味俱全，炒如一盘碎玉，晶莹剔透；汤如一碗翠衣，清淡爽口。炒青菜要旺火快炒，以炒到熟透溢出少量汤汁为度，有时候放点香菇、豆腐等搭配，最后加盐加调味，迅速起锅装盘；做汤就多加点水。这样的青菜，看起来色泽碧绿，吃起来脆嫩鲜美。袁枚的《随园食单》里还有很讲究的做法："青菜择嫩者，笋炒之，夏日芥末拌，加微醋，可以醒胃。加火腿片，可以作汤，亦须现状者才软。"

以青菜为配料的菜肴也很多。青菜熬豆腐，就有点寡淡寡淡；菜心蘑菇一肴，虽价廉却上得台盘；用盐略腌青菜做的"毛豆青咸菜"，清香脆腴，滋味深长；青菜狮子头，滋阴润燥，营养十全；淡竹叶蘑菇菜心，通利肠胃，耐嚼解毒；青菜炒杂果，润肺养心，丽泽皮肤；青菜粳米饭，加入两大匙猪油拌匀，打嘴巴也不肯丢的；里下河花鱼烧青菜，碧绿生鲜，更见一番情趣。怎么着做青菜呢，萝卜青菜，各有所爱。

青菜的味道是很鲜活的，冬天经过霜打以后的青菜尤其好吃，有"赛羊肉"的说法。宋代诗人范成大在《田园杂兴》里赞道："拨雪挑来塌地菘，味如蜜藕更肥浓。"从医学角度看，青菜还是人体维持健康所不可或缺的，"主消痰，止咳嗽，利小便，清肺热""甘平养胃，解渴生津，荤素皆宜，蔬中美品"。当然，现在如果有人为了爱美节食而大量食用蔬菜，减少或禁食肉类、鱼类，也会造成蛋白质营养不良养分失衡。

寻常不过的青菜所表达的，总是纯朴和淡然。青菜是穷人心坎里的恩物，生活中的翡翠。古人有句话叫"吃得菜根则百事可做"。吃青菜长大的人，守得贫穷，经过艰苦生活的磨炼，就能够战胜困难把事情办好。吃青菜很满足的人，安贫乐道，一年又一年伴着青菜，在春日的阳光下沧桑地唱着"黄菜叶，白盐炒，只要撑得肚皮饱"的歌谣，长寿的生命里也会诠释南山的意义。"若因滋味妄贪求，须多俯仰增烦恼"，为了五斗米去折腰，贪图口腹饕餮之欲而去向人胁肩谄笑，反而会增加许多烦恼和不幸。

人们经常用青菜来象征淡泊和清贫。江宁知府于成龙，每天菜肴只是几棵青菜，"蓟曰青菜，鄂曰明月。两地民谣，一生宦业"，百世流芳了清贫的别名"于青菜"。郑板桥有"白菜青盐粿子饭，瓦壶天水菊花茶"的对联，"七品芝麻官"用如竹的秃笔，生动、纯粹、简洁、丰润、朴素，清廉而高贵地叙述了淡泊的人生观。齐白石的名画《白菜图》，还有一段趣事，说他提着菜篮子去买菜，看到一个乡下小伙子的青菜又大又鲜，但人家就是不卖！非得用画换。齐白石想吃青菜，只得提笔挥腕，当众作了一幅淡雅清素的水墨白菜图，白菜换白菜，两人后来竟成为忘年交。听这些轶事读这些对联看这些画，让我们对青菜的认识又上升到了精神的层面。

你知道青菜的味道吗？一棵青菜，就是一种生活。不管贫富，也不论城乡，餐桌上，一年四季都离不开这味极普通极平常的东西。菜青菜白，生息生活，青菜个中的味道就是生活的味道嘛。

三腊菜

鱼米之乡的北安丰古镇有"四大怪":一怪豆腐当大菜;二怪鱼上桌席不动筷;三怪新娘子夜里带;四怪逢年过节家家都做"三腊菜"。一怪好理解,豆腐萝卜缨保平安嘛。二怪也不怪,鱼到酒止,好像里下河地区都是这风俗。三怪说的是结婚带新娘,这里的乡风与别处不同,带新娘都赶在凌晨时分,有时候几家一起办喜事,家家为抢得上风,甚至提前到半夜。另一怪——家家都腌三腊菜,这一怪值得说一说。

三腊菜是兴化当地的特产,味道独特,吃上一口,还没有咀嚼,天然的"芥末"怪味就穿鼻而出,说不清是麻还是辣,让你浑身冒汗,舌头都找不着北了,过会儿又有一种不可言表的荡气回肠的感觉,确实鼻塞通窍又润肺,伤风感冒一扫清,别有一番风味,很有个性,还真是怪!

原生态天然的三腊菜,又称麻咸菜,貌似咸菜,色如翡翠,味若芥末,辣气窜鼻,有"咸、甜、鲜、脆、香、润、麻"(当地人对辛辣的食物都称为麻)的特点,是味很有个性的菜。得味于麻菜之麻辣,芥子之辛辣,其主要成分有麻菜、盐末、曲酒等,皆性温,味辛、麻辣,又是在三九寒冬、腊月里做的菜，顾名思义，取其谐音名之。三腊菜，吃在嘴里异类的辣，可刺人辣下眼泪，但又能让人有一种说不出的生舒。一辣口，二辣舌，三辣鼻，故又名"三辣菜"。

相传乡人施耐庵写《水浒》时，日日以当地的一种土菜三腊菜佐餐，一撮进嘴，腊香芥气便穿鼻而过，似要打喷嚏，上下通气，思路闭塞时，灵感大发，故食之不舍，一顿无此不欢，称其为："开胃通窍三腊菜。"可以料想，施公若少了三腊菜的这股辣味，梁山好汉"路见不平一声吼"的那股闯劲，说不准要逊色不少。这样屈指算来，民间的三腊菜制作已有数百年的历史。但长期以来养在深闺人未识，个中妙处，唯有自晓，外人知之不多。汪曾祺先生《故乡的食物》，对下河的野菜，如蒌蒿、枸杞、荠菜、马齿苋等列举很多，小菜佐食叙述也极为详尽，但没有提及三腊菜。"草木有本心，何求美人折。"随着"农家乐"的风行，返璞归真，汪老遗落的别具风味的三腊菜，几经挖掘，标注商标，走进超市，从沉默中闯出名声，已渐渐远近闻名，成为市首批非物质文化遗产。

三腊菜的制作很原始，工序并不复杂，但很是讲究，要经过十多道工序。首先，在过冬进入三九时节，采集地里肥大健壮的野生芥菜，连根挖起，去除泥土，用绳将之宽松地穿起来，挂在朝阴、避雨、通风良好的墙边，让其自然风干，大约两三个星期，腊风吹透成烟叶状后，剔去枯老黄叶，保留洁白的菜根，用清水洗净，手工切碎，要切得均匀细小，然后，用温开水暖泡，再洗净、淘干，放在敞口的铁锅内，用文火炒至三成熟，不黄不烂，逼出芥菜中的辛辣和腊香，恰到好处时即可起锅。将充分冷却后的麻菜与事先准备好的细盐、生姜、味精、白砂糖、白抽酱油和熬熟的菜籽油、清脆可口的萝卜干小颗粒等佐料均匀拌和，即可装瓶密封保存，在阴凉处放置两三周，待佐料润透并过了亚硝酸盐的酵解期后，即可开瓶享用。

三腊菜的主要原料是野生芥菜，俗称野麻菜。一个"野"字和一个

"麻"字，就足以形象地诠释野麻菜的特性。它耐旱耐贫瘠，不占病害和虫害，生命力很强，但椭圆形深绿色的叶片，表面平滑，叶缘呈锯齿状或波状，常有深浅不同、大小不等的裂片，像个麻子，且味儿麻涩；红褐色的种子，出油率较低；又对其他农作物的生长有很大的影响，一直被人们视为田间公害之一，很少有人专门种它，但它伴随自然，自生不息，乡俚村野的田间地头很是多见。

我对于三腊菜也是偏爱有加，每年春节都要想方设法搞来许多。除了味觉上的刺激之外，还有精神层面的感悟。野麻菜锯齿般的长叶形似凤凰的尾巴，三腊菜形成的过程和凤凰涅槃的过程也很相似，从田野里被拔出来、吊在屋檐风干、被锋利的刀切碎、被铁锅火炒成熟、被细盐姜糖油酱等佐料搅拌、又被人放进嘴巴咀嚼，野麻菜"死去"六次才能成为三腊菜，浴火重生，以生命和美丽的终结，散发出与众不同的辣香，给人间带来生活的本味和幸福。

其实人生也应如此，人生当如麻菜，拿得起，放得下，人品当如三腊菜，甘于淡泊，乐于无畏。人的生命本来就是自然界的沧海一粟，万物皆为我所用，但非我所属，为了让幸福的味儿芳香四溢，让生命的美丽更加绽放，人生也要经历重重炼狱，执着地不畏艰苦、义无反顾、自我超越、提升自我，走向坚强，走向无畏，经过一次又一次的蜕变，幸福才会破茧而出。

炖 蛋

记得小时候，生产队里天天披星戴月学大寨，妈妈总是忙得像陀螺，难得停下来给我们做顿好饭。总是饭锅上用盆子炖蛋，饭菜一锅，饭熟菜好，一举两得，生态节能，美味可口，容易消化。妈妈怕炖蛋太寡了，常常抓一把炒米放进去，就成了炒米炖蛋，珍珠般养眼，拌着饭吃，又嫩又滑，挺香的。有时候妈妈罱泥回来，捡了些小虾、银鱼，加进蛋里炖，蛋嫩虾鲜，感觉如神仙菜，美极了。

炖蛋，就是水蒸蛋，是一道老少皆宜的家常食谱，南方人称之为"蒸水蛋"，北方人则称为"鸡蛋羹"，还有叫"水晶蛋"的。实质原料、原理都差不多，鸡蛋（也有鸭蛋，腥气的）、盐、香葱、菜油，做法也很简单：打两三个鸡蛋在碗里或盆钵里，加一小匙盐，添适量的水，切两棵香葱，加一点香油，也可加一匙猪油，充分搅打，放入饭锅中蒸熟即可。

我小时候常咳嗽，好像是慢性支气管炎，特别是夜里，咳得上气接不到下气，爸爸带我看了好多医院都没有什么大效果，还是奶奶用"隔水蒸蛋"秘方给治疗好的。隔水蒸蛋，与炖蛋的做法差不多，可以在蛋里加入萝卜或百合、荸荠、鸭梨、莲子、核桃和蜂蜜，这些东西，虽然不起眼，却能滋阴清热，益血安神，健脾除烦，润肺止咳。

蒸蛋的做法很多，蛋在里面是个"百搭"。加肉馅，就成肉馅蒸蛋；加虾仁，就成虾仁蒸蛋；加鱼片，就成鱼片蒸蛋；加蛤蜊，就成了蛤蜊蒸蛋；加木耳，就成木耳蒸蛋，似乎可以任意加辅料，随遇而美。

炖蛋也好，蒸蛋也罢，也是有一定技术的。特别是现在做水蒸蛋，多用煤气灶、电饭煲、电磁炉，常常出现蜂窝、焦头、蛋水分离的情况。正确的做法大致是：首先，鸡蛋要打匀（如果从冰箱里拿出的蛋要放温了，或加温水）；其次，加和蛋差不多或略多的水，水太少口感比较紧实比较老扎，水太多蛋羹又不易成型，口感也会水水的；再添上适合你口感的适量食盐、葱花等其他辅料；在所用的容器上盖一个小盘子，再蒸；蒸制时间要适当，大概10～15分钟，过长，蒸蛋会变硬，蛋白质受损；火候要适当，蒸气太大就会使蛋羹出现蜂窝，鲜味降低。

蒸蛋要达到表面光滑、软嫩如脑，口感鲜美，营养丰富，知道重点是什么吗？

加水？佐料？火候？……

不是。是搅拌蛋液！

搅拌蛋液是炖蛋的关键。重要点是打好蛋液，加入凉开水后再轻微打散搅拌，在打蛋液时，最好过滤掉蛋液中的小泡泡，也不要猛搅蛋液，一只手用筷子或打蛋器搅拌鸡蛋和水，一只手慢慢地旋转容器，顺着一个方向不停地搅打，直至蛋液变得细滑，出现一厘米高的气泡，充分搅拌均匀为止。

这样做出的蒸蛋，不论时间长短，不论是稠稀，都不会水汪汪的，更不会起泡、有蜂窝眼，口感也不会老，依然又滑又嫩。

人生很多时候也如炖蛋，怎样把勤奋和聪明搅拌均匀，不平庸起泡，炖得有滋有味，需要我们不停地用思考和热情搅打。人生只属于自己，保持一颗如水蒸蛋一般的平和的心，不必多华丽，不要舍本逐末，幸运之蛋就会出现在快乐的终点。一生干好一件事，足矣。

露两手，如何？

读　蟹

"秋风响，蟹脚痒；菊花开，闻蟹来"，受邀到发小二侉子的"水香大闸蟹公司"品蟹。这个时节，天高气爽，老天抹去往日燥热的脾气，清新的稻香从水面掠过，送来远处鹅鸭的欢歌，电线上时不时落着两三只鸟雀，好一幅天然的乐谱图画，更是让人心旷神怡。

塘连着塘，水接着天，好大的一片蟹塘！蟹塘边的一块绿洲上，几间小木房，躺在几株直率率的水杉下。小木房南临河，东傍汊，西北一片淼淼的水面，波光潋滟，就是他的蟹塘。"公司"就在蟹塘里，高大的竹架上，挂着"横行天下"的螃蟹文化招贴，很是惹人眼目。

几声狗吠后，出来了热情的主人。十多年没见过面的同学，还是那样的大块头，大大咧咧，侉脾气没变。

"赤手袒跣入水，少能弋凫雁得鱼鳖虾蟹螺蚌之属，采菱芡蓬葸藕蒲芹藻之类。"近乎原生态的环境，回溯了嘉靖年间《兴化县志》中记述的景色，让人觉得置喙于远古的水上人家。"好一派清爽的风光，你真是滋润又逍遥啊。"我抽烟戏言，二侉子猛喝口矿泉水，捋着小平顶头说："乡下摸螃蟹人而已。"

想起小时候，河水碧清碧清的，水下的游鱼，水草旁的虾子就像养在大鱼缸里似的，看得清清楚楚。夏天里常和小伙伴们拿了个小桶，到河里洗澡带摸鱼螺、逮螃蟹。不一会儿，威风凛凛的螃蟹，被绳子扣着，无奈吐着白沫，让我们玩得好开心；秋风中到垄沟、塘埂掏螃蟹是最有趣的事。在田埂上找螃蟹洞，二侉子抢先观察洞口，有没有蟹脚印和气泡，确定是不是蛇道，然后小膀子才抠进洞里，说：有！没带铁钩子，就地取材，随手拔起一把青草揉成团，将洞口严严塞住。过会儿，洞里的螃蟹要到洞口来呼吸空气，螃蟹的听觉非常灵敏，稍有响动，它就会狡猾地缩回洞里，让你干瞪眼。这时，贴住地面的二侉子左手猛拔出草团，右手以迅雷不及掩耳之势伸入洞中，抓住一只肥硕的大螃蟹！

"那种时代进历史啦。"二侉子摇摇手，说："靠山吃山，靠水吃水。螃蟹规模化养殖了，养螃蟹不同于鱼虾，螃蟹的脾气大，难侍候呢！你得读懂它，才能掌握到它的脾气。"

河蟹，生物学上叫"中华绒螯蟹"，有很多美丽的传说，历代文人咏叹螃蟹诗无数，可见人们对之情有独钟。我记得《红楼梦》中螃蟹咏诗云："饕餮王孙应有酒，横行公子竟无肠。"无肠的"卿八足"怎么读懂，又能有什么脾气呢？

"你们文人，见事总是一知半解了，螃蟹虽小，五脏俱全。它只是肠子不复杂，不明显罢了。"二侉子让人拿来只螃蟹，揭开蟹壳后，指着紧附着背甲上一个尖形白色的囊，说这是它的胃，不能吃。再把蟹的腹翻开，内壁正中央有一条黑色的隆起物，上面接连胃，下端则通往它的肛门，这就是螃蟹的肠子。因为螃蟹喜欢捕时鱼、虾、螺、蚌及一些水生昆虫的幼虫外，有时也吃水草及稻谷，甚至腐烂的动物尸体，所以它的肠子是黑色的。

在水乡泡大的人，自然识得点螃蟹的生活习性。我知道河蟹在淡水中生长，在海水中繁殖。喜欢生活在水质清洁、水草丰盛的江河湖泊中，为躲避敌害，一般是穴居或隐居。在池塘中时，它们常隐伏在池底的淤泥中。河蟹十分贪食，食量也大，消化能力很强，会把多余的营养贮存在肝脏中，在没有食物时，几天甚至一个月不吃，也不致饿死。它并不挑食，食性很杂，荤素均吃，只要螯能够弄到的食物都吃，喜欢吃鱼、虾、螺、蠕虫、蚯蚓、昆虫及其幼早等动物性食物，也蚕食受伤或刚蜕壳的同类，安于定居，昼伏夜出。

蟹塘边说起螃蟹，只见"摸螃蟹人"眉飞色舞。二侉子玩着手中肢解的螃蟹，侃侃而谈。养蟹绝不是个轻松的事儿，也是个系统工程。俗说蟹场如牌场，小螃蟹娇嫩得很，不好伺候，你看它经过几次退壳后，由大眼幼虫长成幼蟹，幼蟹再经过几次退壳后就变成成蟹；养蟹投入大，螃蟹市场也是风云诡谲，价格飘忽；防疫这事时刻不能放松，前几年闹过一次颤抖病，这个酷似人类的帕氏金森症，厉害啊，让好多人家血本无归。一步不慎，不循到它的规律，螃蟹耍弄脾气，就会满盘皆输。我天天为这"财神爷"敬高香，得罪不起。

谁都知道浑身披甲，面目狰狞，长得像母夜叉似的螃蟹，张牙舞爪，横行霸道，总是吐着泡沫，一副喋喋不休、骂骂咧咧的样子，你要碰它一下，它准会举起两只大钳子，向你示威。"其实那是假象，它胆小着呢。蟹塘最怕惊的，受惊吓的螃蟹壳都退不下来的。"二侉子笑着说："你被它夹住了，甩是甩不掉的，你越甩，它会夹得越来越紧，伸进水里，它就会松开夹子了。"

"河蟹贪食，只顾自我，为了争抢一顿美餐，经常会互相残杀，抢食好斗的脾气不小哇。"二侉子自言自语地说："六月，热浪滚滚，最是考验养蟹人的时候，塘里一有风吹草动，都会让人神经紧绷。别看现在的蟹塘风平浪静，水中蟹产蟹品还是个谜，还让人忐忑，又高兴又紧张的。"

太阳渐渐偏西了,"不食螃蟹辜负腹",二侉子带我一起进塘找"下酒菜",准备学乡人郑板桥老先生,雅品"湖上捕蟹(鱼)湖上煮,煮蟹(鱼)便是湖中水"之味趣。

"选蟹很有技巧的。要做到'五看':一看蟹壳。壳背光亮,呈黑绿色,都为肉厚壮实;壳背光冷,呈黄色的,大多较瘦弱。二看肚脐。肚脐凸出来的,表明膏肥脂满;凹进去的,多为膘体不足。三看螯足。大爪上绒毛丛生,螯足老健;无绒毛或稀疏的,则体软无肉。四看活力。将螃蟹翻转身来,腹部朝天,能迅速用螯足弹转翻回的,说明活力强,可长时间保存;五看雄雌……"说话间,我们上了小船,靠近了塘里竖着的一根竹竿,他拿出一只开口较小的竹篓子,拎起竹竿上套着的"地笼",解开扎口,手疾眼快地捏住了一只青背、白肚、黄毛、金爪的螃蟹,他举给我看:"别看这只螃蟹缺了一只爪子,其实这是只上好的!因为从自由的水中被捞上来,经过了很多激烈的抗争,说明它内里是长得最壮实的。"

我问:"蟹是人间的至味,蟹肉上席百味淡,那怎样才能品出真宗的味道呢?"

他微微眯起眼睛,说:"吃蟹先得读懂蟹,得讲究时令,看雄雌,九月圆脐十月尖,母蟹蟹脐横纹相间,呈现圆形,这时雌蟹黄满肉厚;公蟹蟹脐是三角形,呈现尖形,这时雄蟹蟹膏足肉坚。九月食雌蟹,十月吃雄蟹,因为雌雄螃蟹在这两个时候性腺成熟,这才能体味到'脐间积冷谗忘忌,指上沾腥洗尚香'的最佳滋味和营养。"

呵呵,行行出状元,真转!螃蟹小壳里道场还蛮大的,难怪法海最后也躲进螃蟹里圆寂。

他悠游地把这只蟹放进篓中,随后把盖子盖严。捉到第二只、第三只……螃蟹后,就不再盖篓盖子了。我赶快上去将篓盖盖上。

"不碍事的,篓子里有一只螃蟹,顺着竹篓口逃走。螃蟹多了,你放心敞开篓口,太平无事的,不必担心它们跑出去。"他笑嘻嘻地说。

我们满载而归了,尽管篓口一直敞开着,却没有一只螃蟹能够幸运地逃离竹篓子。

这是为什么?原来竹篓底下的篓筐较大,但口小,只能让一只螃蟹通过,篓子里有两只以上的螃蟹,它们会一拥而至,争先恐后地朝出口处拥去。哪一只螃蟹爬到篓口想逃走,都会被其他的螃蟹用爪子把它拖下来!所以没有任何一只螃蟹可以顺利逃走。

螃蟹的脾气真是怪,难以理喻。我突然觉得,人类社会和动物世界差别并不大,总是互相牵制着,"横行天下"的螃蟹如此,人何尝不是这样?生活中三个和尚就会故事多,四人成群定会风波起。名利二字,让多少人窝里明争暗斗、相互拆台,最终都如篓子里的螃蟹,以悲剧告终;人们如果能相互补台,岂不是双赢吗?

还没品到螃蟹的鲜美,我却先品到了人生的况味……

第三辑　乡愁·记忆

里下河人习惯"日出而作，日入而息，逍遥于天地之间而心意自得"，很是平静、朴实。陈谷子烂芝麻的琐事很多，我现在也记不真切了，但"走水"的往事似乎历历在目，尤其是干燥的冬日里，"走水啦！走水啦"惊恐的惊呼声伴随着急促的锣鸣，划破宁静的天空，让人恐惧、悯惜和躁急。人们一窝蜂地涌了出来，掉帽子掉鞋子的，混乱得衣冠不整，拎着盆桶，边跑边惊叫着："哪里走水啦？哪里走水啦？"附近村庄的群众也都赶来，不分明白地冲向火光地。

"走水"，不是发大水的意思，是乡民对失火的隐称。过去建筑都是木草结构，惧怕着火，所以对"火"字都非常忌讳，刻意避讳这个"火"字，同时救火都是用水的，所以就叫走水。

走 水

老家蔡家堡是个有三千多人口的大庄子,我的初中老师张永发先生在《老庄子》中写道:蔡家堡的老庄子由于集中居住,村庄规模就比较大,人气也旺。老庄子最有特色的就是沟通全庄的大街,茶馆、店铺、货摊、庙宇等都串在大街上。大街(蔡家堡的人叫"大街"为"大 gǎi")五六尺宽,全部用青色老火砖侧着铺砌,路面微隆便于削水。小时候的雨天,古老的钉鞋敲击砖街的笃笃声穿越雨帘,时远时近,长长的大街弥散着的是乡村的宁静和历史的久远。蔡家堡和水乡其他的村庄一样,环绕着庄子四周和蜿蜒庄中间的小河,以及小河上的砖木桥。四面环水,过去无船出不了庄。

河东头有"罗家桥",我家就住在桥东的小土窑旁边,依稀记得是座三间带厢房的大院落,屋墙一半是砖一半是土墼,屋面下半是瓦上半是草,俗称瓦封山,虽说是陋屋,但比起其他人家的泥草房、丁头舍,算是气派多了。20世纪八九十年代,也就是学生时代、成家前后,我是常回老家的,四时八节总是在老家陪父母,春节更是如此。

里下河人习惯"日出而作，日入而息，逍遥于天地之间而心意自得"，很是平静、朴实。陈谷子烂芝麻的琐事很多，我现在也记不真切了，但"走水"的往事似乎历历在目，尤其是干燥的冬日里，"走水啦！走水啦"惊恐的惊呼声伴随着急促的锣鸣，划破宁静的天空，让人恐惧、怵惜和躁急。人们一窝蜂地涌了出来，掉帽子掉鞋子的，混乱得衣冠不整，拎着盆桶，边跑边惊叫着："哪里走水啦？哪里走水啦？"附近村庄的群众也都赶来，不分明白地冲向火光地。

"走水"，不是发大水的意思，是乡民对失火的隐称。过去建筑都是木草结构，惧怕着火，所以对"火"字都非常忌讳，刻意避讳这个"火"字，同时救火都是用水的，所以就叫走水。在清戏中可听到，现在的人很难理解。老人说，失火之所以说是走水，是因为一旦有人发现失火，自然会大叫提醒，周围的人就会拿着水龙、水桶、水盆之类的工具去运输水救火，水"走"到失火的地方去，火当然就会灭了，久而久之，大家就直接说走水了。我问过张先生，他说是。避讳，是中国特有的一种历史文化现象，先人认为失火本来就是鬼神怪造成的，是菩萨惩罚人的做法。人们出于对鬼神怪的恐惧心理，对火更是十分敬畏，在失火的情况下，还嘴里火啊火啊地叫，很不吉利，对神也有种不敬；《红楼梦》第三十九回中就有说道"南院马棚里走了水"，即南院的马棚里着火了；五行中水能克火，用水字来压制火，比较讨口彩。

水桶、水盆之类的大家都熟悉，"水龙"有些陌生。清代《冷庐杂识》卷六中有这样一段叙述："救火之器，古惟，久而他处渐传其制。"火灾是对人类安全和生存最大的危害之一，所以在很久以前人们就发明和使用消防工具，水龙是原始的消防工具，相似浴桶但桶壁稍高的，将人工水泵安置在桶内，救火时，挑水夫将就近取来的水不断地倒进桶里，另二人或四人不停地上下推拉水泵的杠杆，抽上来的水沿水带而喷射到失火处。这种土水泵可以不间断地喷水，喷水头子，是喷射的铜管唧筒，即"消防龙头"被叫作"水龙头",后省称"龙头",与中国传说中的天之所以会落雨,是云居的龙会口吐大水有点相像,于是被叫作"水龙"。

水龙的威力是很大的,是"镇村之宝"。庄上的老人还常常说起它的当年威武。最传神的是"祥大爹"买回的消防"水龙",噢,不能说买,得说请才是。说"水龙"请回来的路上就救火三次。"水龙""请"回后,庄上难得失火。说是每每火灾前,"水龙"就发出"昂昂"的响声,神得很。"走水"(失火)的锣一响,龙到火灭。灭火后,"走水"人家还得给"水龙"披红戴绿,"六只眼"敬香感激,放鞭炮发糖果欢送。

"走水"往往都是在夜里发生,祸根常常是那个取暖的铜炉子。那东西应该是汤婆子的前辈吧,现在几乎成了文物,孩子难得看到。过去煮饭烧的是草,热草灰拌上稻壳装进铜炉子里,让它慢慢地烘(阴烧),盖上满是圆眼子的炉盖,就能取暖。老人小孩烘手烘脚靠它,小媳妇给孩子烘阴天的尿布也靠它,暖一暖生冷的被窝还得靠它,冬天它就是人们对付寒冷的宝贝。老人少了阳气,为了睡得暖和一点就把铜炉子放在被窝里睡觉,睡了蹬翻了,后果可想而知。当然,夜里失火的原因还有一个,那就是年纪不大的女人们,为了赶制全家过年的新鞋,挑灯夜战纳鞋底。小油灯蹾在床前,放远了做不了针线,做着做着就瞌睡了,碰倒的灯油燃着了床铺上的穰草,那结果也可想而知。我在老家多次见过"走水"。那时庄上草房多,一家靠一家,冬季柴草多天又干燥,星火就着,虽然家家门口都用石灰水写着大大的"太平"祈求字符,还是常常"走水",还往往连三家带四家的烧,熊熊冲天的火光,遮天蔽日的浓烟,夹杂着声嘶力竭的呼喊和惊慌刺耳的铜锣声,无论火势大小都让人胆战心惊,很是恐怖。有一年除夕,邻近的瞎奶奶家,蒸团糕时间长,不知道是烟囱冒出来的烟里带着的火星还是瞎奶奶灶火没小心,"走水"了!待人发现时,柴草垛连着草房已是火光烛天,急匆匆抬来的"水龙"也无回天之力,瞎奶奶就这样走了。火患猛于虎啊。

那年代，几乎每年庄子上都有十来户人家"走水"，我家一直没有"走水"过。除了我家那时的房舍有点砖瓦硬撑外，还有一个秘密。不知何年何日砌的老灶台上，台角上有一个春宫陶瓷器，一对裸着的男女小人儿在交媾着。秘而不宣，这是后来改建瓦屋时才发现的。匠人说，灶头上放这尊陶器可以"避邪防火"的，因为传说火神是天上的仙女，因事犯上被玉皇大帝贬谪为灶下婢女，于是性格变态得躁狂易怒。她平日爱穿浅黄色衣裙，发起飙来，就披挂上红花的衣裳，就会引出火头了。但她如果看见春宫物象，就会觉得害羞而躲藏起来，也就会避免火灾。真是邪门，信不信由你。

现在农村瓦楼房普及，电气化了，鲜有"走水"之恐景，灶草多在田野焚烧，已成为新的大自然"走水"之灾害，往昔很平常的"走水"话语，这个"讳称"也不为人所知，但央视新大楼火光，上海高层公寓"走水"，现代消防也无奈，受伤遇难上百人，残酷。常读《曹雪芹》第十二章之语录："门口摆着水桶、挠钩、云梯和水枪之类，以防万一'走水'，好来鸣锣救火。"常听打更人沧桑的话语："火烛小心！"警醒点好啊。

挑　水

八十年代后期,我结婚了。一个人的自由自在,变成了两个人的小家生活,接踵而来的当然是家务琐事。

我俩恋爱时,就憧憬好了美满的未来,按照《天仙配》中:"你耕田来我织布,我挑水来你浇园"所唱,结婚时妻子便与我订立了温馨的君子之约:家务劳动中,我负责"重工业"事项,她承担"轻工业"诸事,两全其美。"重工业"主要是挑水,"轻工业"就是烧烧煮煮,洗洗补补。

"重工业"比"轻工业"不仅重要得多,而且苦啊难啊烦啊。你们评断一下,吃水,包括用水,比吃饭重要吧。俗语也说,冷水要人挑,热水要人烧,挑水当然是重要的家务劳动。

我家在陈堡集镇的北边,虽说西山墙临河,却是个呆沟头,流水才不会腐,死水自然质差,得到三百米外的食品站北大河码头挑水,那儿河宽阔流畅,水清澈甘甜。

"挑水吃"对现在生活在"自来水"时代的人来讲,应该是一件很陌生的事。可对那年代的人来讲,挑水则是一家男人难脱的宿命,每日的

"必修课"。

挑水要挑得得心应手，必须得有一副好的用具，"工欲善其事，必先利其器"嘛。父亲请木匠箍桶匠早就都定做好了，桑树扁担，宽长，有弹性；两只木桶，是用老年间厚木板制作的，瓷实笨重，上好的桐油透透地油得亮堂堂的。

我家人虽说不多，但每天连吃带洗，需要一大缸水，要挑好几担的。歇后语说：扁担挑水——一心挂了两头，这两头还真是不好挂，小小的一个挑水，可没有那么简单！外行看热闹，内行看门道。除了力气，还是需要一定技巧的，得有三个肩膀：左肩累了换右肩，右肩累了换脑勺下的中肩。挑水挑得好，上肩要准要稳，步伐与水桶摆动的频率得一致，不然的话，人就会左右摇晃，一路上水桶里的水荡洒出来，还会弄湿透自己的裤子和鞋子，到家时半桶子水都没有的。

我刚开始挑水时，压得龇牙咧嘴，涨红了脸使劲拽担绳，走过十几步远，就得歇一歇，喘口气，充满了沮丧和焦急。再迈步还是左右摇晃，拨浪鼓似的，就像小学课本《珍珠泉》里写的：我挑着满满一担水，走在林中的石板路上，泼洒了多少珍珠啊！呵呵，实践出真知，在桶里放片树叶，水珠就不会飞溅出来了。

久练成自然。技术日渐娴熟的我，每天伴着挑水的节奏，轻快地行走，再"唉——嗨——哟"地吆喝起家乡的"茅山号子"，扁担两头跳跳的，前后水桶漾漾的，使人看起来，十分潇洒，其实是痛楚的潇洒。天天个天，远路没轻担啊，加上这硬杂的木制家伙，牢固是牢固，也有点弹性，可又重又笨。

穷出主意，痛则思变。我请篾匠仿照"朱德的扁担"削制了根毛竹扁担，又请白铁匠做了副铁皮桶子，"行头"自重虽然轻巧多了，无意间却增大了容量，照样能压迫得人直不起腰来。幸亏我个头大，两头尖尖的扁担，合着我壮实、沉着的脚步声，强度和韧性里一颤一颤的，发出

"吱嘎""吱嘎"的声响，舒缓、轻盈、优雅，美妙得令人陶醉。

春夏秋的季节还好说，但到了冬天，地上河边冰冻多，人走上去脚下溜滑，肩上重心难平衡，说不准还会摔跤，绝对需要点胆量和勇气，挑水真是苦差啊！现在回想起来，还有些畏惧、心悸。

后来我和邻居宝华共同出资打了一口小井，水倒是晶莹剔透，很养眼，可是用来煮饭烧粥，唉，绿莹莹的，沾涩味带咸气。井水只能用来洗洗刷刷，吃的水还得挑。

挑水入缸，加点矾沉淀，水清澄澄的。家中的水缸总是盈满满的，妻子从没有为水烦过神。在张家长李家短的街谈巷议中，我博得了街坊邻居的交口称赞，落个勤快、顾家、有本事的美名。其实是一个和尚只好挑水吃，没有退路，逼上梁山。

20世纪90年代初，镇上集资办起小型自来水厂，我当然是带头交款！虽然一天只送早中晚三次，还算是让我如释重负，心花怒放地轻松了几个月。之后啊，"退无止境"的风刮起来，小自来水厂卖给了个人，龙头放出来的水，连排灌站的水都不如，不仅水质混浊，而且还能放出红虫子。2007年春节，我家也跟风花费了两千元，买了套净水器，凑合着用水。

哪知道好景不长，水厂取水口的上游土炼油又兴起，净水器净化不了油污，群众经常上访，市长多次下访，"民生直通车"也来曝光了。可是土炼油上了船，玩起了"游击战"，政府也没有办法。总不能全靠买纯净水吃过日子，我是市面上走的人，只得带头找出三五年不常用的"行头"，到还算清洁的渭水河边挑水。一路上有人自己找乐，俏皮地哼唱起《梁祝》中的"河湾担水"："一根扁担肩上担，歪歪扭扭下河湾，梁兄有心缸挑满，学友无意水用干。嘿！英台好为难……"那段时间还有点"挑着并快乐着"的情趣。

我常常做着美梦，梦见厨房间水缸里总是贮满了清甜的水，梦见家中的自来水和城里一样，水龙头一开，"哗——"，随想随用，不用人工挑水啦！

惠及民生，三年内全面完成了农村饮水安全工程，政府动真格了。现在自来水城乡一体化，质清，量猛，甜洌洌的，而且日夜供应，饮用水完全有保证，群众全面告别"挑水吃"的历史，喝上了清洁卫生的"放心水"。

"重工业"彻底关闭，我失业了，家常生活却日益五彩缤纷，妻子的"轻工业"愈甚精美、繁盛，妻忙我闲，我哈哈笑语，这是时代的选择。

我好几年不到河边挑水，宽敞的别墅里也看不到水缸的影子，"朱德的扁担"早就变成柴火了，但我曾经踏实挑过的长长的生活重担，练就的坚韧的毅力和咬紧牙关的精神，却在我的生命中成了永恒。无论我走在哪里，无论生活中有苦涩或愉悦，无论人生路上是鲜花还是泥泞，挑水优美的姿影常常浮现在眼帘，清纯的河水永远滋润着我的心田。

水是生命之源，水是生活之乐，有水的日子就是我们的天堂。生活在今天的人们真幸福，明天一定会更美好，但吃水不要忘掉挑水情。

农事记趣

一

耕耘、收获、贮藏等农业生产活动，谓为农事。

泱泱农耕大国，几千年的农事历史，源远流长。古老的《礼记·月令》《左传·襄公七年》，都有农事记载，唐元稹《竞舟》诗："一时　呼罢，三月农事休。"明徐光启《农政全书》卷八："假令自春至秋，入贡不绝，皆役民，岂不妨农事？"

启蒙读物《千字文》说："寒来暑往，秋收冬藏。"从时间那里得到最好的回报，一语天然万古新。农事的日子要经过"春播、夏种、秋收、冬藏"来一个轮回，四季恒常更迭，接着又周而复始，有条不紊地循环。

日子有圆有缺，随着草枯草荣，农事衍生的诗更是耐人寻味。成于公元前、富有浓郁的史诗色彩的欧洲《农事诗》，分别记述了种谷物、种橄榄和葡萄、畜牧、养蜂等农事，保存了遥远的一些农业知识，歌颂了丰饶的自然资源，赋予了耕作中获得的慰藉，表达了小农人家安宁的情趣，让我们听到了农事与祭祀的交响，看到了田园和生活的画卷。

《诗经》中的周代农事诗有十一首，并分为《豳诗》《豳雅》《豳颂》三类。这些诗，观照农民生活，叙述农事活动，祈求神灵庇佑，自然而又睿哲，你会体味到"锄禾日当午，汗滴禾下土"的艰辛，兴味到"春种一粒粟，秋收万颗子"的欣喜，寻味到"采菊东篱下，悠然见南山"的清恬。

我曾经从事过农技推广，略知农艺。翻晒尘封的农村工作记录，在每份农事里挑灯看卷，不由忆起"晨兴理荒秽，带月荷锄归""面朝黄土背朝天"的繁难场景。粗俗的农事活动，恰是一个实用的感悟和经验的集锦，蕴含着知识性和科学性，有些农事竟然不可理喻，那么的离奇，那么的哲学，那么的有趣。

二

冬天深了，春天也不远了。早春二月，寒风依然是那么的料峭。冻僵的麦苗，稀稀落落地揉着惺忪的眼睛，慢慢地露出了一点点的新绿，准备着起身返青，多么可爱的小生灵！

一上午清新的阳光，让冻得发白的土地，渐渐地润泽变黑了。一群人拖着磙子，扛着叉子、耙子，有说有笑地走进麦田，毫不疼惜地踩踏着麦苗。

"镇压哟，嗨号！提墒哟，嗨号！控旺哟，嗨号！转壮哟，嗨号！……"

他们在麦田里肆虐地拖着磙子，还一个劲儿地打起了粗犷的号子。女人也助桀为虐，似乎一点儿也不疼惜幼嫩的麦苗儿，跟在男人们后面用叉子、耙子划着麦田，粗野地应和着：

"上松呀，嘿哟！下实呀，嘿哟！苗儿更壮呀，嘿哟！加油干呐，嘿哟……"

麦苗儿忍着伤痛，使劲地用老脸护着幼小的心叶，划断的老根蜷缩在一团，护着娇嫩的新芽……这是怎样的残酷景象啊！厚道的庄稼人讲求佛性，怎么能如此伤苗呢？

这恰是一项重要的农事：麦田镇压锄划。在入冬和早春，土壤未封冻时，先压后锄，压碎坷垃、密封裂缝，达到上松下实、提墒保墒增温，可以生根促芽多分蘖，为后期麦苗更粗壮争主动，一般可增产一成呢。

三

当胖嘟嘟的婴儿未满月的时候，却断奶限水，残虐吧？恰有这样的农事，你也许还不会相信。

温床里精心呵护的棉花苗，在营养钵里舒头探脑，几天就窜出了二叶一心，绿宝石似的，甚是好看。天有不测风云，营养钵被整体搬起，棉苗主根顶端被生生地拉断，疼得它叫娘！油腻的叶片，失去光泽，煞时萎靡了。它只好忍痛发育侧根，图谋生活。这叫"锻炼"幼苗。

棉花顽强地长到尺许，伏旱来临，叶子被晒得蔫头耷脑，农人一点也不急，不给它浇水，说是让它"蹲蹲苗"，斩断其向上生长的欲望，让枝干停止生长。生物的求生本能，棉根拼命地汲取深土层里的水分，向下寻找生命的力量。如此这般，棉花根深株矮，长得又壮又稳，更具备生命活力、耐力，现蕾早、开花早、结铃早、挂桃多。

更残暴的还在后面呢：绿叶繁茂的棉花长到半人高的时候，主干最顶端上，长得最旺的花骨朵，活生生的给掐掉了！啥道理？怕棉花长疯了，让它专心致志地开花、结果，丰产效果明显呢。

这是农事中的炼苗、蹲苗、打顶，是自保生命，玉米、番茄等农作物亦如是。其实，人生涵养品行的培育，也要蹲苗锻炼、低眉打顶，才会取得更好的丰硕果实。

四

"绿遍山原白满川，子规声里雨如烟。乡村四月闲人少，才了蚕桑又插田。"到了布谷啼鸣，艾香馥郁的时节，青青绿绿的秧苗已经尺许高，在秧池里早就等得不耐烦了，在风中骚动着，前俯后仰，像是欲嫁的新娘。

将水稻秧苗栽插进水稻田，叫插秧，有的地方叫莳秧，里下河地区叫栽秧。这项农事是辛劳、紧张和繁忙的。

披着晨雾，踏着朝霞，男女们结伴向田间走去，三五成群。先行的几个人早已把秧苗扎成小捆，挑运到水田埂上，呼为"起秧"。田间，一帮人忙着"吊线"，从田埂的这边拉到那边埂上，六株秧苗吊一秧绳，为一行，就如绘画用的尺版，保证插的秧苗株行间距整齐均当。接着就是"打秧"，往那水晃晃的田里抛甩秧把子，轻巧巧、绿滴滴的秧把儿，翡翠似的温润明丽。扔秧把子很是讲究，要滑到田间，还得均匀"站立"，不能散开倒塌，便于插秧的顺手拿到秧。

栽秧，看似简单，其实是一项技巧活，颇有"工匠"特质。

明镜般的水田，如一块白花花的绸布，等待着人们去织绣。一排绾起裤管的妇女，红巾绿裳，雁群一样，摆开阵势，场面很是壮观。左手攥着秧把，手指随时"捺"着，捻出数株，右手就得用大拇指和食指捏着秧苗，中指则压着秧根，在脚印的间隔里，顺溜地插进稀稠的泥土里。她们弯着腰，边插边后退，一趟又一趟，横上线，竖上行，那么稳当、准确。

最娴熟的栽插手法叫"穿手秧"：只见她们右手轻点水花，从左到右再从右到左，往复栽插，手法娴熟，像织布的梭子一样飞快，看得人眼花缭乱。眨眼间，碧绿的秧苗就齐刷刷地立于水田中，分外清新秀丽。这哪是栽秧，简直是富有节奏的琴键敲击，如此完美，极具韵味。

最难忘的是栽秧打号子。"哎——，手拿秧把唱秧歌哎，三指拿秧两指插哟……"

不知道谁即兴起了个头，妇女们都直起身子，亮起清脆的嗓子，跟着应和，打起了栽秧号子来——

"一片片水田白茫茫，
大姐姐小妹妹栽秧忙。
栽下壮秧一行行，
秋天收稻堆满仓。
噢哩隔上栽，噢哩隔上栽……"

歌声原汁原味，如绵绵细雨，澄亮淋漓，丰盈而润湿。田里热闹了，惹得远处忙活的人，也回头张望。

随着号子声，水面上又铺开了一大片秧行，水田变成了一轴绿茵茵的画卷。

芝麻开花节节高，人们总是憧憬向上向前，农事大多数也是如此。栽秧这农活，恰恰是向后退的，在边栽边退中，插出笔直的秧行和平整的稻田，不论是从哪个角度看，都像工整严谨的楷书，养眼。

这，不禁让人想起唐代布袋和尚写的一首禅诗："手把青秧插满田，低头便见水中天；六根清净方为道，退步原来是向前。"

栽秧，是人类和泥土最亲密的接触，是对大地最虔诚的叩拜，又是一件伟大的艺术创造。低头胸装广阔的蓝天，退步原来是向前，诠释了人类的精神和气质。

五

"四海无闲田,农夫犹饿死。谁知盘中餐,粒粒皆辛苦。"小学生都会背的古诗《悯农·锄禾》,通俗地道出了农事的艰辛,农人的酸苦。想起宋人俞桂的感慨:"东作农家处处忙,金珠非是疗饥方。京华只识笙歌乐,岂识男耕与女桑。"而今人懂农艺,几谁知农事?

"为有牺牲多壮志,敢教日月换新天。"新中国成立初期,毛主席制定了"土、肥、水、种、密、保、管、工"的农业八字宪法,可以说,这八字宪法到今天仍然实用,为啥呀?因为毛主席是从乡村走出来的,熟谙农事,相信劳动会战胜一切,与天斗、与地斗、与人斗,其乐无穷。

劳动创造了人,人创造了农事,在充满了泥土血汗气的褶皱里,农事是一坨大粪,又是一杯美酒,更是一朵菊花。"喜看稻菽千重浪,遍地英雄下夕烟",苦尽甜来,悠然南山。读这无纸之书,我们的思绪也会变得宁静起来。

母亲的"生姜拐"

我们小的时候，农村小孩子多，就像树上数都数不清的楝树叶子，不金贵。正逢读书无用论年代，又爱乱晃悠，又没去处，自然会闲则生非，呆厌、调皮是正常的，做错了事，小孩挨大人的打，也很正常的，算不上什么稀奇事。

那时代，打小孩子的方式很多：用戒尺、扫帚、拳头，拎耳朵、掀巴掌、打屁股、拳打脚踢，等等。伸出小手，挨戒尺打还是算文明，好像是孔子时代就发明了；用扫帚打，顺手的工具，打的方位也是不定的；拎耳朵，时轻时重，能让人离地，再捏一下，就会很疼了；拳打脚踢可就惨了，全方位受苦，常搞得小孩鼻青眼肿；巴掌打过来，小脸蛋上就会出现"五条红黄瓜"，重了一点就会鼻嘴出血，虽然概率不太大。

可能最常用的方法是打屁股。大大的巴掌落下来，不用几个回合，白皙的屁股上就会一片姹紫嫣红，惊悸、痛楚、侮辱性着实强。听说外国人教育孩子，是从打屁股开始的，爱说屁股决定大脑。德国、法国、美国、俄罗斯，不仅父母亲打孩子的屁股，连老师也打，实在是野蛮。

美国前总统小布什，有一次犯了错，被老师拉到校长办公室，校长二话不说，也不分青红皂白，就让小布什把屁股撅起来，操起桌子上的乒乓球拍，乒乒乓乓打了起来。屁股是个人的隐私，打小孩子的屁股真是一个让人感到耻辱、难忘的事。

我的母亲打我们的"家法"与众不同，用"生姜拐"凿刮子，何为"生姜拐"？就是捏紧拳头，伸出中指，拐出角，形似拐角生姜，用拳头上的中指拐角打，方言叫作凿。凿得脑袋瓜生疼生疼的，重了点或者碰到手指上的"针匣子"，就会凿出小瘤。

母亲说，不打你的脸，怕耽误上学；不打你的手，怕耽误写字；不打你的脚，怕耽误跑路；不打你的屁股，怕耽误睡觉，打你脑袋瓜，记下最牢固。用巴掌打，自己手也会疼；用扫帚打，打坏了还得买。用"生姜拐"，凿刮子，简单易行，方便顶用，无限可操作性强。母亲"生姜拐"着实是厉害，惧人，用力虽然没有巴掌大，但力点集中，接触面小，煞是疼痛，而且延续时间长，记忆存储期久。

弟兄三个，老二调皮且犟，"生姜拐"吃得最多。母亲虽然不识字，不懂以儆效尤的词句，但知道杀鸡吓猴的道理，一人吃"生姜拐"时，其他人还得列队站着看，现场示警，触目惊心，但是效果是明显的。

我也吃过"生姜拐"。有一次，庄上"司令"的弟弟在邻村东浒头吃了亏，让我这个"参谋长"带人去洗刷雪耻。我只得召集了二十多个小伙伴去征战，有备而去，自然胜利归来，哪知道"敌方"也早有预谋，把我们回家必经的木桥桥板给掀了，害得我们只能游河回来。慌乱之中，我把新塑胶凉鞋搞丢了一只。"学大寨"一天劳累的爸妈晚上没有发现这一情况，第二天早上小弟告密，害得我吃了母亲的两口"生姜拐"：第一口头顶吃了"生姜拐"，正常位置；待要吃第二口时，背后刚有嗖嗖的冷风，我就头一避让，结果额头给吃了"生姜拐"，肿了个疱，小糕团似的，疼得我团下身来。回到学校，老师又是一顿训斥，还叫我"团长"，丢尽了面子。

回家后,母亲心疼地为我擦去眼泪,温情地给我"团长疱"上抹了红药水,嘴上说手心手背都是肉,脸上却还面目狰狞地骂:要的就是这效果!没有规矩,不成方圆,不让你长点记性,不是要翻天了吗?

母亲常对我们说,桑树从小扠,长大才能硬直,孩子从小管,长大才能成人。老人就是说得好:严是爱,松是害,不管不教要变坏。管小孩的方法就是打,一打就灵,只有疼痛,才能让小儿产生最好的记忆。

母亲还给我们讲了一故事:说有一个小孩,从小受母亲溺爱,打架护着,偷窃藏着,赌博短着,结果小小年纪就被押上了刑场。临行前,儿子请求再喝妈妈一口奶,他一口就把妈妈的乳头给咬了下来,还嗔怪:都是妈妈的"爱"害死了我!

我儿子问过奶奶我小时候吃"生姜拐"的事,母亲笑认了,可究竟为什么,她也说不清。问多了,母亲显得不安,很遗憾地说:"小孩子都会顽皮惹事,怎么就会挨打呢?真是的,真是的。"无奈之情溢于言表,母亲那么内疚忏悔,检讨自己,使我觉得很是惭愧汗颜。静下心来想一想,十月怀胎,从小到大,吃饭别噎着,念书别留级,娶妻嫁郎别找错了人,倾注了母亲一生的心血,甚至还得操心孩子的孩子。我知道,小时候之所以挨母亲"生姜拐",绝对是我不对,母亲没错,错在我自己!

俗话说:棍子底下出好人。有一个故事叫"伯愈泣杖",说的是汉朝伯愈和他母亲的事。伯愈少年丧父,母亲含辛茹苦把他带大,小时候,伯愈的母亲对他也很严格,他如果做错了什么事,就用棍子来打,还要他知道这件事做错了,要吸取教训,下次别再重犯。长大后,伯愈很孝顺母亲,是远近闻名的孝子。有一次,伯愈又做错了事,母亲又拿出棍子打他,伯愈却失声痛哭起来,母亲奇怪地问:"过去打你,你从来不哭,今天怎么你却这么伤心?"伯愈答道:"过去母亲打我打得很痛,说明母亲身体健康,所以放心,自然不会哭。今天母亲打我却不见痛,说明母亲年迈了，没有力气了，所以伤心。"

可怜天下父母心。母亲恨铁不成钢，拿打来做惩罚，让我们记下教训，不怕耿耿于怀，用心良苦啊。我的母亲是一个平凡的女人，一生勤劳、善良、朴实、睿智、坚忍、要强。母亲呕心沥血，望子成龙，拿自己一生的辛劳来盼望自己的孩子成长、成人、成材，母亲的"生姜拐"打出了我们的出息，造就了三个国家干部。

母亲老了，不会再打过头的儿子了，也打不痛了，我现在自由放纵，却失去了一个世上最温厚、最真挚的反省机会。沙漠的荒芜里有一滴露珠真好。如能再回到童年，犯了错的时候，母亲红着眼，啰唆着嘴，嗖嗖生风的"生姜拐"凿过来，我一定不会躲避，一定不会叫痛，我知道母亲为了我好，我与她十指连心，她是我的港湾，打在我身上，痛在她心里！

现在小孩子都当"小皇帝"了，只知道"肯德基"，不知道"生姜拐"，不能体会，不再经痛，不会相信"打是疼，骂是爱"的真谛了，也许是人生的一大缺憾。因为他们不会体验到，方式多样的母爱是一种丰满的营养。世界上有一种最美丽的声音，那是母亲的呼唤，世界上还有一种最慈爱的打磨，那便是母亲的教训。

母亲的"生姜拐"，是我的人生财富。

里下河洋车

"风车呀风车,咿呀呀地转哪,小妹妹为什么呀,不开言",曾经风靡中国的《九九艳阳天》,勾勒出的是一幅苏北里下河的风情画。

滚滚长江东流水,浪花裹挟着泥沙,一路奔腾,一路咆哮,一路冲积,流经到宽阔的江口便沉积下来。日积一日,年复一年,大小湖泊犹如贯珠,茭苇丛生,形成了一块又一块沙洲。斗转星移,孕育平原,沙洲渐次与大陆相连,并慢慢向外拓展、延伸,逐渐形成里下河平原。喝着里上河的甜水,沾着里下河的咸汁,说着介于吴语和楚语之间的方言,吃着介于扬菜和楚菜之间的里下河乡菜,南迁北移的先民在这里繁衍生息,发展原始农业生产。这片长江黄河两夹水的冲积平原,有着千年的文化积淀,自然就有着独特的风土人情。

说起里下河风情,不能不提风车。"兄弟一大帮,围着柱子转,随着风儿起,一个撑一个。"这首谜语式的儿歌,描述的就是里下河地区的风车。历史上,里下河地区,有田必有风车,有风车必有河,风车是这一地区独特的一种标志物。

风车，在中国使用已有数千年历史，最早的形象记载是东汉晚期（公元2世纪）墓葬的壁画。是古老甚至是原始的利用风力提水的古代先进农具。风车俨然是个庞然大物。高度有现在的二三层楼高，可占地面积却并不小。风车的样式很多，有立轴立帆，又名"走马灯"式或"大八卦"式；有横（斜）轴篷式，因类似于西方的卧式风车，故称洋风车，为大凳车和小凳车。里下河风车属洋风车，俗称洋车，主要有六篷风车和八篷风车。清周庆云《盐法通志·风车》较详细地介绍了这类风车的结构："风车者借风力回转以为用也。车凡高二丈余，直径二丈六尺许，上安布帆六至八叶，以受八风，中贯木轴，附设平行齿轮。帆动轴转，激动平齿轮与水车之立齿轮相搏，则水车腹叶周旋，引水而上。此制始于安凤官滩，用之以起水也。"

　　里下河洋车，以六篷风车为主，竖轴粗而高，比较沉重，是由两只大凳支撑着的，轴的上下两端分别装上横向吻合着的木齿轮，连接着旋置在空中的天轴桅杆带动着风帆，帆轴的另一端是由两根撑桩支架着的，撑桩的支架同时用于防止大风吹倒以及风向的调节。竖轴的下齿轮与横轴一端的木齿轮相连，横轴另一端的木齿轮又与水轴的木齿轮紧密相连，这个大木齿轮通过另一个与其相吻合的立置小齿轮，旋转平放在地面上的横轴，带动着水车里类似链条的"榷折""板子"汲水。

　　洋车上最引人注目的是六至八面迎风的风帆，风车的"能源"就在这里。看车人根据天气的变化，依附风向移动叉木，依从风力升降篷帆，调节着风车的受风角度，无论风从哪个方向吹来，风帆都能自动迎风。风帆一般用布料制成的，是涂着油的土白布用二米来长的毛竹支撑着舒展开的帆布篷。也有因地制宜，用当地盛产的蒲草晾干后用绳子编织成篷帆，编织方法与织席类似，但只用纬线不用经线，便于上下升降和折叠，既经济，又实用。

　　风吹帆动，帆转轴转，轴驱车驰，发出"吱吱"的响声。横轴、水轴一起转动，主轴下边的齿轮带动了另一组齿轮，而另一组齿轮带动的恰是一道伸入小河的"槽桶"，一头搁置岸上，一头由叉木支撑悬架水面。槽中置类似于自行车链条的内链式木链条（形似龙骨，俗称"龙骨架子"），木链条随之会在槽桶中乖巧地"游走"，"槽桶"里面一帘帘"榷折"带领一片一片的"梆板"顺着抽水槽上卷，河水便连续不断地被"拉"进了岸边的水闸，"哗啦啦"流向田地。一部八桅篷帆的洋车能灌溉百十来亩地，一部六篙篷布的洋车能灌溉五六十亩地。风车的"咿呀"声中，夏虫、青蛙合奏着动听的曲子，那金黄的稻叶更有了一丝盎然。

制作洋车时，先要选用年迈的柏树及柞木、桑、槐类的硬质木材，其次是将这些木材晾干了断成料；然后再分别制作成有类似齿轮的大小"钵头""轮毂"，类似链条的"榷折""板子"；有长长的抽水槽；还有用以支撑起洋车"竖轴"的大凳等。卯榫结构，精制而成，这种东西机器上做可能很轻易，但完全要靠刨刀凿子用两只手做出来，就不轻松了。制作中最考究尺寸，要算准轴齿的角度，就像是钟表里相互咬合的齿轮。算不准，齿就会卡死在轴上，弄得不巧轴齿还会断掉。洋车属于大型农具，做一套也很不容易。以前对财主的衡量标准就是：家中有房、船、牛、车，其中的"车"就是指驱动水车的大洋车。在20世纪50年代，一个普通的生产队一般拥有三部洋车。洋车，又成了这段历史的一个见证。

洋车与人合作，助人生存，农家人对洋车，有希望、有呵护，也时有烦恼和冷淡。使用时特别诚心：每年春天，都要搞一次"树洋车"的祭祀活动，挂起"大将军四面八方威风"的条幅，祈祷"风调雨顺"，祈祷是虔诚的，是发自内心的，希望能够带来丰收的喜悦；入冬农闲时，又要把桅、轴、槽桶等大件收藏到屋檐下遮盖好，避免水车被日晒被雨淋；定期要给车上油，来年还要修补、刷油、养护，既防止水把木头泡烂，也减少咬合时的摩擦。洋车能灌却难排，如遇上发大水，人们就把它丢在了一边，给它以暂时的"冷淡"。

里下河洋车代表一种文化，一种古代技术，除工艺本身外，往往还包涵着民俗、信仰等文化内容。制作中，也包含了性别文化的因素。风帆由女性来编织或缝制，而木工的核心技术则必须由男性掌握和完成。洋车底部有一段短铁棒支撑整个风车，并起到轴承的作用，当地人常将这块铁器放在家里的床头，当作可以生育男性后代的图腾。"大风倒洋车，不是哪一家"，突然一阵的大风，如果来不及收帆，洋车会倒一大片。这句关于洋车的俗语，暴露出了农人"绑穷"的幸灾乐祸的狭窄和原始的"均贫富"均平心理。"龙骨已呕哑，田家真作苦""龙骨车鸣水入塘，雨来犹可望丰穰"，里下河洋车是辛劳的，似农民的化身。就像种田人心胸宽大、默默耕耘、勤劳朴实一样。

　　里下河的洋车有很深的时代印痕，近代随着农用水泵的普遍使用，它才完成了使命，悄悄地退出历史舞台。时代的进步，总会使人逐渐地忘却一些东西。然而，在已经或即将被忘却的事物里寻找，说不准，就能寻觅出一种弥足珍贵的东西。

民间的记号

逛花市,请了一盆"发财树",奇特的树形,轮生的掌状枝叶,树影婆娑,茂密旺盛,真是吉利佳兆。

树的顶篷上涂抹了一块蓝漆条纹。好好的花木上干吗涂鸦呢?喜爱养花的邻居卫东说,花农为防止与其他人家混杂,给花做的记号。

记号,是一种符号标记,为引起注意、帮助识别、便于记忆而做的。当我们的祖先"结绳记事",用原始工具"陶器上的刻画记号",都是有意识地保存记忆,避免遗忘,所以有学者说"人类文字起源于图画",然后是"仓颉作书"。说明远古的记号与文字之间有很大的关系,是文化最初的足迹。

这样说来,记号的意思非常重要,可在民间来看,记号真的是太平常的符号。

过去,识字不多的老百姓,并没有受"文化大革命"的影响,对识字的人,不管是老师还是医生,都尊称为"先生"。百姓日常生活里的事和物,为辨识和记忆,常用象形、象意的土办法,五花八门的记号,就是俗话说的"言者意之声，书者言之记""我手写我口"，用鬼画符似的刻划，来传递信息，很是管用。

物资匮缺的年代，人们生活异常俭朴，倘若不小心打破了一只瓷碗或瓷盘，只要不是碎得很厉害，还会请补碗匠打上铜钉，把它补好、修复好。不是"敝帚自珍"，而是各家的碗具是较珍贵的。无论城里乡下，都时兴在新买的饭碗菜盘汤盆内底部，凿上字，做上记号。只听得手巧心细的凿碗匠，"咯咯咯"，小锤子不停地敲打，细凿子也不断地移动，几下功夫，字就凿出来了，然后，用食指沾点锅灰，涂上染色，痕迹深深。因为要按字数和笔画多少来收钱，一般人家只凿一个字，用户主姓名中笔画最简洁、与别人家有区辨、最具识别力的那个字；也有用金刚钻刻字的，但线浅字淡；还有人家想省钱，就用旧铁器在其边上擦上锈迹，虽说不好看，但也洗不掉。

那年月，各家的碗具都不多，基本上是按人头定数，而且大多是同一个模样，谁家有了红白喜事，或来亲到友多了，自家碗盘不够用，都是向邻居借来借去；那时亲情浓厚，谁家烧了什么好吃的东西，总是盛点分送给亲友邻居。这样，碗具就容易搞混了。民间"凿碗刻字"就是做个记号，这不是为了装饰，是为了归还时好辨认，不至于混淆各家的碗筷汤匙，免除争议。简洁的智慧，积淀了纯真的社会内容。

民间的生产生活中，似乎处处烁印着记号。比如凉帽、箩筐、锄镰、扁担等常用的物件，也多有各人各户独有的记号，或漆字或刻画，也不是什么宗教符号，而是避免劳作时拿乱了。生产队看场的谷堆上，得盖好石灰印记，甚至风车船只上，都标上与众不同的记号。

小时候，我也喜欢做记号：新学期开始，书包、课本上早早就标贴好"罗记"，钢笔上也不惜血本，请修笔匠刻上"好好学习，天天向上，罗有高勉"的字样，一是自勉，二是记号。课桌上，早就和女同学划清了"三八线"，量化的记号，保持了一定的距离，男女授受不亲嘛。

我自己也曾被做上"记号"。庄前村后，都是纵横交错的大河沟，河水清澈见底，炎热的夏天里，在河里游泳、打水仗可是我们的"酷"。因为几乎每年都有小孩溺水，所以，大人们总是看紧孩子，不让"小把戏"私自下河玩水。

在伙伴中我岁数比较小，奶奶对我看守得特别紧，刚吃过中饭，就用黑墨水，在我的大腿上画上一个圈圈，算是记号。这可苦了我，如果偷偷玩水，腿上的记号就没了，下晚放学回家就要挨罚。惹得小伙伴们总是笑话我，那时，我真像是家养的小鸡、小鸭，被做记号了，真的觉得脸丢大了。

传统家庭经济的时候，自给自足，每家每户都饲养一群鸡鸭鹅，这可是百姓人家的"小银行"。这些有腿长翅的家伙，外表特征差不多，散放着，时常混到别人家禽群里，很难识别是谁家的，常常出现"走失"现象。自然，就会引发民间纠纷，它们又不会认人说话，往往是"公说公有理，婆说婆有理"，神仙难断，很棘手。

为了避免麻烦，人们通常都给自家养的鸡鸭鹅身上，做上记号，很简单：染色，用红色或绿色等颜料，给家禽同一位置染上颜色，还有在脚架上，扣系清一色绳索的，这两种办法不能长期区分识别，因为禽类会换毛，鸭子鹅子经常在水中漂洗，记号就会消失。烙印，虽说烦琐点，但比较顶用，这种记号标识管终生：在刚买回来的禽苗脚上烙上记号。有的把右脚内蹼剪个小口，称为"右脚内叉"；有的剪掉左脚指甲尖，记号名称为"左脚外拐"，等等。各家的记号不同，一旦走散，很容易分清，物证明确，也就不会产生纠纷。

"昔我往矣，杨柳依依。"游子怀着乡愁，凭着永远抹不掉的、心灵上的记号：庄前的小木桥，庄头的老榆树，庄后的土地庙，找到了根。"唯有门前镜湖水，春风不改旧时波"。不管你多富有，无论你官多大，到什么时候也不能忘，咱的家乡。记号种在心里，你回来，或不回来，

"记号"就在那里。

你看："门楣喜庆生辉彩，秦晋良缘兆吉祥"，红红的对联贴上了院门，门庭张灯结彩，显示这家人正在办喜事。如有人腰身扎着草绳，告示这家中有人逝世，它用"草绳报丧"的信号方式，把丧亲之痛的消息告诉亲友和邻居。油菜花开，标记着"王""李"的布幡，长条的、三角的、带须带的，在微风中飘拂，族人们开始了祭祀活动。乡下的记号如村野的人，总是巷子里面扛木头，直率而明了、粗犷且生动，用不太显扬的方式，懂规矩，知避讳，有礼、有节、有情、有意，每个毛孔里面，都朴素地传承了"礼失而求诸野"，传统文化似乎就散落在民间的记号里。

记号总是伴随着历史而生而成。歌曲《十送红军》，其悠扬而凄婉的歌声，是人民心底唱出的记号，拂心动情，给人们留下难忘的印象。人人熟稔的经典电影《地道战》，独特的"地道"方式开展的游击战争，那一代的风貌，将我们引领进那段岁月。土洞之间，透露着闪亮的精神，充满了智慧和力量。地道，就是冀中人民在抗日战争中创造的顽强抗战的记号。高老忠在高老庄"记号"的老槐树下，大义凛然，奋力摇响警钟，身中数枪依旧没忘向日军掷去一枚手榴弹，英雄的举动，是中国人不屈不挠的精神记号，何其悲壮的记号！震撼深深，令人永远动容。1978年，安徽小岗村农民在包产到户的"盟约"上，庄重摁下的手印，18个鲜红的记号，一根根分田的桩子，土坷垃的记号，多么朴实，创造了时代的"小岗精神"，拉开了中国农村改革开放的序幕。

岁月峥嵘，往事如烟，许多民间的记号，随着世情人心的冷暖变迁，已渐渐成了人们往事中的记忆。忆起民间的记号，或沧桑，或澎湃，或凄凉，或美好，再感受过往的经历，好像无所不在，又是那么的零碎、模糊、悠远。民间的记号，是祖辈们用心做出来的。细细评来，弥足珍贵，甚至会惊诧，竟有这样一种技艺，如印章一样，盖印在人们的心灵上，真是好东西，永远值得人们珍藏。

小巷如竹

巷，胡同，里弄，方言小街道，直为街，曲为巷；大者为街，小者为巷。

柯灵说，巷是城市建筑艺术中一篇飘逸恬静的散文，一幅古雅恬淡的图画，这好像还不尽完美。在水一方的兴化，一座小巷网罗的小城，翻阅千年古韵的小巷，一半在水上，蜿蜒飘逸，一半在岸边，逶迤恬静，凝固着深邃的历史，沉淀着无声的美丽，似乎还有另一悉意境，是一篇沾着古锈的诗书，一帖釉色流溢的水墨丹青，一碗浸透乡愁乡恋的陈酿。

小城，在地图上，似一只脚掌，抬腿就是一汪的潮湿；在传说中，人到兴化心就花，不同版本的谜底，迷惑了几十个百年；从天上看，像一片荷叶，飘荡在里下河中央，粉雕玉琢。幽静的小巷，自然就是荷纹叶脉了。

小巷连贯着东西南北的城门，在那缥缈的风雨中若隐若现，也并非四时不变，千年不惊。星移斗转，山河改造，"沧浪之水清兮，可以濯我缨；沧浪之水浊兮，可以濯我足"，沧浪河也在哭泣。美人迟暮，青幽幽的裙裾沾染着铜臭，轰轰隆隆的推土机，湮灭了如兰的南门诸巷。如菊四放的银北门，北大街、北小巷瓣骨也早已被一一撷去，新凸显的北门城楼，有趣地昂首佛国，饮泣西风，显赫却不伦不类。所谓温泉的发现，"楚国亡猨，祸延林木"，灌注的水泥钢柱，殃及了乌巾荡依恋的杨柳。梅花簇拥的西门巷弄，真的苍老了，古朴煤炉的袅袅炊烟，铁匠铺的火花，依然保留着曾经的身影。黄昏的余晖，在迷宫似的小巷中一点点散去，遍地鸡毛。

所幸，东门明清古民居群组成的街区，仰仗郑燮的灵气，得开发中保护，在保护中开发，"金东门"再现"明清街"。比之京都的雍容华贵，苏杭的钟灵毓秀，乌衣巷的媚香风韵，确实，金东门的小巷，苔痕泽巷，墙润缝湿，朴素、凄寂、深邃，清瘦如竹，憨实如简，更像一位躺在藤椅上，西装革履，满是闲情逸致的老书生，阖着双眼，还在阅尽沧桑。

寻访"小桥流水古迹多，商贸兴隆人气旺"的金东门，有一种枯竹又长着新叶的味儿。东大门、东大街其实就是顾细如竹的百十米六尺小巷，东西旧情东西，南北巷陌如脉。

金东门的小巷，西接四牌楼，东衔八字桥，向东梭着，应谓竹根所在。"聊避风雨"的郑板桥故居，傍生着修葺了的"拥绿园"，翠竹青青，花香鸟语，墙报碑林。遥想郑燮当年，穿过高低不平、狭窄的小巷，一直幽深地向东行着……

踏竹而行，青砖铺砌的街道，缝摺的青苔，回沾着远古的钉鞋声，时空隔阻了当年的喧嚣浮尘，烟雨大观已经被压缩进狭窄的小巷。走近上池斋药店，风格依旧，"前店铺后作坊""江苏省文物保护单位"的招牌，似乎向人们诉说着百年的古事。

竹竿东伸，那些陈年木板启闭的一家家商户，竹叶般的散落着，或坐北朝南，或坐南朝北。一路的店铺，红红花花的小童鞋房，老太太还在捣鼓着针头线脑；眼罩放大镜的刻字印社，有板有眼地做着古老的家传活计；旧色的香炉烛台、钉耙刀镰，依旧守着锈色；花圈寿衣店东，依旧步履从容，神态悠闲，抚摸着奠仪生灵另一端头的黑白，似乎让人看到，生命的两端就是那么有限的长度。笼中八哥鸟叫着乡音嘻语，修锁配钥匙靠着削竹织衣针的，邻接补牙卖茶叶的……固守家业的商人们的后裔，用懵懂浅显的目光，漠视着眼前的一切，挂了满脸的无奈。

"状元坊"高大巍然，算是竹节了。转身折进南边的家舒巷，悠然深邃，东侧的赵海仙洋楼，幽静典雅，却又不失肃穆宁静，竹报平安，气势会让人眼睛一亮。洋楼始建于清末，主楼是仿罗马式样的三层楼房，有房屋28间，是一座中西合璧的高大园林建筑，为赵姓三代名医赵术堂、赵普春和赵履鳌（字海仙）杏林悬壶的问诊施药场所。相传，光绪年间，扬州一盐商和江都某大木行主为报救命之恩，特聘请宁波匠人精心设计建筑赠给赵海仙的。《续辨证录》《阴阳五行论》《赵氏秘药》《寿石轩医案集存》等医书，竹简线装，好像还在告诉人们，当年这里门庭若市的气息，求医问药的来自四面八方，将洋楼的人气烘托到极致，所以家舒巷又称为洋楼巷。

最东边的大尖菜市口，该是竹头了。颔接上官河的浩渺水势，滋润着充盈的东门泊和丰满的沧浪津，当是时，范仲淹执县令，粮行店铺鳞次栉比，鱼市口的绸缎、当铺、钱庄、南北货。市声嘈嘈，招牌栉比，春秋佳日，集人如织，条石水码头星散河沿，橹声欸乃，舟楫相触；恰如今，竹节一叶叶抹去，萎谢，烟雨填没了米市河畔从河床下升起的千百根杉木伫立的棚屋。岁月蹉跎，冷漠无情，只能捡拾陶瓷瓦砾，在船夫旧竹篙中，迟缓却坚韧地传说这里曾经竹苞松茂的《清明上河图》。

留步竹巷，如抚竹扉。青砖、小瓦、马头墙，遗风淡淡，宁静安详，一边连着城门口，一边连着昔日的鹤儿湾。窄窄弯弯竹巷，恰没有一处生长着一竿竹子，绿意盎然的名声，来聚于一辈辈以编织竹器为生的篾匠，因竹市而闻名。江南的毛竹，齐齐地排列在屋檐下，竹筐、竹篮、竹椅、竹针……竹器琳琅满目，还是那么令人眼花缭乱。匠人们日出而作、日落而息，还在用竹子编织着自己一代又一代的生活。

竹巷已被势利吞噬了半径，留住的半截，该算是竹梢了。即便如此，小巷依旧洞天幽境，眉目如黛，更像一个小家碧玉般的女子，躲在僻静的深闺，抿唇一笑，自个在小桥流水畔浅吟低唱，轻易不肯抛头露面，幽静疏远，文静淡定。

岁月的灰尘悄声无息，郑家大院早就面目全非，到巷里去踯躅一会儿，在断章残简中找寻她的竹片，把小巷连同那些唐诗宋词的青石板、布满竹痕的墙根砖缝一起读进去，你会觉得好像站在历史的边缘，如竹的小巷是有生命的，一枝一叶总关情。你听，清越昂扬的《板桥道情》，把人带入竹影摇曳、"诗书画"三绝的意境，君子独乐着生活的欢愉，有一种"大隐隐于市"的淡泊宁静。你看，穿越时空后，如血残阳下，从山东罢官回家，一人一驴一渔鼓的郑板桥，踽踽而行，带出青竹几枝，拖回枯篓几件，竹篮打水一场空，凄凄楚楚的一幕情景。

不必悲怆，请你再静静地想，小城的青砖黛瓦中，如竹的小巷，平常而淡雅，寻常又凝重，自然会忆起戴望舒笔下的小巷，在蒙蒙细雨下撑着油纸伞的小女子，脚步匆匆留下的麻石，显示富裕与媚态；如竹节的小巷，在清一色的岁月里，鳞次栉比，溢表出纯朴和平淡；如竹叶的小巷，木质挞子门商铺里，不时飘出一些趿着拖鞋的女子，就像《三家巷》中的女人，娉娉婷婷摇曳在街面上，浑身散发着慵懒的气息，如竹竿的小巷，三二只麻雀扑棱棱地飞落在古烟囱上，几点浅灰色的鸟粪距人两三步之遥。

"青山遮不住，毕竟东流去"。小巷再长，总会走到尽头。在金东门的板桥街上，阳光静静地倾覆，板桥竹稀疏地依附着，清影摇风，一种温馨质朴的美好。带着满心的平静，抹去两袖古风，驻足竹圃旁，似乎超越了时空的局限，嗅到悠久的古风，回首如竹的小巷，流连忘返……

又一次翻阅着乡人毕飞宇的小说《哺乳期的女人》。一条是三米多宽的石巷，一条是四米多宽的夹河，三排民居就是沿着石巷和夹河次第铺排开来的，竹木门栅的旁边，矮墩墩胖乎乎的，又浑厚又溜圆的惠嫂，散发似临风飞舞的秋蓬，通身笼罩了乳汁芬芳，浓郁绵软，笑嘻嘻地坐到铺子的外侧来，把脖子倾得很长，不解扣子，直接把衬衣撩上去，似竹筒滴水，肆意地哺乳着儿子……

厨房里的水缸

童年的印象,就是想法子呆玩。那时的玩,也没有留下多少具体的记忆,但厨房里水汪汪、清凌凌的水缸,印象深刻,记忆铭心。

厨房里的水缸,乡村生活的一道风景,功能很简单,就是储水。现在,大多数孩子不知道水缸为何物,那时候没有自来水,河港纵横的家乡,一方水土养育一方人,傍水人家的厨房里,都有一口用于贮水的水缸,或大或小。

记得我家的厨房挨着正屋的东边,草屋顶面的沿口插了几行大瓦,笆门低矮,南边土墼墙上开了个小窗洞,光影弱弱,狭小潮湿。大水缸连体般的紧靠着锅灶台,这一冷一热、性格迥异的两个家伙,彼此相守,对峙又相融,为敌又为亲,真是很有宿缘。

玩累了,口渴了,我总是猴急地推门冲进厨房,揭开水缸盖,舀起一瓢水就猛喝;二弟甚至直接把头探进缸里吸水,小牛一样的豪饮。灌饱了,擦抹着口边的水珠,那感觉啊,真像那悠游自然的风一样,惬意。

我不知道水缸从何而来,印象中粗陶做的,上宽下窄,土里土气,虽说上了釉，但青褐色的外表有些毛糙，黑不溜秋的像庙里的大肚皮将军。盖着一个圆圆的大木盖，一小半埋在泥中，很大很深，霸气地蹲在那里。缸口弯处还用几股钢丝紧箍着，缸沿儿一圈磨得闪着亮儿，内里却是很光滑，盛满了水，蓝晶晶的，镜子一样。

人们常说开门七件事，柴、米、油、盐、酱、醋、茶。其实，乡村百姓每天为生活而奔波的还有一件大事：水。我们是喝着水长大的。

天刚蒙蒙亮，河边码头上就沸腾开了，沉淀了一夜的河水，真是个清纯。各家都抢着用水桶来挑，嘀气的人家还用小船到河中心运水，抬水、拎水、挑水，各显神通，将厨房水缸装满。奶奶把大块的明矾放在砧板上用菜刀背敲碎一点，再撒入缸水里，清凉的河水倒进缸里的，一桶水下去，矾粒四周扩散……数小时后，污物杂质沉淀下去，缸水就渐渐清澈、洁净了，可供烧菜煮饭之用。

日久天长，水缸里的水垢积累多了，只要一荡水，就会漾起棉絮一般的丝状浮渣，缸底部的"水脚子"青苔似的悠悠地黏附在缸底，可以用掏空的竹竿子做支"水吸子"来吸出。清缸时，我们可喜欢听空水缸里的"音响"：弯腰入缸，耳边便会嗡嗡作响；在里面喊话唱歌，声音混合分外的响亮，高、中、低音波全有，回转音共鸣，不亚于现代的"卡拉OK"立体声功放。

隆冬时节的水缸，是我们的最爱。尽管爷爷早就用稻草把水缸围扎起来，也降低了水位，水缸里还是结了一层亮晃晃、白薄薄的冰片，缸边还有美丽的冰花儿。拿木棒敲开上面的冰层，"咯喇咯喇"的响，很是清脆。用瓢舀出来，在嘴里慢慢地放入一块薄冰，轻轻地吮着，感觉就像是在吃"棒冰"，纯天然的，冻牙却爽心。

水缸里还出故事呢，带来不少的乐趣。一家人在院落里乘凉，妈妈常常从水缸里拿出一个脸盆，变戏法似的分出几瓣西瓜、香瓜，虽说棉花行里偷栽的瓜不大，但在水缸里"冰镇"过了，清甜、凉爽、有滋味，很消暑。

父亲呷口大麦茶,当然是用水缸里的水烧开泡的,有板有眼地唱起京剧《沙家浜》选段:"垒起七星灶,铜壶煮三江;摆开八仙桌,招待十六方……"母亲笑盈盈地说:"沙巴喉咙癞宝声,先到水缸里舀瓢水润润嗓子吧!"

叔叔卖着关子,让我们猜谜语,说:大肚熊将军,整天不作声,独住灶神屋,靠它享清福……

"水缸!""厨房里的水缸!"全家人都笑了,笑得是那么的开心。

奶奶凝神地望着水缸边上高高堆放的胡萝卜,抚摸着我们瘦黄的脸蛋,轻轻地叹了口气,慢慢腾腾讲起故事。

从前,有个勤劳而英俊的小伙子,靠给地主种田为生,孤苦伶仃。一天,他在田沟里捡到一只特别特别大的田螺,色彩鲜艳,摸上去很光滑,心里很惊奇,也很高兴,把它带回家,放在水缸里养着。

咦,怪了!他干活后回家,却见到铁锅里有香喷喷的米饭,桌子上有美味可口的鱼肉蔬菜,茶壶里有烧开的热水。是什么人学雷锋的呢?第二天鸡叫头遍,他扛着锄头,佯装像以往一样下地劳动,天一亮他就匆忙赶回家……他悄悄地翻过篱笆墙,蹑手蹑脚地贴近门缝往里一看:一个年轻漂亮的姑娘从水缸里慢慢地走出,身上的衣裳却没有一点儿潮湿。这姑娘移步到了灶前,就开始烧火做菜煮饭。小伙子连忙飞快地跑进门,姑娘想回到水缸中,却被挡住了去路。他走到水缸边,捡起大田螺的空壳子。年轻姑娘没有办法,只好告诉了他,她是田螺姑娘。小伙子非常喜欢田螺姑娘,漂亮的田螺姑娘也喜欢勤劳英俊的小伙子,后来他们就结了婚,过着幸福的日子。

"我也要去沟里捡田螺!""捡大田螺!"我们争吵着说。

一大家人都笑得人仰马翻。但那时我们是非常相信的:乐于助人,懂得感恩,好人真的会有好报。

水缸连着八方，连着江湖。其实，那时厨房里堆放着许多柴草，放水缸，还可以用来防火，邻居有位老婆婆烧饭"走水"了，靠的就是咫尺之处缸里的及时水，才没酿成大祸。

再回老屋，已不见厨房，更不见水缸。水汪汪、清凌凌的水缸，装的是水，盛的是亲，更是满满的泼不去的情，乡情、乡恋、乡愁……

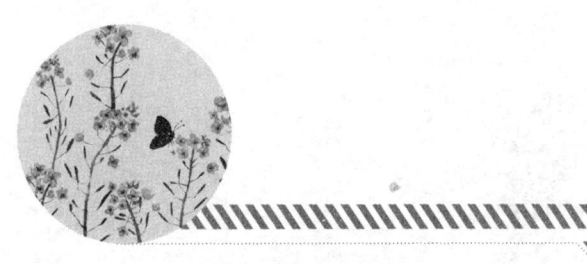

第四辑　乡韵·风物

　　静谧的垛田，演绎着先人们堆淤成垛的水泊梁山，神秘朦胧，蕴藏着勃勃生机和美丽传奇。河有万湾多碧水，田无一垛不黄花。清水潺潺、岸芷汀兰，地貌独特、八卦罗列的千岛上，一望无垠的油菜花海，花水互衬，天然雕饰，湿漉漉地泛起灵性，迷离惝恍，蔚然成景，水朦胧，花朦胧，似乎有一种空灵在曼妙。

　　油菜花开满垛田，像漂浮在水上。犹如一朵朵祥云飘舞于水面，似一片片流霞散落在人间，又宛若年少的花木兰在"当窗理云鬓，对镜贴花黄"。煦风中晃动的油菜，闪烁着青春的消息，无处不飞花。望是一幅画，闻是一首歌，问是一本书，切是一碗酒……一帧世间平常却难得的风景，养眼，怡耳，悦心，润肺。

飘在水上的花

黄色一垛垛向我靠来，一垛垛进入我的眼帘；清香一层层向我袭来，一层层撩拨我的鼻翼。

草长莺飞、大地吐新。又见一堆堆、一片片黄灿灿的油菜花，黄，沁着香，香，裹着黄。千朵万朵竞纷繁，是谁，挥动了黄色的画笔，泼墨出一幅铺天盖地、妖艳秀丽的丹青画卷？乱花渐欲迷人眼，又是谁，为"寻花问柳"，裸释了一场色彩缤纷、鲜亮夺目的视觉盛宴？

静谧的垛田，演绎着先人们堆淤成垛的水泊梁山，神秘朦胧，蕴藏着勃勃生机和美丽传奇。河有万湾多碧水，田无一垛不黄花。清水潺潺、岸芷汀兰，地貌独特、八卦罗列的千岛上，一望无垠的油菜花海，花水互衬，天然雕饰，湿漉漉地泛起灵性，迷离惝恍，蔚然成景，水朦胧，花朦胧，似乎有一种空灵在曼妙。

油菜花开满垛田，像漂浮在水上。犹如一朵朵祥云飘舞于水面，似一片片流霞散落在人间，又宛若年少的花木兰在"当窗理云鬓，对镜贴花黄"。煦风中晃动的油菜，闪烁着青春的消息，无处不飞花。望是一幅画,闻是一首歌,问是一本书,切是一碗酒……一帧世间平常却难得的风景,养眼、怡耳、悦心、润肺。菜花花香喷喷,桃红红艳一时,蚕豆豆哄煞人,刚刚好像才星星几点黄色,转眼却遍地的金黄。氤氲在一片金黄之上,生命里又一次美丽的邂逅,如人生中的一场艳遇,在不经意间被一物一景打动,油然说不尽的愉悦和心怡,诱惑你心旷的心不断向前驿动。

望——暖洋洋的阳光里,嫩黄鹅黄鲜黄曼妙的菜花儿,衔住松软的泥土,熙熙攘攘地蔓延到水边,飘浮在水上。一朵朵娇小玲珑的花朵,像一颗颗星星眨巴着眼睛,又仿佛一个个黄精灵张开翩翩翅膀,停在空中,凝然不动。何人嬉逐戏闹?"儿童急走追黄蝶,飞入菜花无处寻。"静观其气色,一簇簇、一幅幅金黄,微风中翻泛着金浪,耀眼、炫目。

阳春三月天,遇见满视野的开得热闹、亮得张扬,群英众秀、高低错落的油菜花,在明媚春光的沐浴下,像刚从水里洗净过的,清新且旖旎,似一群群楚楚动人的女子,羞涩又恣情。孤鹜凫过水面,留下点点涟漪;倒影让河水变得绸黄斑斓,惹弄得鱼虾沾花汲影;高处迷蒙的桃红柳绿中,黄莺鸣黄花,彩蝶采花蜜。黄粉沾印了红裙裤,人在画中游,蓝天、碧水、金岛。满面绝美春意图,水乡尽挂黄金甲,忙碌了囫囵不歇的眼球。远处的天际橙黄,近处的小河鲜黄,盎然的春意,恰被菜花无言的魅力张扬得淋漓尽致,步移景换,独领风骚,不但稠了景色,也花了人心,醉了镜头。

闻——暖风熏得游人醉,油菜花肆意地宣泄着自己的热情,蜜蜂引出阵阵花香,夹带着泥土的清新,湿润润的空气中浸透着甜甜的馨香味,四处弥漫。轻嗅淡香,不禁让人想起朱自清先生"微风过处,送来缕缕清香,仿佛远处高楼上渺茫的歌声似的"。花与人,向来都是境界的互衬,若有若无、恬静、惬意、悠然自得。饱享着这有味道的风景,贪婪地吸吮一口,沁入肺腑,满是袭人的清香,洒脱、酣畅、绕梁三日。恍然间,发现周身萦绕着万种风情,确实别有一番情致,这时候,什么都可以想,什么都可以不想,自然觉得满腹弥漫着幸福。

船娘委婉的一桨,惊走三二尾昂刺鱼,摇出一舱笑语欢声,沉寂已久的七彩思绪被轻轻撩拨;隐隐约约的一曲《梦水乡》,陶醉了纯粹而流畅的情怀,把乱耳劳神的心事悄悄抚慰。止步静听,感觉到花海里藏着一种盎然又无名的声息,似怀中婴儿稚稚的甜美呓声,又似不谙世事的少女怀春昵音,会感应到远古先人们堆淤积垛号子的呼唤,会感喟到《水浒传》中豪侠仗直的忠义,还会感悟到乱石铺路的"六分半书"的韵律,也许还感叹到了"荻港萧萧白昼寒,一霎时波摇金影"板桥道情的沧桑,或许还能感慨到一百〇五个男人和三个女人的故事……

油菜花围拢着,漫天花语,满地流香,她的无言无语,胜过有声的气盛。恬静中她已诉说了怡人的香气,诉诸了缤纷的美姿,诉求了绵密的情感。你听到花开的声音了吗?你嗅到花香的声息了吗?那么柔、那么美、那么深情!要诠释这天籁轻音,得用虔敬的心去倾听。

问——油菜啊,你从哪里来?原产地中海沿岸,为十字花科植物,芸薹是我的字号。侉生侉长,落地长根,花冠四瓣,果实长角。生于萧瑟的秋凉时节,蛰伏霜冻冰雪之中,风光在和煦的春风里,成熟于热风细雨之际。生,从从容容;死,累累硕果。有菜有花又有油,是人们喜食的蔬菜,是最早吹响迎春号角的农作物,是中华第一大食用植物油原料。

我婉约清秀,野朴平实,用血脉营养了贪婪的口舌,用灵性渲染了祥瑞的金黄,用芳华感恩了勤苦的人家。纵然是不登大雅,在唐宋小桥的流水间,在《桃花扇》的书页中,在雕栏玉砌的记忆里,也有自己独特盛开的花语。黄色天天向上的花,我的花语是金黄的爱,让人回味;出油率很高的花,我的花语是奉献,就像辛苦操劳一生的农民。油菜花的谐音是"有才华",为我的花语加油吧。

是啊,油菜花是乡村寻常作物,百花中的贫农阶级,没有牡丹的雍容，没有玫瑰的绚丽，没有百合的恒久，没有茉莉的芬芳，在养花人眼里不算花，附庸风雅的文人骚客鲜为吟诵，那位曾经创造盛世神话的乾隆大帝，却吟咏乡野之《菜花》诗："黄萼裳裳绿叶稠，千村欣卜榨新油。爱他生计资民用，不是闲花野草流。"

切——抚摸油菜花，如触摸到村姑的脉象。她的肌腠，正在那丰姿起伏的花丛间润泽着；她的灵魂，正在那暗香缠绵的花浪里灿烂着；她的心思，正在那春梦羞涩的花蕾中呢喃着。

很小的时候，常跟着母亲去畦上栽植油菜，去垛上撒播油菜。母亲说，油菜花是春天的女儿，春天醒来的时候，油菜花渐渐的、静静的开放，蜜蜂就会围绕花儿歌唱。她小的时候，外祖母就经常带着她到田野里看油菜花，油菜花很是朴实却金贵，与人很亲近，与土地更亲近。油菜花懂庄稼人的心，庄稼人对油菜花也有感情。喜欢油菜花的人，随遇而安，都会有一颗纯朴、温厚、善良的心。我似乎明白也体味到了母爱的温馨，平凡中的伟大，淡定里的恩泽。

一花、一草、一木、一鸟鸣，都是大自然的剧本。前不久，陪阎肃先生看千岛菜花，阎老柔情地抚摸着渐次绽开的花朵，动情地竖起大拇指，深情地感慨说，油菜花很是普通，向来没有高贵的身份，但很懂规则，每朵花都有四枚花瓣，有序地呈十字形排列，也是在启发、激励我们人生得有"四分"吧：一是天分，要充分挖掘天赋的潜质；二是勤奋，做任何事情都要认真努力，付出心血；三是缘分，机会留给有准备的人，珍惜成功的机会；四是本分，做人要厚道，做事负责任。

是啊，一花一世界，一树一菩提，人生就是一场修行。平平淡淡的油菜花，诠释了"宁静致远，淡泊明志"人生志向，昭示了"自然最美，简单最好"的生活真谛。

"我也是一朵油菜花。"八十一叟豁达地笑言："花四瓣，我四实——诚实、忠实、老实、结实！"

115

油菜花，这是怎样的一种平凡的花，在掌声和赞美中依然素面朝天，默默地开，又悄悄地谢。虽然只会短暂地留给春天，那种美轮美奂，却是永久存活在人们心里的。风光旖旎的时日，不仅为开得好看，也不是为开得香气，凋零和枯萎了，才看出为的是结出出油的菜籽以"资民用"。

　　淡然的油菜花，犹如淡淡的人生，在平淡中追赶春天，点缀精彩，孕育希冀，绽放绚丽。生活也是金黄的，人生犹如风景，油菜花如此，人亦如此！

　　朋友，你一定看过不少地方的花，可你看过飘浮在水上的花吗？兴化独特的垛田，世界一绝，春看菜花、夏赏荷花、秋见稻花、冬观芦花，尽是飘浮在水上的"垛田"元素，别样风情。只有在这里，你才能用心体验到"船在水中行，人在花中走"的独特生态魅力。如果哪一天你有雅趣去游飘浮在水上的"里下河千岛"，临行前别忘了告诉我一声，也许我可以给你当一个不很出色的向导。碧野先生笑了，当向导只是一个漂亮的借口，其实私心里也很想找个机会去重游。

读 雾

看电影看电视，常看见艺术家们捣鼓出来的仙境：瑞霭纷纭、溪水潺潺的仙境，好像都是云雾笼罩、意象虚浮，似乎披上了一层雾驳沉沉的神秘面纱，才能灵显出过眼云烟与红尘隔绝，彰显出扑朔迷离的风骨情节，才会有缭绕眼球的悬念。

我一直对雾有一种说不清的情愫。记得十六岁时我刚离家去远方工作，那是一个寒凉的清晨，轻悠悠的蒙蒙雾一阵阵漫来，给寂静的乡村披上了一层薄薄的轻纱，一缕缕、一团团，如烟、如尘……也如我依依惜别的心情。父亲拎着装行李的蛇皮袋，一路反复叮咛着，有点语无伦次。雾似乎越来越浓，越来越沉，让我们都看不清了对方的表情，虽然近在咫尺。不知何处传来几声小鸟的轻吟，也是凉怯怯的。我默默无言地上了小轮船，隐约看见岸边挥手的父亲，头发上满是水珠晶莹，"记得写信回家……"哽咽的话语在茫茫的雾中徘徊，一直缭绕在我的心田。我发觉雾是可读的，这小水珠是有记忆的。

雾腾腾茫茫的时候，心中就弥漫起乳白、湿润、朦胧和飘浮的意象，面对这个蠕动、庞大的神物,想着什么,我也说不清楚,时常静谧地去读这个风景,也许只有我一个人知道个中的况味。

秋日傍晚的薄雾,可谓是美轮美奂的景致。不知什么时候升起了一点点白雾,薄如蝉翼,渗透弥散着朦胧,缥缈渐重,遮掩画卷似的,倦怠了五颜六色的菊草。这氤氲的气息,若即若离,虽然宛如仙境,却让人雾里看花,有些浮躁。原野里雾气最为浓重,微风来吹,可以清晰地看到打着卷儿漂动的白色,好像在给饱满的稻穗抹最后的滋润;黄叶一片片地从树枝上飘动下来,跳舞似的与母亲离别。近处草垛、农肥墩子,像云雾中的一个个小山峦,远处有几个小村庄点缀在白雾中,秸秆、枯柴烧出的袅袅炊烟,从高高矮矮的烟囱里冲出来,自然、淳朴,乳白色的、灰黑色的烟缭绕在天空,分不清哪是云哪是雾。更远处一排排水杉树,坐标一样划破一条公路,真是"水雾一边起,风林两岸秋"。

初冬的早晨,在氤氲弥漫的雾霭中慢行,飘忽不定的团团雾滴,挂在树上、藏在草丛里,绕在街道间,蹑手蹑脚地亲密、润腴着我,这会儿不妨闭上眼眸,淡淡的、随意的、漫散的享受一番美丽的朦胧。隐秘中太阳被雾托出来,像蛋黄一样晃悠悠的,渐进地"风来闻肃肃,雾罢见苍苍",雾,黯然地一缕一缕浅淡稀薄了,又大又圆的太阳露出笑脸,发着柔和的光泽,世界又洒满了明亮的阳光。这才幽然地睁开眼睛:冬青是这么的绿,楼房是这么的高,行人的笑容是这么的灿烂,泱泱大地在阳光的轻唤下缓缓苏醒,如一幅宁静幽雅的水粉画,一切都是那么的亮丽迷人,自然会心旷神怡。至若渔歌互答,你才发现清凉、冷寂的木桥下是深幽的河流。迷离的水面上,那里的水雾别有一番情致。在水一方,撒网、摇桨、收渔,雾中渔人的心情,悠闲与自得其中,深蕴显示出淡而远、清而净、飘飘如仙的神韵。

古人亲近雾的丹青众多,美丽的画卷中常常绘缀着销魂的倩雾,诗词似是不多,写自然现象的诗句大多集中在风、雨、霜、雪一类上,苏轼的"香雾空蒙月转廊",杜甫的"香雾云鬟改",李贺的"光风转蕙百余里,暖雾驱云扑天地",只是顺便提及,李峤的《雾》还算有点雾气:曹公迷楚泽,汉帝出平城。涿鹿妖氛静,丹山雾色明。类烟飞稍重,方雨散还轻。倘入非熊兆,宁思玄豹情。晚唐大诗人韦应物是个例外,他有首著名的《凌雾行》,短短六十个字,却字字是珠玑:秋城海雾重,职事凌晨出。浩浩合元天,溶溶迷朗日。才看含鬓白,稍视沾衣密。道骑全不分,郊树都如失。霏微误嘘吸,肤腠生寒栗。归当饮一杯,庶用蠲斯疾。"浩浩"和"溶溶"的一幅奇异、淘气、充满悬念的雾,时隐时现,亲近而不清晰,遥远而不模糊,有一种撩人的美,惹人爱怜,让人超凡脱俗而又憧憬未来,微妙地悟道出朦胧也是一种美。回文联"雾锁山头山锁雾""天连水尾水连天",既可顺读,也可倒读,不仅它的意思不变,而且颇具卷帘趣味,可算是对联修辞中的一朵奇葩。

　　雾遮没了正对着后窗的一带山峰。雾,雾呀,只使你苦闷,使你颓唐阑珊,像陷在烂泥淖中,满心想挣扎,可是无从着力呢!茅盾先生在《雾》中吼出:我诅咒这抹杀一切的雾!身为万物之灵的我们,不能只消为了政治,对风情万种的雾似乎太为偏见了。

　　雾,接近地面的云,一种自然现象,与人心是契合的,可读,可猜,可想,可悟,充满了所谓的诗情画意,无非是春夏秋冬,自然美景。我无法诠释雾的千变万化和纷繁复杂,雾的意念柔和与仙境般的微妙,真亦假来假亦真,万物静观皆自得,懂得欣赏的人,才能感悟到它的美妙之处。

　　雾,是一本无字的书,是一幕无声的影片,是一组无形互联网。人生就像一场雾,或许,变幻莫测的雾,本意就是让你永远也看不透。读雾可以明目,可以养心,可以悟道。读雾如读心,让我们在纷繁的尘世中禅悟人生,在浮躁的心态下安之若素,在竞争的市场上难得糊涂。

　　迷雾团雾也好,雾墙雾壁也罢,神奇变幻并不怪异,"雾"笼罩只是一时，你遇到"雾"时，一定要沉着淡定，不要惊慌，不必迷茫，更不能失去方向，煮酒论之。记得板桥先生的"六分半书"：放一着，退一步，当下安心。按捺住自己一颗驿动的心，守住自己可贵的孤独与寂寞，久雾天必晴，雾散云自现，一切都会恢复光明，一切都会读懂，一切都会美好！

芦苇的爱情

我的家乡是著名的里下河民歌《拔根芦柴花》诞生的地方，是郑板桥的故乡、《水浒传》作者的故里。那儿是水乡泽国，河流野藤般的乱缠。盛产芦苇，有水有芦苇，有芦苇必有水。一簇簇、一丛丛、一片片，密密麻麻地竞相攒动，拙朴的身影根植乡土是那么执着，顽强的簇叶前呼后拥是那么的鲜灵，郁郁葱葱，仿佛生命霎时复苏返青。

芦苇生长在水边，亭亭立于温暖的河床上。纤细、单薄、羸弱，不事张扬、空腹有节、随遇而安。没有花的美貌，没有树的凶悍，也没有乔木那样的骄矜与尊贵，是自然界不太起眼的植物。不是竹，却有着竹子的抱负与伟岸，传承着竹子的气节与骨影；不是树，却有着树的坚强与厚道，发扬了树的宽容与忠诚；不是草，却有着草的默然与清雅，彰显出咬定不放松的品质。她不择环境而栖身，不惧风雨而挺立，不逐名利而生长，不卖弄矫情而温柔，柔弱里蕴涵着刚毅，朴实中透露着灵性。

年复一年，岁月的流逝对她来说，没有意义。叶似竹片，茎中空，秆光滑，花紫白色，如丝的毛上，缠着许多白絮，清秀、碧绿、生动、

121

柔韧、摇曳、怡人，一派谦谦温和的君子风范。纤巧的苇叶细长细长的，轻盈、飘逸、妩媚，随风舞动起来，一如孩子的小手，绿处发亮，和得嫩滑。又似无数条碧绿的绸带，婆娑起舞，风姿绰约，高雅又不失谦逊之气度，清香中透着无限的生机与活力，少女般的纯美宁静。

芦苇的初恋，始于早春二月。千万棵婴儿乳牙般的芦笋破土而出，清风竞发，抽叶铺绿，淡绿的云朵连绵到视野的尽处。蒌蒿满地芦芽短，春江水暖鸭先知。漫天的绿色染绿了河水，这时，你才能品味到"春来江水绿如蓝，能不忆江南"的意境。此时的芦苇成荡，是鸟鸣鱼戏的仓库，野禽欢畅的天堂：不知名的鸟儿在里面做窝，引颈嬉闹；不绝的情歌互唤，叫得河水澄清明净。细鱼小虾不谙世事，整天穿梭在茂密的芦丛中。河蚌、螺蛳也来了……它们的游戏，使那一株株情窦初开、分不清你我的芦丛，面对这些生灵，颤颤抖抖，像一位宽厚的少妇，柔情相抚；又像是少女搂着情哥哥的腰，半依半就地摇荡着。

芦苇的爱情是从夏天中渗透气息的。"芦花放，稻谷香，岸柳成行……"，蓬松松、轻飘飘、毛茸茸、绵软而充满弹性，渗漏出无数个小茸球，如一支支临云欲书的毛笔，抛投出自由、轻松、欢悦、神奇的气息；清风一捋，不留痕迹。发水啦，青春正旺的鱼虾龟蚌，成群结伴的野鸭飞鸟，轻盈点着水的蜻蜓，像伊甸园里的亚当和夏娃，过着快乐、简单、自足、自在的生活。碧绿碧绿的一片铺向无边，萋萋滴翠，阔阔的芦叶在燥热的风中摇动着，"沙沙"作响，掩饰着多少骚动和羞涩。

忽然有一天，似从《诗经》里飘出的一群窈窕淑女，蒹葭苍苍，优哉游哉，戏到水滨，洒下一路银铃，不时惊起一群群水鸟，扑啦啦地飞向天空。豆蔻年华、细腰身的女子们，左右采之，摘一片芦叶，卷筒、咀嚼，鸭嘴一般的笛哨；折一枝芦管，斜削、洞眼，就成了一管芦笙。美人鸣箫，巧笑倩兮；美目流连，暗送秋波……芦苇慷慨大方地把自己的"风衣"，任由那一群高贵的云想衣裳花想容的女人们采摘而去。不久,她又长出更多更新艳的茎条来。

芦苇少妇般的丰盈了,端阳节快到了。女人们划着一叶叶扁舟,游进芦荡深处,如茫茫芦海中的一茎。采下芦叶,又长又滑的苇眉子,在女性的手掌中俏皮地跳跃着。一大盆一大桶的清水里,芦苇叶子好像变胖了,随意地漂着,就成了一筐筐水灵灵的粽箬。之前芦叶在湖荡里,在蝴蝶的翅膀间,在南风声中徜徉,换一种方式变戏为了粽箬,还是那样清爽。紧随着土灶粽气的清香,香厨房,香满堂,直扑人脸。打粽箬,裹粽子,水乡人家屋檐下挂上了驱邪除秽的艾草、菖蒲,还有门前那木桶里湿润润的、翠绿绿的粽箬,实在美得很。

月牙星繁的七夕,中国少女节,东方情人节又到了。鹊桥就搭在芦苇的天空上,青年女子们来到花前月下,芦秆饰栏,搭制香桥,仰望星空,月下乞巧、乞美、乞姻缘、乞子,童子们还要乞聪慧,十分热闹。穿上新装的村姑趁织女和牛郎团圆的时候,在门口的芦苇边,摆设香案,口唱歌谣"天皇皇,地皇皇,俺请七姐姐下天堂",向她乞求织布绣花的技巧。芦叶也和她们一起屏住了气,静听牛郎织女的悄悄私语。月上树梢头,人约黄昏后,孔雀东南飞,初七及下九,嬉戏莫相忘。七月七的芦苇荡里也有趣事啊。

风俗风情也离不开芦苇荡,画船花轿侧畔过:请媒、访亲、问名、通话、忙嫁、迎娶、抢上风。伴着婉转悠长的唢呐声,芦荡深处驶来一条双篙双橹的花船,在村边芦苇荡转悠了三圈,船轿载着新娘,带着满船荷香和喜悦。一对新人相互搀扶在船头,喜娘、家丁、丫鬟抬着嫁妆紧随身后。新郎拨开船旁的芦苇,不停作揖,吹鼓手十分入神地鼓着腮帮卖力吹奏着,波光粼粼的河水中,映着红色彩轿的影子,就像是花锦在水中随船漂游。荡水有节奏的"啪啪,啪"地击打着船头,像是岸上轿夫迈着整齐的步伐前进着……嫁女娶亲,走马鞍(鞍与安谐音,意思是平平安安)、迈火盆(生活火爆)、踏石板(意思是生产平稳,没有坎坷)、入洞房,芦苇滩上的人家也热闹得很。

"芦花才吐新穗。紫灰色的芦穗,发着银光,软软的,滑溜溜的,像一串丝线。有的地方结了蒲棒,通红的,像一支一支小蜡烛。青浮萍,紫浮萍。长脚蚊子,水蜘蛛。野菱角开着四瓣的小白花。惊起一只青桩(一种水鸟),擦着芦穗,扑鲁鲁飞远了……"汪曾祺先生那双发现美的眼睛,在小说《受戒》中流出了这样的文字!

秋风捺过,素裹起伏,宛如波涛翻滚的海洋,芦苇褪尽一身青衣,没有了夏季的奔放和热情,在她飘逸的心里,悄悄地收藏了凄美、苍凉的美丽,羞涩地低垂着头颅,渐渐地换上了金装。枝条上蓬松出朵朵银丝般的芦絮,悠扬飘逸,像镶满了晶莹剔透的宝玉,随风而舞,含着一种悠长、缓慢的诗笺。与追逐嬉戏的云朵汇为一体,好像有无数个不为人知的秘密约定。小楼一夜听寒雨,深巷明朝卖芦花。寻寻觅觅,悄悄然然,芦苇在秋色中孤独地享受飘落的寂寞。

朔风吹拂,天空中到处弥漫着乳白色馥郁的味道,苇絮飘飘,这茫茫的苇海寂静得怕人。面对挥舞着的镰刀,她默然保持着高贵的头饰,以赏赐的姿态和神韵,任人们把它碾成篾、扎成束、编成席,以整个生命相报,愈显出超凡脱俗的圣洁。芦苇刀口处的泪花,圆寂了成熟之美。顽童口中飞扬的芦笛声,油然生出一种虔敬,留下了割舍不掉的记忆。如云,似雪,像雾……情归何处、梦落谁方?

离离水上草,一岁一枯荣,野火烧不尽,春风吹又生。远处传来了悠扬的歌谣:

    春雨惊春清谷天,
    夏满忙夏暑相连,
    秋处露秋寒霜降,

冬雪雪冬小大寒……

　　寒来暑往，又是一个年景啊。经历过春的憧憬和希望；夏的肆虐和张扬；秋的成熟与多姿；冬的无畏和凄美。芦苇对自然界无一所求，只在湿地中静静生活，风风雨雨独自背，总在书写庄子那无欲无求、崇尚自然、尊重规律、悠然风趣的生活态度。

　　是啊，如哲人所讲："人是一棵会思想的芦苇。"

风水是一棵树

过去农村的房前屋后，都会长上几棵树，桑树、楝树、杨树、榆树什么的，大都是长得快的落叶乔木，关键时日，砌房、盖猪圈，还有打家具、做嫁妆，很是抵款顶事。

我家的树似乎比人家讲究。院落前长的是楝树，院落里有两棵梨树，屋后栽的是枣树和柿子树。屋旁呆沟头边零乱着不少桑树，桑葚结果如枣，俗叫桑枣树。

楝树很泼皮，不需要太多的照顾，在各种土壤上，都能生长得郁郁葱葱。奇数的叶片对生着，如鸟雀的羽毛，翠绿的丛中点缀着一簇簇的白花、紫花，树形也很优美，给乡村生活带来一份恬静与美丽。虽然传说唐僧师徒取经归来过通天河时，被一气之下的神龟甩进河里，只得将湿了的经文晾晒于楝树上，沾着神气，但它生性苦涩，像农民一样侉生侉长，大家总是叫它苦楝，苦为不吉，是不能做家神柜和床榻用材的。

初开的梨花，洁白淡雅、清香平静；梨花怒放，雪白雪白；花瓣谢落的时候，也是伴蝶舞的日子，带着沉甸甸的情思漫落。无声中，渐渐地长出诱人的梨子。色泽鲜艳的梨可是"百果之宗"啊，润肺，清心，止热咳，消痰水。母亲说，梨性凉，可不能贪吃；再大的梨也不可以分切开吃，不能分梨（离）。

秋天的风，爽爽的，九月的柿子挂灯笼，几多斑斓、几多怡人。一边听妈妈讲故事，一边捏捏竹筛里的柿子，拣个软塌塌、晶莹剔透的果儿，撕开细薄的皮，一口咬下去，一股柔柔的汁液流进嘴里，滑嫩嫩、软滋滋、酥涩甜香味儿在舌蕾上绽开……那滋味别提多美了。

里下河地势低水害多，枣树生长慢，枣果极易腐烂，体形又不规直，只能作杂材，所以栽枣树的人家不多。枣子红润吉祥，鲜美甜脆，诱人枣果往往等不到熟透，差不多就给庄上的孩子们惦念光了，母亲还总是笑眯眯地叫他们明年再来吃呢。

桑葚结果如枣，红红紫紫，俗叫桑枣树，奶奶说是小鸟种的，小鸟吃桑葚，拉下了种子，夏去春来，天然成树。

前面长楝树，苦；院内有梨子，实；后头栽枣树，甜；沟塘又酸又甜的桑葚，子多福多。

生活就如家前屋后的树，先苦中实后甜，幸福永远。母亲如是说。

我们长大成人了，母亲现在还常对我们以树说教：做人当如楝树硬正，做事当像桑树柔韧，做学问当学枣树刺中找"枣"。

父亲说她讲佛经，老迷信，"房前屋后要栽树，得栽好树！"母亲认真地说："佛可以不信，但不可以不敬。植物也是有灵性的，凡事也要讲点风水嘛，风水是一棵树。"

青青三叶草

雅兰园里坡上长着翠竹,坡下满是绿油油的青草。

这是什么草啊?青草看似常见的花草,倒卵形或椭圆形的全缘小叶,毛茸茸的,柔嫩多汁,有点像紫云英,也就是人们常说的红花草、黄花草、草子。红花草、黄花草,我们那里统称"秧花子",生产队用作绿肥或饲料,度命年代,也常常被人们权作充饥的食物。花草饭、花草粥、花草饼、花草咸,一地紫花苜蓿,喂着农家贫瘠的胃,养着村庄简单而粗糙的日子。虽说青涩的花草祛风明目,健脾益气,却吃得人人胃里冒酸水,脸上浮肿泛青草色。现在的人已经淡忘过去的艰辛,豆酱炒花草挺为时鲜,登上了大雅之桌。时过境迁,一个当饭,一个当菜,味觉不同啊。

园工介绍,雅兰园坡下种的并不是那种花草,而是一种叫三叶草的植物。葱葱郁郁,匍匐地生长着,矮小的草本植物,学名苜蓿草,俗称酢浆草,又叫作车轴草,多年生草本植物,分布于全世界温带地区,属豆科牧草类之一。每一片叶柄上一般只有三片叶子,圆盘似的叶子呈心形状，叶色较深色的心形上印记着淡白色的月牙，美丽而清雅，透露着无限的魅力；花色有橙、黄、桃、红、白等，并不美丽，一样的默默无闻，但是却很朴实、文静、乖巧，充满了生机。

　　这是一种很普通的草，却寓意美好呢！花语是幸福。这三片叶子分别代表着亲情、友情和爱情。同行的张君也吹嘘说：有一株三叶草的命运是这样的：亲人用金钱和关心换走了那片代表亲情的叶子；朋友用可怜换走了那片代表友情的叶子；爱人用祝福换走了那片代表爱情的叶子。没有了叶子的三叶草很快在夏天死去。上帝发现时，她已开始腐烂。上帝说："人不是神，不能承受完美！"三叶草的回答是："人不是神，不能忍受孤独！"人和神都对幸福生活向往着。

　　还有很多很美的传说呢！从前有一对很相爱的恋人，住在一片很美的桃林里，桃林下长着许多许多三叶草。有一天却因为一件特别小的事，闹别扭了，彼此不肯让步，终于有一天，爱神看不下去了，悄悄撒了一个谎：告诉他们各方会有难，只有在桃林的最深处找到那片四叶草，才能找到幸福，才可以挽救他们的爱，俩人听后装作十分无所谓，可是心里还是为对方担忧着。那晚下着暴雨，可是他们仍偷偷为对方到桃林最深处寻找四叶草，当他们知道对方都很在乎自己，都好感动，决定让四叶草见证他们的爱情。园工笑了，得过于容易，只有彼此在乎心中的爱，彼此珍惜的人才配拥有幸福……

　　三叶草，小巧但不卑微，古老但不冗陈，美丽而不奢华，是美好的化身，吉祥的信物，新生的象征。这种美透射着生命的灵气，带给人们古韵幽香的意境，亲切而独特。三叶草罕有四片叶子，大概十万株里才会变异出一株四叶草，园工说，多出来的那一瓣四叶草，代表幸运。欧洲一些国家，在路边看到三叶草的人们，几乎都会把它收好，压平，以便来日赠送他人，以此来表达他们对友人的美好祝愿。

　　我也听说过这"幸运草"很多美丽的传说。有说它是亚当、夏娃从伊甸园带到人间的礼物：亚当和夏娃被赶出伊甸园后，夏娃决定要找回四叶苜蓿，以此纪念失去的天堂的生活。亦有说幸运草之名是源自拿破仑，一次他正带兵行过草原，发现一株四叶草，甚觉奇特，俯身摘下时，刚好避过向他射来的子弹，逃过一劫，从此他便称四叶草为幸运草。辗转流传的四叶草已经被国际公认为幸运的化身。神性的幸运草，原来就是这般熟悉、平静的植物！真是"踏破铁鞋无觅处，得来全不费工夫"。

几只花蝴蝶从阴凉的花簇里飞出来，添了几分灵气；鲜绿的叶子上滚动着晶莹透亮的水珠，楚楚迎人，清新得令人精神焕发。可能正是这种质朴的气息，让许多人喜爱三叶草。吸着自然清新宜人的草香味，我不由细心地观察这片神奇的草坪，自然梦想能找出一枝四叶草。看酸了脖颈，还在认真地心存侥幸，虔诚地寻找。

草族植物，包括三叶草属和苜蓿草的稀有变种，也有五叶以上，至多是十八叶。从遗传基因变异的概率来看，找到四瓣三叶草的可能性有，但微乎其微，要不然人们也不会轻易叫它"三叶草"了。园工笑语，人人都想是幸运儿，都会为追求幸福而努力，对幸福的渴望，会牵动每一个人的心。

"一花一世界，一叶一菩提。"大自然是个丰富多彩的世界，是一位智慧无穷的老人，是一本永远也读不完的大书。其实，幸福就像三叶草一样，离我们很近。每个人心里头都还会梦求、眷顾有一枝的四叶草，这就是美好生活的希望。只要你留心观察，不懈去寻觅，幸福就在眼前，就在远方等着你。

我掐了一把三叶草。荒诞地想象，一枝三叶草，株分枝、枝分叶会分杈得很疯狂，眼前便是一片广阔、美丽的青青草原。存憧憬之心，与执着同行，我就是一棵幸福快乐的幸运草。

我的故乡有香草

一

我的故乡在哪里？

追溯到很久很久以前，这里是一片汪洋海滩。沧海桑田、斗转星移，江淮海孕育了这方神奇的土地。

林湖影山头公布出公元前6000年一处新石器时期古文化遗址，为中国江淮地区面积最大；张郭蒋庄发现了5000多年前大型良渚文化遗址，为首次使良渚文化"过江"，令考古界非常惊喜，有望复活传说中的"蚩尤"。周慎靓王时为楚将昭阳食邑，故古称昭阳，又称楚水。秦为九江郡地。西汉吴王刘濞在这里"煮海为盐"。五代时析海陵之地设招远场，故有"昭阳古邑""海陵旧址"之称。杨吴武义二年（公元920年）建县，更名"兴化"，取昌盛教化之意。

北宋兴化县（今兴化市）知县范仲淹，督师重修捍海堰，滨海潟卤之地成了良田，又倡导兴盛教化，形成了"先天下之忧而忧，后天下之乐而乐"为核心的"景范文化"，让天下人钦敬，为后世所传颂。

元末明初，施耐庵面对水网密布，水连天，天连水，风韵独特的故乡，即兴吟诗一首："昔人曾去桃花源，我辈今到芦苇荡。蓝天白云映碧波，绿树丛中是故乡。"

河有万湾多碧水，田无一垛不黄花。湖上捕鱼鱼最美，煮鱼便是湖中水。在"映日荷花别样红"的自然风光中，可品味"蒹葭苍苍"的古典意蕴。

板桥故里、水浒摇篮、生态水乡、文化名城。一个水做的地方，人杰地灵，美丽而神奇。

荟萃江南秀色，我的甜美故乡。荣誉市民阎肃先生为兴化这样度身定做了歌曲《梦水乡》。

二

我的故乡物华天宝。

故乡素有"五湖十八荡""莲花六十四荡"之说，"乌巾荡"最负盛名，相传为岳飞射落金兀术乌色头巾处。水的灵秀，让我们更能感受到她的脉搏跳动。

外人说"自古昭阳好避兵"。《兴化县志》（张志）载诗云："我邑独少宛马来，大泽茫茫不通陆；外人羡着桃花源，万钱争租一间屋。"奇特的垛田，宣泄着自然的美丽，已被列入全球重要农业文化遗产。传说，八仙过海时扔下一片荷花瓣，花瓣落水上成个土墩子，于是长出这一片垛田来。板桥道情余韵悠然，绵延着幽香的文墨，使不少名士将此作为休养生息之地。那扬州富商修建的李园船厅，今日，还像一泊在水上的画舫……

"一塘蒲过一塘菱，荇叶菱丝满稻田；最是江南秋八月，鸡头米赛蚌珠圆。"一首郑板桥的《咏兴化》，道出了盛产粮、棉、鱼、虾、蟹、菱、莲、苇的家乡，一派"鱼米之乡"的景象。

风俗兼取南北，主调依附江南。物华天宝的地方，不仅粮丰鱼跃，还是鸟禽的天堂，更是生机盎然的植物王国。《诗经》里的植物有450多种，故乡濒江扼湖，土沃雨沛，四季分明，物产丰饶，当然远远多出这个数。乔木、灌木、藤草、蕨藻，有名的、无名的，星罗棋布、俯拾皆是。

船在垛中走，人在画中行。千垛菜花甲天下，水上森林景如画。

三

我的故乡有香草。

故乡产的粮棉油，历来张扬于世，如水浒豪杰；数见不鲜的奇香异草，总是矜怜躲藏，像不经世面的村姑，似乎并不惹人注目。

香草，为芳香植物，老家人总是喜欢统称为药草，因为它们药香独特，可以杀菌、消毒、驱虫、保健，有药用植物和香料植物共有属性；有的用开水焯一下，也可当蔬菜食用：凉拌马齿苋、清炒芝麻菜、蒲公英作汤、马兰头做馅料，口味特佳；女儿葱、野芫荽、迷迭茴香能给菜肴添香去腥；风干了的茎叶，制作成香囊、香袋，可以健身养心，还可以驱邪逐鬼，保佑平安。

故乡的香草，如故乡淡静的人，似乎著名的品种不多，其实很是丰美出色，不乏奇珍异品，常常让人意外惊叹。各种各样，千姿百色的花叶根茎，幽幽地散发出独特诱人的芳香，默默地涅槃成旖旎斑斓的画卷，充满了清新迷魂的魅力，装点着美丽的故乡。

不需东寻西觅，在乡下田埂上，弯腰随便掬一把，或草或花，都呼吸着沟槽隙地的声息，浸润着雨渍风痕的印迹，飘浮着阳光的暗香，顺人应天。风敲叶响，悠尔一阵麻辣的气味窜进鼻孔，浓烈且恬淡，遥远而亲近，画一样的景致，诗一般的情趣。

艾草、川芎、薄荷、女儿葱、蒲公英、土茴香……信手撷几枝，满手留香，让你也咀嚼英华，分享几丝美好。

四

"村里有个姑娘叫小芳，长得好看又善良，一双美丽的大眼睛，辫子粗又长……"

她的辫子上别着一枝青草，翠绿而蓬勃，像天上落下的一枚旋卷的羽毛。近看，清清爽爽的，似一叶娇嫩的萝卜缨子，还有一股清香的药芹味；远望，春风窈窕绿，仿佛有一缕祥云萦绕在她的头上。

这就是故乡的一种香草，母亲对我说，这草叫"川缨"。

我百度过"川缨""川英""穿英"等同音词，皆无所获。"蘼芜亦是王孙草，年深岁改人不识。"偶从庞余亮散文《母亲的香草》中方知此物叫"蘼芜"，川芎的苗，也叫"川芎"。再查之据辞书，果然如是：蘼芜这种植物，是一种香草，苗似芎䓖，叶似当归，香气似白芷。古时异名甚多，又名蕲茝、薇芜、江蓠、芎䓖。"川缨"，是老家人的口音叫法，应该是"川芎"的串音。

那我们改叫"川芎"吧。过去的乡下，大多数人家在檐下或墙头上都会用旧坛罐或破脸盆，养上几盆指甲花、吉祥草、万年青、女儿葱这些土种花草，船民家的棚顶上，也会放上几盆如意的植物，都一定有一盆"川芎"。

川芎，遍体芳香，祛风止痛，是一种自古代就有名的香草和中药。能治头脑诸疾，据说还可使妇人多子。在乡下，好像多是妇女专用品，得用头发养育。女人们总是精心地用头发丝围在"川芎"的根部，像围围脖似的,又仿佛是给孩子喂奶。早上梳妆打扮后,女人们就去选择掐下一枝鲜叶:妇女插到"鬏"后面,稳稳当当,香气轻扬宣散;姑娘戴在辫子上,甩动不停,洋溢着幸福的表情,洒脱的韵味迷人。

蓬勃的"川芎"叶子,带露摘下,放在阴凉处风干,可以做香料,亦可作为香囊的填充物,佩之裙裾,驱虫避邪。

想起小时候蚊帐里常挂上几枝"川芎",母亲说这是驱蚊草。逢年过节,小肚子常常吃得胀胀的,馊气直泛。奶奶总会用"川芎"泡上一碗茶,再点一点盐。热热的、浓浓的怪味茶,一股地地道道的中药味。只得皱下眉头,怯怯地抿上一小口,然后捏住鼻子,一碗下肚,真的能顺气消食化腻,来几个惬意的嗝儿,头清了,身轻了,春风化雨,我们又舒畅逍遥了。

名流雅好此草,楚大夫屈原堪称蘪芜知己,不仅偏爱,又无比推重,"蘪芜满手泣斜晖",让人叹惜。魏武帝曹操喜欢将蘪芜藏于衣袖,有嗅其香的癖好。曹雪芹在《红楼梦》里,用杜蘅与蘪芜两种香草的并称在大观园中竟也苦心构建了一座蘅芜苑,让薛宝钗寄居此处,因之雅称"蘅芜君"。

说"川芎"的古诗很多。《九歌·大司命》中吟过它:"秋兰兮麋芜,罗生兮堂下。"古乐府写过它:"上山采蘪芜,下山逢故夫。"唐诗中咏过它:"蘪芜亦是王孙草,莫送春香入客衣。"宋词中描过它:"舞彻霓裳,歌残金缕。蘪芜白芷愁烟渚。"元曲中唱过它:"正秋兰九畹芳菲,共堂下蘪芜,绿叶留荑。"清朝诗人道过它:"百道飞泉喷雨珠,春风窈窕绿蘪芜。"新诗似乎鲜见。其实它名字的传说,很是神话美丽。

那是在唐朝初年,药王孙思邈在四川的青松林内歇脚,忽见林中山涧边一只大雌鹤头颈低垂,双脚颤抖,不断哀鸣,患了急病。

隔了一天,药王到青松林,但白鹤巢里已听不到病鹤的呻吟了。几天过去,雌鹤率领小鹤们嬉戏如常,竟已康复。药王抬头仰望,几只白鹤在空中翱翔，嘴里掉下几片叶子，还有一朵小白花，很像红萝卜的叶子。

药王在峭壁的古洞旁。找到一片绿茵茵的野草，叶花与白鹤嘴里掉下来的一样。便携此药下山，用它去为病人对症治病，果然灵验。药王兴奋地随口吟道："青城天下幽，川西第二洞。仙鹤过往处，良药降苍穹。这药就叫'川芎'！""川芎"由此美名扬。

好多年不见它，甚是怀念。特别到老家请来一盆，那股暗香浓郁的味道，微妙地弥漫在居室。用手抚摩着这绿蓁蓁的香草儿，仿佛抚摩着我早已远去的青葱年少，润物细无声。

"川芎"是尤物。在这熟稔的香味中，过去那些浸润着得与失、爱与恨的岁月，似乎随着"小芳"姑娘辫子上别着的那枝青草，忽隐又忽现，迷魂而温馨。

五

我的故乡香草多。

《诗经》上都说不全，我虽然早已被故乡香草的温柔打动，但不知凡几啊，艾草、川芎、薄荷、女儿葱、蒲公英、土茴香，还有……真的不能从容应答，如数家珍了。

朋友，你看过《天山景物记》吗？碧野先生写了那么久，最后，还是说：天山上奇珍异品很多，丰美景物休止这些。

你要我说说？我的故乡也是处处都有丰饶的香草，处处都有奇丽的美景，我可真说不完，只能掇菁撷华，选之鼓吹。如果哪一天你有豪情来游我的故乡，建议你走马观景点，自由生态游，观花识草。"夹岸数百步，中无杂树，芳草鲜美，落英缤纷"。你会惊叹我故乡的香草，清香阵阵，沁人心脾，你一定会"甚异之"。

是呀，生活中真的不是缺少美，只是我们缺少发现。

你敬过艾草

艾草，就是路边野生野长的野草。

乡村的沟边隙地，一是艾草多，一是芦苇多。它们在那里枕着风，傍着水，相依相聚，自枯自荣。除了偶尔飞过的鸟雀，很少有谁惦念它们。

偶尔，芦苇会有人想起割作柴火，艾草呢，多年生草本或略呈半灌木状，主根粗长，基部稍木质，常有横卧地下根状茎及侧枝，褐色或灰黄褐色；叶脉明显，厚叶羽状半裂、浅裂或深裂，两面颜色明显不同，上部草质，面涂灰白色短柔毛，背披灰白色蛛丝状绒毛；花序托小，檐部紫色，似有睫毛；具有特殊的馨香味。羊却不爱吃，猪也不爱吃，气味的霸道啊。

早在诗经年代，就有了"彼采艾兮"的吟唱，自古便被尊为"百草之王"。它是草里的另类，苦中带香，香中带苦，虽说羞羞涩涩，浸润着愁怨，却不甘清淡，上下豁出一股浓烈澎湃的凛然清气。送人艾草，总让你采艾的手，久逗余香的。别名很多，冰台、遏草、香艾、蕲艾、艾索、艾蒿、艾蒿、蓬藁、艾、灸草、医草、黄草、艾绒等，好生奇怪。

你还记得吗？没有什么杀虫喷雾剂、电蚊香、蚊香液的小时候，蚊香也很贵，爷爷就带我们到路边割点艾草，然后将枝叶编成一条条的大辫子，在天黑之前用火柴点燃。不一会儿，升腾起缕缕青烟，一股特殊的香味向四处蔓延，也有点呛鼻，但望着饿急的蚊子们只敢在远处乱飞，嗡嗡地叫着。那时候，我们是多么的开心快乐。

杏为医家之花，艾乃医家之草。记得小时候我幼体孱弱，常常身痒喘咳，奶奶便会在气温转换的春夏之交，到野外采来大量艾草，大铁锅熬汤汁，用艾水为我们洗澡，身上真的不长小红疙瘩了。母亲还会把野艾晾干，用剪刀铰碎，在针线匾里翻找出小花布片，揉碎的，缝制成艾草香囊、艾叶香荷包，挂在颈项上，我们很是得意，别的孩子羡慕不已；粗厚的呢，为我们缝制了几个精致小巧的艾叶枕头，有特殊的馨香味呢，倘若洒上一些白酒，香味加快散出，安眠助睡解乏。《本草》载："艾叶能灸百病。"她们似乎谙识艾叶的性能。

"清明插柳，端午插艾。"清代顾铁卿在《清嘉录》中有一段记载："截蒲为剑，割蓬作鞭，副以桃梗蒜头，悬于床户，皆以却鬼。"一到端午，它就和《离骚》《九歌》放在一起。家家以菖蒲、艾条分插于门楣，敬悬于堂中，避邪却鬼，满村荡着艾草香。到了傍晚，香烛敬过之后，母亲便把艾草、菖蒲收起来，蘸上雄黄酒，在我们的额头上，手背上，脚背上涂抹一些，然后撒到屋的每一个角落，说是消毒避虫。

菖蒲如神剑，艾叶似马鞭。民间遂有俗谚曰："菖蒲驱恶迎喜庆，艾叶避邪保平安""蒲剑冲天皇斗观，艾旗拂地神鬼惊"之说，此草，叶形有驱妖除魔之寓意。

艾草代表招百福。并非所有的花草都具备那般意义。花草能粉饰民俗，譬如牡丹，洛阳有一个国际牡丹节；有以花语意义取胜，玫瑰浪漫情人节，康乃馨感恩母亲节，梅花"凌寒独自开"，寓意风骨；还有以药性取胜的，重阳的茱萸，端午的艾草。但能够有幸走进人间节日的花草，并被赋予了特定的意义又得以广泛使用，是艾草之幸事！

艾草是巫物。有意无意中，你敬过艾草。

空灵的乡村

一

四下里，漫漫都是杂花乱草，旷野寂寞，空静清新，那就是乡村。

乡村都偏远。"土地平旷，屋舍俨然，有良田美池桑竹之属。阡陌交通，鸡犬相闻"。明朗又含蓄，这是一种无法捉摸的桃花源之记，乡村零散且隔绝，充满了天文地理、风云水气，民风粗俗又淳朴，令人忘路之远近。

走进乡村，层层辉映，远离了尘世喧嚣，无穷的景、无穷的静、无穷的魅力，闪烁其间，透明着"白云生处有人家"的含蓄美，亦彰显着"阳景逐回流"之意境，醒脑健脾，自然而然有一种空灵的感觉。

空灵的乡村，人，面朝黄土；食，吃饭靠天；居，依山傍水。甚异之？此中人语云："不足为外人道也。"无法捉摸、说不清的爽心悦目，似乎什么都有，什么也没有。

二

欢畅的乡村，夜有蛙鼓敲响，晨有百鸟欢唱，"池塘边的榕树上，知了在声声叫着夏天……"

"知了，知了——"一曲又一曲，或嘹亮高昂，或低吟浅唱。抑扬顿挫，鸣声如雨、如歌，无休止的齐鸣，把乡村都升腾起来了，为大自然增添浓厚的野趣。

知了是什么呀？蝉的俗名，还有很多土名字蛛牛、爬喳、蜘蟟、唧鸟儿等，它的历史可谓悠久，《诗经·豳风·七月》中有"四月秀葽，五月鸣蜩"，先秦的典籍里常常说"楚谓蝉为蜩，宋卫谓之螗蜩，陈郑谓之蜋蜩，秦晋谓之蝉"。它在唐诗宋词里聒噪了千年，有着美好的寓意，象征复活和永生。

蝉，充满了悲壮的气息。几乎一生都在冰凉中与泥土相拥，和黑暗相伴。从幼虫到成虫，多少年的祈祷期盼和等待，多少次的艰难而痛苦的蜕变，才看见了天日，却不到几周即终。它朝饮甘露，暮咽高枝，不为光阴短暂而戚戚，充满了激情和活力。登上舞台，视死如视生，用心灵歌唱生命，歌唱理想，歌唱劳动，歌唱自然，歌唱太阳，歌唱爱情……

无蝉不成夏。"满地槐花满树蝉。"诗人吟唱"居高声自远，非是借秋风。""知了叫，要收稻。"农民们算着丰收的日子。"知了鸣，天放晴。"渔夫仰观俯察预报着天气，"蝉儿叫叫停停，连阴雨要来临。"是呀，如果蝉很早就在树端高声歌唱起来，"今天天气会很热"。"万树鸣蝉隔岸虹""乱蝉嘶噪渐黄昏"，蝉吟人静，成了乡村盛夏的一种迷人的意境。

蝉是我童年的夏天。"一树蝉鸣两三声，引来四五顽童攻。六尺撑成七八步，九丈翠柳十壳空"。源林烟的数字诗《捕蝉》写得好。捕蝉当然是所有少年的乐趣。大树底下，用铲子掘蝉蛹，电筒寻知了猴，白天呢，如汪曾祺在《夏日的昆虫》里讲的：那时孩子们粘知了用的办法是，用一根长长的芦苇，把顶端做成三角形，在三角形上缠上几层蜘蛛网以此来粘着知了。蜘蛛网的黏性差呀，我们是找来一根长长的竿子，在竿的尖细的一端裹上淘洗好了很黏的面筋，方法和《庄子·达生》里佝偻丈人一样，屏住呼吸，凝神逼近，小心翼翼地探进葳蕤的树林，"稳准狠"地粘住知了的翅翼。一阵嘶哑的叫声，一泡尿溅落在头上，伙伴们便会一齐雀跃。如果没有知了儿，那么，童年的夏天该多么漫长而乏味啊！

知了，知了什么呢？想起台湾作家简媜的"蝉亦是禅"的感叹。我不禁好奇佛教中"蝉"与"禅"同音，蝉蜕涅槃，毫无其他杂念，只为一朝的不鸣则已，一鸣惊人，可谓不以物喜，不以己悲。禅宗常说"活在当下"，它心藏禅意，参得些人生真谛？所以"知了知了"。

诗人吟风弄月：蝉噪林愈静，农夫轻描淡说：心静自然凉。空旷的乡村，风拂叶响，云游鸟惊，"日之夕矣，牛羊下来"，又有鸡鸣狗吠。在这个清新空灵的地方，我们总能在阵阵蝉声中直抵幽境。用心听蝉鸣，以动衬静，是极富禅机、禅意和禅趣的。蝉乎？禅乎。

三

"暖暖远人村，依依墟里烟"。

在错落的树木掩映中，狭窄的村巷，古朴的屋舍，或直或弯的烟囱里，一缕轻烟扶摇直上，在湛蓝、深邃的天空下，随风飘散。"白云生处有人家"，美轮美奂的梦境，"炊烟袅袅牧人归"，意蕴悠远，是那么的静谧、温馨。

一日三次，它像永不凋谢的玫瑰，傲然开在庄户人家的屋顶上、视野里、生活中。那缭绕的炊烟，是乡村景象，是乡村的味道，是乡村的符号。

旭日冉冉地爬起来,和着鸡鸣狗叫,炊烟开始升腾,零零星星,轻轻渺渺,乳白色里透着青光,氤氲迷蒙,梦幻般地飘荡,有一种令人凝神的幽静。

午间的炊烟又一次挂上树梢,在蔚蓝的天空上,清晰地涂了一缕缕白灰色的美景,像轻纱那样缥缈,如薄云那般飘忽,萦绕着妩媚,有一种让人流连的依恋。

夕阳的余晖湮红了乡村,它再一次从烟囱里钻出来,轻轻渺渺,伴着如洗的雾色月华,缓缓地蠕动着,倘若风稍微大点,就像掀起舞女的裙幔,有一种催人遐想的缠绵。

炊烟迎风飘扬,柔茹刚吐,是在讲述着一个个古老的故事。"上天言好事,下界保平安",灶王爷乘着炊烟,说着庄户人家的喜怒哀愁。袅袅的烟笔,淡淡如诗,幽幽如画,慢慢涂抹着水墨丹青,舒展出风情万种。这时候,自然会让人浮想联翩,瞧,那衣袂飘飘,宛如长袖轻舞的仙女,七仙女儿,还是田螺姑娘呢……

青蓝,灰白,黑褐,生生不息就像生生不息的庄稼一样,它是生命的象征,是乡村的希望。庄户人家有炊烟才是踏实的,炊烟随风而逝,四季不尽相同,总是伴随着春华秋实、夏收冬藏,或轻快,或明畅,或狂放,或含蓄。

诱人魅力还有那炊烟里的滋味,黑黢黢的牛粪粑粑拌着草麦灰散发着的清香,弥漫着淡淡的青菜味,腥臊味,酸辣味,缭绕、渗透、温润,飘荡着人们对幸福生活的憧憬和向往。炊烟熟悉的气息,是牵挂着游子乡思的魂,有炊烟的地方才有乡愁。

人归家,鸟返巢。又到了腊月,一切显得多么安详、宁静。世间万物都是静静地来,静静地走,循环不已。乡村的炊烟在逐渐减少、消失,可粗茶淡饭的炊烟里,却留给人的总是涓涓的记忆、绵绵的怀念,<u>丝丝缕缕</u>……

茫然四顾，觉得心中一片空灵。谁在唱："又见炊烟升起，暮色罩大地。想问阵阵炊烟，你要去哪里？"

"又见炊烟升起，勾起我回忆。愿你变作彩霞，飞到我梦里。"你在应，一种难以割舍、无法捉摸的思念。

炊烟空静，往事如烟。

四

小桥、流水、人家，似乎就是描述的我的家乡，一个水做的地方。河港交叉，河流或瘦或胖，到处纵横交错。村庄或大或小，依水而立，傍水而生，氤氲在雾气腾腾的水边，冷落暗淡，又不乏清新幽静。

码头子，乡下人叫着水码头，依水傍河，零星地散落庄子的四周。木头的、砖头的、石头的，高程低卧，大大小小，奇巧古朴，形形色色，姿态万千，是乡村一道奇特显眼的风物。

沿河傍子依地形挖几级台阶，再垫几块砖头，叫"土码头"，俗称"水踏子"简陋，但朴实，很平稳，涨水退水皆不影响。也有从苏南回来的人家，带几块石头放在河边作码头子的，叫"石码头"，很少。一般人家就是在河边钉两根树桩，上面掸块板或几杆拼合的树棍子，延伸到碧波粼粼的水中央，叫"码头跳"。高级的是砖头水泥浇筑的，叫"水泥码头"，很开宽，都是公家建造的。也有用旧水泥船改造的趸船，称"浮码头"，这个有点时尚。比较古老的是青石板码头，几排暗桩抬起，青砖镶边，缝隙周围苔痕斑驳，见证了岁月沧桑，历经了世事变迁，驻留了村庄的历史。

静静地躺在水边的码头，是河的港湾，是河流的眼睛，是乡村生活的标志。无舟不行的人家，船舶停泊在这里，避风浪，躲水流，装货卸物、人客上下，很便利。千百年来，它为人们生活生产默默地奉献着。

143

野藤般乱缠的河流，有了大大小小的码头，就有了乡村的舞台，生动起来、斑斓起来。在晨曦里，四周一片的静谧，码头上有了自己的动静，很熟悉的撩水声，"啪啪啪"的槌棒声，清脆而响亮，伴随着"菜市口"小贩船的吆喝声，在寂静的天空里飘荡，吵醒了乡村。渐渐地，男女老少齐上阵，挑水、淘米、浣衣……一阵欢声笑语，一片骚动喧哗。在暮霭里，傍晚的云气开始悄悄降临，村庄惺惺作态，懒洋洋、多情地睁开眼睛。伴随着袅袅炊烟，大人们撑来仓满的船只，五颜六色的小鱼小虾也会不约而至，追逐嬉戏，孩童们各自带着木桶、门板，在"天然浴场"洗澡、嬉水，击水声、欢笑声、尖叫声，一片喧哗，煞是好玩、欢乐，在凉爽、清澈的河水中，忘记了时间……都得大人三喊四催，才怏怏不乐地被吼回家去。

迎亲船来了！码头上非常热闹，喜气洋洋：爆竹声声迎新娘，锣鼓喧天乐新郎，男女老少笑哈哈，恭贺恭贺发烟糖。河水清且涟漪，一片热闹、欢乐、喜庆的场景，村庄变出百样喜，幻想不到的优美。

"三世修个城脚根，前世修个水码头。"码头子，水乡人家多么美好的向往啊！曾经见证了多少岁月沧桑，留下了许多趣事佳话。世事变迁，虽然当年的风采渐去，留给人们的记忆总是弥足珍贵。

曲折、幽深、斑驳的小巷尽头，小小的码头子还在这里。隔水相望，红红的太阳轻轻地抬起了整个村落，白白的月亮泻满了河面，简单重复，还是那样的安详。

乡村记趣

之一：心善的甲鱼

堤岸蜿蜒曲折，河面波光粼粼，荷叶田田，芦草青青。一团黑影在河畔蠕动。

风吹草动——沙沙沙。

"扑通"有如抛石落水的声音，那是"黑影"跳入水中。

"甲鱼！"对面有人起动了！

只见一个头戴遮阳帽，身着迷彩服，脚穿解放鞋，俨然枪手打扮的渔者端坐水边，肩扛鱼竿，手按线轮，饿狼似的眼睛，左右光顾，逡巡八方。

那是杆自做的"打鳖枪"，就是带线的"飞镖"。鱼枪用一根楠竹皮黏合的竿子作枪身，即甩柄，有一个大线轮做滑辘，盘着很长的尼龙线，可以随意控制，用七八个锋利的鱼钩，扣在很韧的钓线上，钓线的一头系上一颗和玩弹子的玻璃弹差不多大的钢珠作钓砣,有效射程可达四五十米。

没看到甲鱼露头,很长时间了。

打鱼人拍着双手,有节奏地发出"叭叭"的声音,旁人还没看到甲鱼的影子,渔人锐利的眼神,说时迟,那时快,肩上的甩柄抖动,挥起一枪,"嗖——"的一声,砣落钩出,直坠下去,快速收线,一串收缩的鱼钩如小网般散开,稀里糊涂地钩住了甲鱼的裙边,再就是甲鱼被挂起来。尽管它连路挣扎,甚至大声哼叫,出水时还见什么咬什么,都是徒劳,无济于事,难逃厄运。为生存而浮出水面的可怜又无辜的生灵进网了。

甲鱼其实不是鱼,叫鳖,爬行动物。虽说两栖,可它大部分时间生活在水里,"假"鱼罢了。甲鱼也用肺呼吸,待闷了,就上水面换气,甲鱼在水里是直坠的,不会飘,在水面就会留下一串细而密的气泡。

听老人说:甲鱼心善,受了惊吓后就想躲到塘底淤泥中,但一会儿还会直飘上来:它在看有没有人落水呢!

之二:鸭奸

奸,狡诈,邪恶,诡诈狡猾,刺探情报,出卖同伴,同敌人勾结或背叛祖国的奸细为汉奸。韩国政坛一直斗争激烈,2004年还在彻底清查"韩奸"。

动物界也有"汉奸"。

里下河平原多湖荡、滩涂湿地,人烟稀少,泽国杂草丛生,湖沼芦苇无际,百鸟翱翔,栖息觅食,真乃禽鱼的天府之堂。

野鸭是水鸟的典型代表,个头一般比家鸭小,羽毛多光泽,头部有亮绿色带金属光泽,颈下有一非常显著的白色圈环,两翼有蓝色斑点。野鸭肉紧味美,油而不腻,热沸进口不烫,但野性合群,胆小警惕,善潜水飞翔，如突然受惊，则拼命逃窜高飞，很难捉到。

猎户船上扣的鸭子叫"媒鸭"，灵性好，听人唤，性温驯，不飞逃，很精贵。是猎手从野鸭窝里偷出蛋，人工孵出来养大，训练成的"媒子"。一只野鸭驯成一只上好的媒鸭，得花上三四年时间，有时还不一定能成为上品。

水面上，几只媒鸭满湖荡的游弋，雄鸭叫声似"戛"，雌鸭声似"嘎"，"戛嘎戛"地叫得水澈，天堂般的快乐。迁徙的野鸭子飞过，警觉地在天空盘旋，几经鸭歌互答，它们也"呱呱"地叫了，以为这里有伙伴，有吃的，太平，安全。十来只绿头野鸭子落了下来。

透过芦苇间隙望去，游在群鸭前头的那两只媒鸭，左右逢源，取得众野鸭的信任，带领野鸭在原地停泊，悠闲地欢畅，尽情地觅食。"哑哑"地叫唤几声，却见媒鸭伸脖往湖水底钻去，倏忽间不见了踪影。野鸭全然不知训练有素的媒鸭已悄悄凫走。

这个时候，一两条瘦瘦窄窄的两头尖尖的小船，刺破茂密的芦苇荡。船头上搁着支长长的铁制喷枪。

"叭——啪"，火光中，沉闷的土枪声打破了芦荡的宁静，无数的小铁丸借着火药的冲击力喷向野鸭群，受惊的野鸭们四散飞逃，还是漂在了湖泊上，在迷惘的嬉戏中成了猎物。

快船上吹来一声口哨，鸭媒子忽地从湖底冒了出来。

媒鸭"诱杀"了野鸭。媒子鸭，分明是"鸭奸"！

公安来了，枪帮的猎枪上交了。媒鸭还是能继续做"托儿"，瞧，又干起了"拉网"。

芦苇荡中的浅水边，猎人把可以开合的网"埋"在水里，用竹条在网周围穿起来。媒鸭放入池中，仰颈叫唤，很快就能吸引野鸭前来"聚会"。

野鸭进网啦！"猫"在附近窝棚内观察的猎捕者猛拉紧绳子，扣动竹条，原本敞开的网就会闭合，从水底翻转过来，将野鸭、"媒鸭"一网打尽，野鸭插翅难逃，"戛戛戛""嘎嘎嘎"地骂起媒鸭。嘴巴骂扁了，又有何用啊！

"媒鸭"又被"请"到铺设了网架的新水面上"坐台"，继续为猎捕者当走狗，"诱捕"野鸭。

只是这些媒鸭子的最后命运很悲哀：做"鸭奸"，出生入死，吸引天上迁徙经过的野鸭下来；以后病残老弱没有大用处了，就和野鸭一样送去做菜。当鸭奸和当汉奸一样的下场，真是悲惨啊。

之三：忠诚的狗

过去，农村几乎家家户户都养狗。如果没有狗简直就不是个乡村了，家家户户都少不了一两只狗。为的是看家，也为了吃肉。狗闲得无聊时，整个村庄南北东西互相串串门，张张面孔都是熟悉的，没什么新鲜劲。

如今，养狗的人家也不少，但情愫和动机复杂得多。生活条件越来越优越了，人变得越来越利益化，人的感情正在日益荒漠化，人与人的关系却变得越来越疏隔，人的内心愈发缺乏安全感。在这个诱惑多多的社会，满耳充斥着背叛，"忠诚"一词显得多么的苍白乏力。养狗成了寄情或宣泄的方式，狗成为越来越多家庭的宠物，也成为越来越多的人的朋友。

狗，又称犬，哺乳动物，种类很多，嗅觉和听觉都非常灵敏。其毛色有黄、白、黑、花等多种颜色。种类很多，按其用途可以分为猎狗；牧羊狗；警犬；导盲犬；看家狗；护院狗；宠物狗等几种。狗是一种家畜，用来看家，帮助打猎、牧羊等，还可以训练成警犬。在远古时期，是狗第一个脱离了动物群体，来到人类身边，从古至今，最忠诚的。无论是神话，还是现实。人们总能遇见一条条忠诚的狗随着它的主人。它冒着生命危险，为我们带来猎物，赶走天敌和孤独，成为最早为人类服务的动物。千万年来，地球历经沧海桑田的巨变，不变的却是狗对人类真挚的忠诚和奴相、热爱与信任。

中国人喜欢狗，说到底是喜欢狗的品格，最大的优点是忠诚，不求回报的忠诚。还有忠贞，美丽，热情，机智，勇敢，顺从，勤劳，能吃苦，忠实尽职，原则性强，懂得感恩，等等。狗非常通人性，除了不会说话，简直都没有它们不能理解的事，对主人至爱情深，是人们生产生活的好助手。子不嫌母丑，狗不嫌家贫。富贵不骄肆，贫贱不相离。狗的品质，是盖棺定论的，无论主人是否贫困或富贵，健康或病弱，狗都会守在主人的身旁。纵然主人是乞丐，它也像守护王子一样伴随他。农村男孩子以狗为乳名者颇多，如狗剩、狗娃、狗蛋之类，街上人也常谦称自己的儿子为"犬子"，所谓"愿效犬马之劳"，就是借此秉性。

关于狗的忠诚，无论是文人撰写的小说笔记，还是口耳相传的民间故事，历来很多。《续搜神记》中说晋代有个姓杨的后生，醉酒倒火地，酣睡不起，豢养的狗情急生智，反复多次跳到水里，湿漉周围的草，这后生也避免了一场灾祸，而狗却因之累死了。像蒲松龄老先生在《聊斋志异》中就有《义犬》一文，讲述了某人遗百金，幸得义犬以死相护，后人感念，遂修义犬墓的传奇。类似的故事不胜枚举。《封神榜》中，杨戬有一犬曰"哮天犬"，别看它是一只神犬，却依然有着普通犬的忠诚。看过《宝莲灯》的人都可以看出来，它是一只死心塌地、生性忠诚的狗，杨戬说一它不敢叫二。前不久，媒体报道，有一个老人病了，他的儿女不在身边，狗便跑到外面大街上，找到警察，将警察叔叔带回到家。从这些笔触中，我们看到了人们喜欢狗，就是喜欢狗的这种品格。

不过，人们通常会对自家的"狗"宠爱有加，对别家的"狗"则讨厌无比。于是，"走狗""看门狗"或"狗腿子"成了送给某些人的"帽子"，更有甚者，谩骂之言也与狗发生了关系，诸如"狗娘养的""狗头军师""狗血喷头""狗仗人势""狗屁不通""狗嘴里吐不出象牙"等。

大狼狗曾充当日本皇军的帮凶，还有地主恶霸的恶犬专咬穷人！在这里，狗的忠诚变成了奴相，为人所鄙视。

千百年来，人与狗之间发生的故事层出不穷、千奇百怪。李敖说过这么一件事：台湾的名女人陈文茜的家里养了三条狗，这狗有专人照料，与陈文茜同床共枕，所以李敖笑称"陈文茜家有三条像人的狗，有一个像狗的人"。

我们的生活中，也有不少以狗的忠于职守、敬主尽责引发的故事。

邻人熊三养了一条小黄狗，特别有灵性，出入相随，形影不离。熊三无论到哪里喝酒聊天打麻将，踢它一脚："狗东西，滚回家去"！它还是死乞白赖地在人家门口趴着，非等到主人一起披星戴月回家。有一次晚上，熊三约好去相好的家去，为甩开"小黄"，特地骑摩托车绕了几圈，没看见它，悄悄把车停在人家院落里，关好门才进屋的。老婆找遍了他常去喝酒聊天打牌的人家没找到熊三，结果，找到小黄狗蹲伏在人家门口，逮到个正着。这个忠实的奴仆，忠臣反为忠臣误，因忠臣惹是生非了。

狗之忠诚，无人能及。狗之祸事，意味深长。

鲁迅先生在《野草》中《狗的辩诘》一文，说人不如狗忠诚，狗倒是还比人强。确实，上万年来的一部人与狗的文明史证明：狗比人忠诚，狗比人可靠；与狗相处，要比与人相处容易得多。忠诚不仅是一种品德，更是一种能力，吃谁家的饭，干谁家的事。先生不是在批评某些平庸之徒，而是抨击人类分子中的那些狗们！

第五辑　乡亲·印象

　　总觉得哲学是比较诡秘高深的，就是一种让自己越来越不了解自己的一门学问。但有拆字先生说：世界上的事儿，都是曲曲折折的，用嘴说出来，就是哲学嘛。像，蛮有意味的。

　　母亲没有上过一天学，自然不识字，当然更不懂得什么深奥的哲学。但母亲经常说的一些老话儿，现在咂摸咂摸，如陈年老酒，纯美、醇香，感到很带有哲学道理。

　　她说她只知道，说话要讲道理，做事要顺天理，为人要懂情理。

　　话中有"理"，理中带"哲"，母亲俨然就是个哲学家。

母亲的秘密

家是人们心中永远的牵挂。谁都会有一个如梦如幻的记忆，外面的世界再精彩，但总还是会想念摇曳在梦中的老家，因为这衣胞之地，是生命的根系。有人说，这一辈子，不管自己身居何处，潜意识里，只有走进乡下的那栋老屋才叫回家。

从乡村到闯荡江湖，二十多年了，我虽然回家逐渐少了，但逢年过节还总是想着回家。现在人到中年，事业也日升月恒，对回家的眷念，却渐渐增添。

老家是一个大庄子，属里下河九寺十八堡之一，叫蔡家堡，我家在庄东头，一座普通的农舍，门前有一条弯弯的小河，总是流得欢畅；啁啾的小鸟，带着太阳刚绽放的笑脸，直通通地送进堂屋；夜晚皎洁的月亮，挂在河边枝叶茂盛的老榆树上，格外地清亮纯然；屋后摇曳的竹叶，沙沙作响，如天人在语；一年四季清新爽人的风，从罗家桥上吹过来，伴随着角落里蟋蟀的叫唤声，很是静谧、亲切和温馨。

父母一直住在老家。父亲那时候是村支书，整日在外面忙碌。母亲很是能干，耕、种、栽、锄、纺、织，样样拿手；在老家还是有名气的土菜师，几桌人吃饭，她一个人掌勺；虽说不识字，记性却很好，经典的古戏文会很多唱段，像什么"叫一声张生我的儿"，真的唱得有板有眼。办事很是麻利，处处逞强，性情毛躁，但人们都说她心直口快，是刀子嘴豆腐心，菩萨心肠。家里的琐事，母亲打理得清清爽爽，屋子尽管没有什么时新的家具，但收拾得干干净净，一张祖上留下来的八仙桌，母亲总是把桌面擦得能照见人影。

屋前的空地被母亲用篱笆圈起的小菜园，春天里的鸡毛菜，葱葱郁郁；夏日中的瓜蔬茄椒，更是五彩纷呈，蛾蝶翩翩；"满架秋风扁豆花"爬满院落；腊月的青菜赛羊肉。鸡啊、鸭呀相互追着。老屋西山墙连着我家的猪圈，黑猪白猪不时地变换着。满庭生机，一道憩静的风景，俨然似世外桃源。

老屋的房梁上黏着燕窝，挂着窝窠，春暖花开，总见"旧时王谢堂前燕，飞入寻常百姓家"，屋中央地面上常有被燕屎熏黄的痕迹。母亲有意无意地将一些稻谷麦粒撒向庭院里，门前榆树上的喜鹊，不时地落在院子里来觅食。快入冬了，还要将一些破烂的棉絮、断乱的绒线和鸡毛之类的东西，晾晒在院子的显眼处，好让鸟们衔去筑窝。有一次，鸟粪奇巧地落到了我的新衣裳上，我气得恶声恶气地驱赶它们，母亲连忙制止，说，天上飞的燕子、喜鹊这些鸟雀，是亲戚朋友，能和我们共同生活这么些年，是我们的幸运，是我们家的福分，吉祥呢！

老屋到现在二十多年没动过，历尽了世事的沧桑甘苦。岁月的磨蚀无情，梁檩也有些凹垂，瓦沟里长满青苔；房根下的滴水砖，打上了一圈一圈深浅不一的年轮印记；墙壁泥尘脱落，糊着花花绿绿的年画，早已叠加了几层；两扇粗糙的大门也是油漆斑驳，门下角的"猫洞"上面也绽开一条条深深浅浅的裂缝，好似父母关不全的牙床。

十多年前，就想让父母随我们到街上去住，父亲刚要说什么，母亲抢着先说:"这房子在庄上也不算多差的,金窝银窝不如自己的鸡窝,你们常回家看看就是了。"我也经历了从土墼茅舍到空墙青瓦,杉木门窗,前后两进建房的过程,清楚父母像春燕衔泥般,耗尽了大辈子的心血才建成了这个房屋,深深的家的情结难易。那时两个弟弟还在外面当兵,我也不便强求了。

前年春节回家,弟兄三个商量想翻建一下,父亲诡秘地说:"我随意,这事得问你妈。"母亲看了看房梁上黏着的燕窝,沉思了好久,才说:"知道你们不缺钱,屋是老了,但又不漏,过两年再说吧。"

这两年庄上楼层砌了不少,我家的老屋渐显得有一些低矮了,我们弟兄三个也算是有头有面的,不说图面子,也得尽孝心吧。后来又与母亲谈了几次关于老屋的家常,母亲有什么秘密似的,总是推三阻四,虽然语气淡淡了,但最后还是说:"儿,听话,等等,再等等吧。"

又一个春暖花开的时节,家有长子,我一拍板:"老二,你去找图纸;老三,你去联系工程队。请大舅父去通知他们,下周五是农历初六,黄道吉日,回老家开工建房!"

工头带来了十多个木匠瓦匠,锣鼓轿马家伙的,也都运到了老家。父亲忙着搬东西,母亲也没辙了,悄悄地把我拉到屋檐下,仰面说:"世上万物都像一出戏。你看房梁上黏着燕窝,檐上还有鸟巢,相伴这多年了,我一直没说……"她又低声喃喃而语:"我天天看着,肉鹊雀刚会叫娘,农历十六日子更好啊,一定要再推迟十天,一定要等它们都出了窝!"

原来这就是母亲的秘密。看着头发花白的母亲,听着头顶上燕昵雀啼,我的眼眶湿润了,哽咽地说:"行,听妈妈的……"

母亲的哲学

哲学是智慧的母亲。世上需要哲学和哲学家。

我总觉得哲学是比较诡秘高深的,就是一种让自己越来越不了解自己的一门学问。但有拆字先生说:世界上的事儿,都是曲曲折折的,用嘴说出来,就是哲学嘛。像,蛮有意味的。

母亲没有上过一天学,自然不识字,当然更不懂得什么深奥的哲学。但母亲经常说的一些老话儿,现在咂摸咂摸,如陈年老酒,纯美、醇香,感到很带有哲学道理。

她说她只知道,说话要讲道理,做事要顺天理,为人要懂情理。

话中有"理",理中带"哲",母亲俨然就是个哲学家。

一

我们兄弟三个刚够到桌面高,母亲便规定"吃要有吃相,坐要有坐相"。吃饭,手得端着碗,还要粒粒进口;坐凳,两腿要端正,不能架腿而坐。还特别说："眠不言，食不语。"

道理呢，白得很。吃饭掉粒米，浪费粮食，粒米百颗汗哟，菩萨看得见，响雷会打头的；从小就晃荡"二郎腿"，一副老相的样子不说，还可能引发不少病，这样的坐姿，绝对不合中华儒教的规矩。

"小娃娃懂什么啊"，奶奶溺爱地护罩着我们，母亲总是争着说："没得规矩不成方圆，规矩要靠做，做的就是一种习惯；桑树只有从小扒，长大才才能硬直。"严中温馨，似《论语》所曰：不学礼，无以立；应如儿歌《三字经》中所唱："人之初呀性本善，性相近，习相远，苟不教，性乃迁。"

《礼记》："共饭不泽手。"有"毋啮骨"之戒，所以"割不正不食""席不正不食"。中国人尊奉了几千年的雅训：玉不琢，不成器。古希腊哲学家亚里士多德说：优秀是一种习惯。习惯不是天生的，是母亲用心"做"出来的，做人要有人相。

二

上小学时，有一天放学后，"田大眼"在我家赖皮，说是我"拿"了他借的小人书《地道战》。我是喜欢看小人书，可我没有"拿"他的书啊。他死说，那天是我负责打扫卫生的，而且是最后一个走的，真是有理说不清。

母亲回来了，问清缘由，看着急红了脸的我，又抚摸着"田大眼"可怜巴巴的头，从衣袋里掏出两张一角的钱，说："一人一张，每人去买一本画画书吧。"

后来，"田大眼"在草垛洞口找到了《地道战》，我想去跟他要回一毛钱，母亲却不以为然地说："多大的事啊，这已经过去了。"

那年高考，我落榜了，沮丧地躺倒在床。母亲却大大咧咧地劝慰我：

"要学杨子荣，昂首挺胸！广播里不是常说：失意不能失志，消沉反会伤神，干吗非挤那独木桥呢？条条大路通罗马，没有什么值得抱怨的。"扬起眉毛，又说："时间不说话，这都会过去。"

我当上了聘用乡干部，后来，又考上了国家干部，要办"农转非"，我回家拿农村户口簿，高兴地告诉母亲："儿吃皇粮了！"

母亲头也没抬，淡淡地说："要紧的是珍惜现在，这还会过去。"

"这也会过去"。面对纷繁的世事，你要保持微笑，以积极的心态去应对、去面对，得意时不必骄矜，忘乎所以；失意时不必气馁，当奋发图强。

母亲淡淡的话，也涵盖着不凡的智慧。是啊，从从容容地度过人生中的每个冬日和春天吧，在无声的时间里，因为"这也会过去"。

三

门前的小河哦，没日没夜地流淌着。清澈的水底，自由的鱼儿自在欢畅。

春天里，父亲劈开竹竿为竹条，编排成箔子，安插在小河中，再用粗壮的竹篙稳固好，簖，算做好了，就等着取鱼吧。

我们雀跃开了，屁颠屁颠地在河边吮指嚓嘴，那簖拦截整个小河道，任性的大鱼小鱼啊，看来插翅都难逃了！

母亲却要父亲把中间的竹箔锯断，要留个口门，也方便船行，父亲说，这条小河没有船行啊，母亲还是坚持说，锯吧，锯短些，"簖"对鱼杀伤力够大的了，要留下生门，放鱼虾们一点生路，积点德吧。

中国古代预测学玄学里有休、生、伤、杜、景、死、惊、开的八门之说，生门为吉门。世上千物万事都是有磁性的，或弛或张，各行其道，做事都得有度，不可做绝，方能造化平衡，万事大吉。

四

以瓜菜代粮的年月，母亲变着花样改"膳"，常做胡萝卜饼子：先把面发好，再把煮熟的胡萝卜捣烂，和合之，就可以烙胡萝卜饼子了。

我们抢着去锅灶，这里不仅可以闻到饼香，还可以取暖。穰草推进锅膛，只是冒出青烟，刺眼呛鼻。母亲看看像小山丘似的锅膛，"草把得慢慢添，火要抬着烧。"笑着说："人要实心，火要空心。"

烙饼子，也很有技艺，冷锅底，面就会粘连，难成饼形；火太旺，铁锅火怒，饼儿就会焦煳。母亲用很少的菜油抹下锅窝，待锅烧热了，才——烙饼。

我们等不得了，脖子都伸长啦！

"锅不热，饼不靠啊。"母亲嗔怪道，"烙饼如同为人做事，要懂得分寸，要用心把住火候，心急吃不了热粥。"

母亲做胡萝卜饼子别出心裁，真是好看又好吃：有圆形的、有心形的，还有蝴蝶形的，让我们稚嫩的心灵长出灿烂的翅膀。我们一边吃着饼子，一边欢乐地唱着："又甜又香，一直吃到栽秧，又香又甜，一直吃到过年……"

五

河对岸网小家的二丫头跟邻村东浒头的盛三小跑了！跑了，就是私奔，按辞书所解释："私奔"为"旧时指女子私自投奔所爱的人，或跟他一起逃走。"那年代，农村里家境不好的人家，常发生这样的事。

亲戚家全聚集在网小家，邻居们一家一人也被请来了，网小家人声鼎沸，像开了锅的饺子，亲戚们摩拳擦掌，邻居们义愤填膺：这还了得，小东浒欺负我大蔡堡哇！到盛家去，打东西！那时候，这种土方式流行。

母亲也去网小家了。嘈杂声中，母亲找到了木讷着的网小："砸了，又得怎的？三大纪律还有八项注意呢。"

"你家养了三个小伙，站着说话不腰疼！"孩子姑妈对着母亲吼起来，"就是要去砸，谁叫他家拐骗了我家丫头！"

"我晓得！老盛家弟兄四个，二个光棍，就一个丁头舍子，家私可以说一担能挑走，能砸出什么名堂呢？"母亲面对众人说，"应该出气！可不能摸不到个喉咙就乱捅，三分帮忙真帮忙，七分帮忙帮倒忙。"

我父亲那时候当大队书记，母亲的讲话还是有些分量的。噪声渐弱……

"大家都认得盛三小，小伙子还是挺灵猫的，就是家穷了点……雨下不到一天，人穷不到一世，草灰还会发烊呢！"母亲擦了擦眼角，说，"大家都看过《小二黑结婚》电影，二丫头又不傻又不呆，跑也许有跑的道理啊。"又对网小说，"买人家的猪，又不买人家的圈。"

这桩婚事后来还真是成了，而且非常美满：盛三到大城市里红红火火地搞了装潢公司，二丫头现在回家开的是"小宝马"，网小子住在家里享受二丫头带来的洪福。

奶奶的圣水

下雨了,淅淅沥沥的小雨轻柔地抹在窗户的玻璃上,像一帘瀑布,又像一轴移动的水墨画。我习惯地从书柜里拿出精巧的观音菩萨像,望着,望着,仿佛又回到那温馨、湿润、天真的童年。

我的童年是在乡下奶奶那儿度过的。那时奶奶满头飘雪,腰也有些佝偻,慈祥的脸上常挂着笑意,说话细细的,像丝丝的小雨。奶奶就住在一个小垛上,四周荷塘和草塘连成一片,微风吹过,裙子似的荷叶翻动着,芦苇像醉了似的摇着头;特别是下小雨的时候,烟雾迷蒙,四野景色若隐若现,若幻若真;空气润滋滋的,蒿草湿漉漉的,荷花瓣上滚动着水珠,少女般地脉脉含情。小河里的水,柔柔的密密的布满涟漪,掬一捧,凉沁沁的,下去游一游一定舒服极了。

奶奶却不让我下水,还在我的小腿上用锅灰画了个没有鼻眼的小人儿,算是记号。奶奶说水中有水鬼,专抓小孩儿。

可是"小大头"他们天天下水玩,怎么没被"水鬼"抓去?我胆壮了,并偷偷地和小伙伴们一起光着屁股跳到小河去游泳、捉螃蟹、摸河蚌、抓瓣瓣鱼儿、打水仗，可乐意呐！上岸了，心情却很快变得灰溜溜的：小腿上记号没了。"小大头"陪我回家，帮我哄奶奶说"记号"刚才让小雨给糊了。奶奶这时候总是显得特别的宽容，说："小雨是观音'洒'的仙水。以后下河时间可不许长。"我觉着奶奶这句话特别动听，像丝丝小雨。奶奶又抚摸着我俩："摸摸头，不长瘤；摸下心，不抽筋。"奶奶用干毛巾给我擦净身子，然后神秘地从"菩萨面前"的一个小红木框里拿出一尊观音像。像奶奶一样慈祥可敬的观音，赤着脚，怀里抱着清釉小瓶，瓶里还插着一枝小柳条。奶奶虔诚地合手闭目，嘴里念着"阿弥陀佛""菩萨保佑"，然后小心翼翼地捏出小柳条，将上面沾着的水轻轻地洒在我身上，怪痒人的。奶奶说这是观音菩萨赐的"圣水"，能使人聪明，孔夫子就是洒了"圣水"才做成圣人的。奶奶又拍我的小屁股说："到小叔那儿去识字。"慈祥的脸上漾起了笑意。细声细语的招呼，真像是丝丝小雨。

　　"小大头"努努嘴，央求奶奶给他也洒点"圣水"，他也想变得聪明。奶奶依了。"小大头"是队里的放牛娃，长我三岁，可比我能干多了，五岁就能带弟弟、妹妹玩了。我跟他一起爬上水牛背，在水边缓缓地蠕动。下小雨了，便一起钻在牛肚皮下，我戴起一顶破斗笠，他悠悠地吹起笛子来。那笛子是一枝芦梢，尾上刻一个眼，又将头上划平，再破一条缝，在小雨中一淋，吹一口气，便能飘出悦耳、清脆的声音了。这是"小大头"教我的。有一点"小大头"可不如我，他连"一"字都不认识，我会写爸爸、妈妈的名字，"小大头"三个字我也会写。"小大头"羡慕极了，说是因为他没有奶奶洒"圣水"。

　　奶奶的"圣水"其实就是小雨儿。有一次下小雨，我又瞒着奶奶找"小大头"下河了。悄悄回来后看见奶奶冒着小雨，在大门口的大银杏树下磕了几个头，几点小雨流进了"观音菩萨"的小瓶里，就算是"圣水"了。那大银杏树可大呢，我和"小大头""细大头"合抱都抱不下。茂密的枝杈，使人无形中产生一种敬畏的感觉。

奶奶还给我讲雨的故事。说刮大风、轰大雷、下大雨是菩萨发怒了，在打做坏事的人；小雨可好呢，就是赤脚的观音修心得来的"圣水"。我相信奶奶的话，小雨中，瓜儿、菜儿都抢着发芽成长；乡下人砌屋"小雨浇梁"也是吉利的征兆。奶奶还说，等给我"修"来九百九十九次"圣水"，我就会变得聪明了。我天天盼着下小雨。

后来，我要到爸爸那儿上学了。是一个小雨霏霏的日子，奶奶"阿弥陀佛"地唠叨了好一会儿，又敬了香，然后要我虔诚地将观音请走。她希望我将来能做一个有出息的人。

"小大头"也来了，小眼睛一挤一挤地下起"小雨"来。他跟我要了一些旧书，说是让小叔教他识字。后来听说"小大头"插班上了学，以后还在村里做了"先生"。

一晃十多年了，我不能再得到奶奶的"圣水"了。每当下小雨时候，我就不自主地拿出观音。望着手中的观音，她还是那样的慈祥、憨厚，像奶奶一样。我虔诚地将她供奉在阳台上，我想托她告诉奶奶，我有出息了，如今也是一个有知识的人了。雨水滋润世间万物，奶奶洒在我身上的"圣水"，将不停地激励我去求知、去探索，去努力地做一个于世有用的"圣人"。

仰荞砌屋

仰荞，姓袁。是我老家蔡家堡的邻居。听父亲说他家原住在一条"二嫂子"木船上，拾荒为生。合作社时船归公了，上岸就住入祖上留下来的"丁头府"。

说"府"是敬称，其实就是在屋顶头开门的一大间破草屋。墙是篱笆编的，涂上泥，挡风。顶是茅草盖的，说起来冬暖夏凉，可一下雨，屋里四处漏雨，只好把家里桶、盆、罐都找来接水。仰荞天不怕，地不怕，就怕个漏。当然，还怕夏天的狂风，风一吹，屋上的草就有可能被掀光。还惧怕的是冬天"走水"，就是失火，乡村忌讳故反说之。小小的"丁头府"里五脏俱全：厨房、堂屋、卧室、畜舍等连在一起，乡间人说是"眉毛胡子一把抓"。冬季天气干燥，地下穰草连串，他家半瞎眼的娘有一次做饭不小心，就"走水"啦，幸亏邻里发现得早，只殃及了"厨房"，否则就冲家了。

有一次风刮得眼睛都睁不开，屋上的草已被刮走不少，屋顶露出几个窟窿。仰荞实在熬不住了，决计翻屋建房。当时，正值大炼钢铁，一

163

家人肚子尚且吃不饱，口袋里更是空空，建房谈何容易？仰荞盘算用小竹园里的竹子作椽子，屋前屋后的树做屋梁，有了房架子，要准备的就剩下砌墙的材料了。割稻之后，仰荞带着刚娶的哑巴老婆，起早摸黑挖土、和泥、拌草灰、滚压、装厢、脱胚、晾晒、防淋，吃苦费劲地用黏泥做土墼，土墼晒干了还得起墼，一块一块地在场头的船上码好。

全家人苦了一个秋冬，到了第二年春上，万事俱备。哪知才请人打了房基，土墼船又沉在河里。土墼烂了，就等于墙坍了，屋砌不成了。仰荞搔搔头皮，红着眼，歉疚地向瓦匠、木匠打招呼："歇下子。"从此，"仰荞砌屋——歇下子"就成了歇后语，在全大队传开了。

熬了几年，屋顶上几片瓦片搭着麦草，下到大雨，屋里还是奏着"嘀嘀嗒嗒"的轻音乐；刮到大风，一家人还得爬上屋面压砖镇石。8岁的儿子气喘吁吁地搬着块石头上屋，一阵怪风袭来，小身子一晃从屋上摔了下来。昏迷了一夜，仰荞守候在床边哭了一夜。

屋啊，村庄男人一生的使命。仰荞自然又想起了砌屋。但在那"养五只鸡就是资本主义"的年头，仰荞这条搞副业的能手、种田的汉子，可算是英雄无用武之地，拖了个哑巴妻子和两个孩子，欠了一屁股的债，砌屋，是异想天开了。有人谈起砌屋的事，仰荞识相地摇摇头，说"靠不住"。这话不知被哪个耳朵尖的听去了，一张扬，"仰荞砌屋——靠不住"，又传开了。

到了20世纪70年代后期，联产承包到户了，仰荞可真是枯木逢春，如鱼得水。家庭副业越搞越兴旺，日子一天天好转起来。瞧他家养的猪，好像是见风长；鱼塘里还爬着螃蟹；棉花田里，一群鸡子争着吃虫子。别小看这些"摇钱机"，一天能下几十只"元宝"呢！仰荞的腰包也由瘪到平，"丁头府"插上了"洋瓦"。改革开放了，仰荞又干起了祖传的"拾荒"行当，走村串巷收废品，腰包渐渐地鼓了起来。

左右四邻渐渐地动手砌了新房子，青砖青瓦的，天漏了也不用愁。

仰荞让全家住宽敞屋子的梦想又一天天旺盛起来，再听到有人说起"仰荞砌屋——靠不住"的歇后语时，仰荞就觉得很不顺耳，胸脯挺了老高，粗大的手用劲一拍，一五一十地算了笔账：今年承包的棉花，今年的家庭副业收入……还有拾荒的……保密！不是吹牛，砌个楼房也绰绰有余！

果然，不到半个月，仰荞家就砌屋了。上梁时，村支部书记还挥笔写了副对联："上梁正逢黄道日，竖柱巧遇紫微星"。"抛梁"糖果就抛洒了几十斤，热闹非凡，人声沸腾，亲朋好友，四方近邻都沉浸在欢乐的气氛中……三间七架梁大瓦房落成那天更是热闹，全村的大人、小孩几乎都来恭喜祝贺。牛吧，仰荞砌屋了，癞蛤蟆吃上了天鹅肉了。哑巴妻子笑得合不拢嘴，仰荞得意地眯眯狡黠的眼睛，骄傲地说："我仰荞砌屋，笃定！"从此，"仰荞砌屋"，又和"笃定"挂上号了！

如今，仰荞老两口很少住到老家的"七架梁"里了，多数时间都是住在儿子在集镇上的别墅里。

"仰荞砌屋"，后面还会连出什么样的歇后语呢？不晓得。你猜吧。

窑 神

20世纪80年代,改革开放的春风刚刚吹来,公社随后号召"学苏南,大办社队企业"。靠山吃山,靠水吃水,圩南地区土地不金贵!于是,因地制宜,"村村点火,队队冒烟",小土窑如雨后春笋般兴旺起来。

你看,渭水河畔,上百支烟囱排放的黑烟,在空中交汇,黑厚青烟,遮天蔽日。站在圩堤一角,四处看看,就可见三十六张小土窑。窑高地陷,正所谓"号子震天响,山河大变样"。

造土窑、烧砖瓦,虽是土法上马,但也是门技术活。就说箍窑洞吧,箍不到位,一场雨就会塌陷;烧砖瓦更是得掌握火候,烧过头了,成了歪歪扭扭的"老虎砖",废品废料;火势浅了,又成了"白皮癞子",比土还松。

做砖瓦、烧土窑,被社员们戏称为"搞烂泥",靠泥腿子不行,还得请"大师傅"。

蔡家堡有一个"大师傅",谢老五。曾因"不务正业、投机倒把"犯过事,被押送到戴窑农场三年,他劳改的工种就是造土窑、烧砖瓦。他聪明有悟心，精明有野心，被老窑师认做了干儿子。谢老五在农场就技艺高超，私底下被称为"谢窑神"。

那时阶级斗争淡化了，大队书记狠力一拍板：启用这个牛鬼蛇神！开展社会主义大比赛，受到了公社书记的大会表扬。

队队争，村村请，邻社邀，"谢窑神"可风光起来了。

二十多年的压制一下子被爆发到极点，"谢窑神"非常感激，日夜潜心奔波在各小窑厂，围着砖窑转磨磨。太阳直射下，他站在椭圆形的窑顶，逐一调整火门里的几条凹槽，月夜装窑，他细察瓦墙之间的火巷、火舌能否通向各个角落。精湛的手艺，让上下人都佩服得五体投地。

开窑，得等"谢窑神"来选个吉日开火。时辰一到，只见他左手提只红冠大公鸡，右手举几把香，手舞足蹈，念念有词。然后把鸡头一把拧下来，"哗——"，提着淌血的鸡，在窑前窑后"洒血食"。这样，窑神就不来耍火，火神就不来耍风。

人要忠心火要空心。"谢窑神"的硬功夫，是关键时火候掌握准确。烘火、流火、装色慢火、湮水闭火、七彩火什么的，火眼金睛。

当烟囱里不再冒灰色的烟雾时，"谢窑神"通过门口的小洞往窑里张望，察看里面的砖瓦变化。"蓝火"正赶好了，这时，"谢窑神"口中叼着纸烟，背着手在窑上窑下转一圈，然后将右手四指盘成一个剑筒，剑头对准窑门，高喊一声："封——火了！"七八个小伙子上呼下应，用加了稻草和头发的黄泥，一瞬间糊住了窑门，进柴口、进风口、观火眼和窑顶上的三个烟囱。

再过两个时辰，他脸涂泥灰，驱邪赶煞似的指挥人们从窑顶外面通过竹筒喉颈，将水慢慢地渗进窑膛，让窑体慢慢冷却。这也是诀窍活计，水少渗慢了，砖瓦吃不饱，会枯黄燥裂，废品；水多渗急了，砖瓦暴饮暴食，次品。

出窑的时候，泥工火工师傅们都会到场，屏住呼吸，神色紧张，在看到一块块青砖如绿豆，一片片青瓦像金刚，才能松一口气。

这时，"谢窑神"会头上扣着顶破凉帽，躺在草垛上，咀嚼稻草，不知是哼还是在唱："东方发白晓星上哎，晓星后头跟太阳呀哎，冬天罱泥春天里晒哎，抄熟的黏土上砖台呀哎，红瓦烧成枣儿红哎，青砖烧成个绿豆青，指头儿一弹当当响，呀哎……"句句炽烈，掷地有声，犹如砖窑中"突突"窜动着的火。

足下黏土，成就了乡村的一时辉煌，一排排、一幢幢青砖瓦房代替了丁头府、茅草屋。庄园新貌，人面桃花，一幅幅"清明上河图"在这里诞生了。

大红奖状挂满了墙壁，走南闯北、不安逸的"谢窑神"也麻狂起来，不安分了：结交一些嗜赌的朋友，整天沉溺于赌博。据说赌红眼时，"九点半"牌桌上赌注是"一窑砖头二道"，眨眼的工夫就飞了。大年三十，人家喜气洋洋忙过年，债主在他家抢捉猪圈里唯一的一条"卡仔猪"。

这天夜里，谢窑神一家悄悄失踪了。一失踪就是十多年，有人说他在江西，有人说见过在武汉，杳无音信。

前几年，谢窑神带着儿子，开着小车回家了，他在南方与朋友合开了一家机械公司，发了。一一上门还清了债务，又转身到了渭水河畔。

渭水河畔，曾经的做坯的、出窑的、装窑的、拉车的、码砖的、装船的，人声鼎沸的场景没有了，岁月的风尘早已湮没了当年窑厂的风姿，却见得往昔的良田上，被小土窑"吃"得坑坑洼洼，杂草丛生，一片荒芜。

"但存方寸地，留与子孙耕。""谢窑神"二话没说，向前来看他的徒弟们挥挥手，对着塌陷的小土窑，像昔日一样，威盛地高喊一声："封——平窑！"

七八个老伙子上呼下应：

"封——平窑！"

"谢窑神！"

"我不叫'谢窑神'，我要卸'窑神'了！"谢老五红彤彤的脸，像天上的彩虹。

后来，"谢窑神"承包了三百多亩荒凉的窑塘，高地上植上了葡萄，建造了休闲亭；洼埂上栽上了树木，在树下养上草鸡，又带领几十户人家成立了生态园合作社，农副产品也注册了"裕民牌"商标，打入了大城市的超市。

谢老五——"谢窑神"卸掉了"窑神"称号，大家都叫他谢经理了。

水乡吉卜赛人

在我家门口不远处的小河边,总有几条小船不规则地停泊着,时多时少。

过去大多是些小木船,发黑的芦席圈起篷顶,不一色的塑料布挂在船墙上,船舱里黑乎乎的,盘帮上还扣着一柱小船桅,小木橹在船尾随波荡漾,仿佛在不停地诉说着生活的沧桑。后来大多换成了水泥船,杂木拼凑的篷顶,船墙上也见到小小的玻璃窗棂,有的船尾上装上挂浆机身,花花绿绿的广告布算是船帘子,船头上放着煤炉,还有木板车、箩筐什么的,船艄上还有船楼,时常有哼着小调的男人女人,悠闲自在躺卧在船棚子上"休闲"。

这是一群拾荒的人们,即老百姓所称"捡破烂儿的",浪迹天涯的船上,堆垒着花花绿绿的杂物,天然的拾荒广告。船是他们生活的家当,谋生工具,也是他们流动的房屋,安身之所。

天廓隐隐的放亮,河面上便像一锅粥沸腾开了。小孩儿在船舷上撒着尿,女人揉着惺忪的眼睛咳嗽着点燃煤灶,男人们骂骂咧咧地整理着板车、担子，惊得小鸟儿啾啾直叫，小狗儿汪汪乱吠。

"废铜、废铁、废纸，卖啊。旧电视、冰箱、洗衣机，收嘞！"男人们推着板车，也有踏着三轮车一路大声吆喝，借着昏睡的街灯，穿梭在小城的各个角落，专心致志地数遍了小巷尽头的砖头。

女人穿着像男人一样的宽大的衣服和厚厚的雨鞋，挑着大箩筐，或背着蛇皮袋，像幽灵般快速地在垃圾堆里转悠，生怕早来人捷足先登。味臭蝇飞，但她们就好像没事一样，似乎并没有影响情绪，手脚不停，熟练地从杂乱无章的垃圾中仔细翻拣着，眼睛绽放光芒，欣喜不已地盯着塑料布、易拉罐、废铁器等所需要的东西，然后静静地把淘得的宝贝放入背篼中。

太阳下山了，悠长的"收破铜烂铁""废书废报卖啊"……吆喝声浪远远传来，小孩子们擦着鼻涕，鱼跃着扑上岸，在满载着劳动成果车担里，寻味熟悉的身影，"爸爸、妈妈"地叫个不停。有的拿到了一块饼，有的分得了一个水果，鸟一样的又飞回到船上。刺激的大蒜荤辣、浓烈的咸菜香臭味，混杂在袅袅上升的炊烟中弥漫。

河岸边、船艄上一阵叮叮咚咚，他们细心地把这些五花八门、杂乱无章的铁丝、铁皮、易拉罐、饮料瓶、塑料品、啤酒瓶等城市掩鼻轻蔑的垃圾、废品逐个分类，有板有眼，有条有理，很是专业。

有一天，一个小伙子傍晚就回船了。我觉得好奇，问他："今天生意好了吧，怎么这么早就回来了？"

他紧锁着眉头，惆怅地说："今天真是倒霉，到那个有洋楼的小区去收荒，人家说昨天丢了皮鞋，硬说是拾荒的偷窃，我没偷没抢，劳动吃饭，真是冤枉啊。"

"你不会跟他们说理吗？"

"说理？他们叫来了戴大盖帽的，车子砸破了，还挨了两下。"他漫无目的地搓揉着手，鼻翼翕动着，似乎在掩盖自己的羞怯与屈辱。

171

我走上了他家的小船,船舱边乱七八糟地堆满了"荒货",内仓里有一块平板上放着被褥,一大一小两个小孩蜷缩在"床"上玩着小秤。

我笑着说:"躲计划生育的吧。"

瘦高的小伙子,黝黑的脸庞呈现出自然质朴的红,眼神却出奇的活泛,看不出自卑,满为自豪地说:"没办法,不是你们城里人退休有劳保,我们只能养儿防老呗。"他捋着杂乱的头发,讪笑说:"夫妻俩早出晚归,就能多赚个十块八毛的,欠下的三四千元钱罚款,一年能交清,腰就直了,我就可以高抬头颅了。"

女人回来了,用平时捡回来的小木头,点起了一只老式的蜂窝煤炉。我看她默默地拿着一棵大白菜,问:"就吃这个吗?"

小伙子抢着说:"平时省一些,才能多攒些钱带回家。"

女人也唠叨着:"青菜萝卜保平安嘛,习惯了。拾荒的最怕天不好,下雨、下雪,这一天全家就没有收入了。"

"人生在世无非就图个自由自在。"他上岸又骑上三轮车,说:"今天生意没做好,再转个夜市看看。"

忽然想起了一首描写拾荒人的诗:"忍辱声咽无限苦,思情泪落时常酸,孑孓戴月归棚户,漏室斜风共晚寒。"望着他远去的背影,我的心情久久不能平静,龙生九子,人与人不同吗?真心地希望他能碰个好运气。

想起了吉卜赛人,他们以大篷车为家,靠卖艺或占卜维持生计。居无定所,游荡天涯,往往不受人们的欢迎,但他们能歌善舞,生活得有滋有味。以船为家,流浪的拾荒者不就是水乡吉卜赛人吗?

大千世界上,总有一帮人,为了生计,他们有着自己的生活方式,顽强地一个个城市挨着漂下去,勇敢而孤独地承受了人间的一切艰苦,承蒙人间的一切屈辱。人生是那么的坎坷,那么多的酸甜苦辣,但他们一路地走过来了,随遇而安。眼前的这帮拾荒者,他们比吉卜赛人更有勇气,心中高存梦想:自劳其实,带好一群孩子!

第六辑　乡情·节令

"行得春风，必有夏雨"。雨，该为老屋而生的吧。你还可以虔诚地蹲在古旧的门槛上，面对这一窗如此温柔、那般婉约、飘忽的雨丝，自然会慨叹世俗的浮华，世事的沧桑。沧海桑田，白驹过隙，时间都去哪了，又去了多远？

好多情的梅雨哟！

"梅实迎时雨，苍茫值晚春。"梅雨脾气有点古怪，性情摇摆不定，难以捕捉。或许，里下河的人们见惯了或甜或苦的梅雨时光，不知从什么时候开始，学会了接受和适应，接受生活和自然的不如意，适应季节和流年的辗转，相信人生无常，天亦无理，总能随缘而安，宠辱而不惊。

清明之思

春回九州、天地清明、万物复苏。当桃花次第烂漫,柳芽渐渐染绿,菜籽迎露吐金的时日,一个属于我们的节日——清明节到了。在这个清洁而明净、湿漉漉的日子里,总有些什么,缠着千丝万缕的乡愁、思念和怀想,飘飘洒洒,带着些许寒意打湿人们的心灵。

清明节是中国最重要的传统节日之一。传统的清明节大约始于周代,已有两千五百多年的历史。据传始于古代帝王将相"墓祭"之礼,后来民间亦相仿效,于此日祭祖扫墓,历代沿袭而成为中华民族一种固定的风俗,也相传大禹治水后,人们就用"清明"之语庆贺水患已除,天下太平。

清明节流行扫墓,其实扫墓乃清明节前一天寒食节的内容。寒食节,相传起于春秋时期晋文公悼念介子推"割股充饥"一事,这日不许生火煮食,只能吃备好的熟食、冷食,故而又称熟食节、禁烟节、冷节。唐玄宗开元二十年诏令天下,"寒食上墓"。因寒食与清明相接,后逐渐清明寒食合二为一,传成清明扫墓了。同时,夏历三月初三人日,曲水流觞的"上巳春嬉"的节俗也被合并到了清明节，春季只剩一个清明节。古时扫墓，孩子们还常要放风筝。有的风筝上安有竹笛，风吹犹如筝响，故名风筝。在中国，寒食之后重生新火就是一种辞旧迎新的过渡仪式，后来则有了"感恩"意味，更强调对"过去"的怀念和感谢。按照旧的习俗，扫墓时，人们要携带酒食果品、纸钱等物品到墓地，将食物供祭在亲人墓前，再将纸钱焚化，为坟墓培上新土，折几枝嫩绿的新枝插在坟上，然后叩头行礼祭拜，最后吃掉酒食回家。扫墓活动通常是在清明节的前10天或后10天，有些地方的扫墓活动长达一个月。

直到今天，清明节祭拜祖先，悼念已逝的亲人的习俗仍很盛行。"烧包袱"是祭奠祖先的主要形式，不拘贫富均有。所谓"包袱"，亦作"包裹"是指孝属从阳世寄往"阴间"的邮包。即用白纸糊一大口袋，素包袱皮，抑或木刻图案，写上收钱亡人的名讳。关于包袱里的冥钱，种类很多。有大烧纸，九K白纸，砸上四行圆钱，每行五枚；有冥钞，这是人间有了洋钱票之后仿制的，上书"天堂银行""冥国银行""地府阴曹银行"等字样，背后印有佛教《往生咒》；有假洋钱，用硬纸作心，外包银箔，压上与当时通行的银圆一样的图案；有用红色印在黄表纸上的《往生咒》，成一圆钱状，故又叫"往生钱"；有用金银箔叠成的元宝、锞子，有的还要用线穿成串，下边缀一彩纸穗，等等。

携家带眷去祭扫坟茔，届时要修整坟墓，或象征性地给坟头上添添土，还要在上边压些纸钱，让他人看了，知道此坟尚有后人。焚化时，划一大圈，按坟地方向留一缺口。在圈外烧三五张纸，谓之"打发外祟"。祭罢，有的围坐聚餐饮酒；有的则放起风筝，甚至互相比赛，进行娱乐活动。清明既是鬼节，值此柳条发芽时节，人们自然纷纷插柳戴柳以辟邪了。妇女和小孩们还要就近折些杨柳枝，将撤下的蒸食供品用柳条穿起来。有的则把柳条编成箩圈状，戴在头上，谓"清明不戴柳，来生变黄狗""清明不戴柳，红颜成皓首"。时值春季妇女戴柳，则表现出对青春年华的珍惜与留恋。此既是扫墓又是郊游，兴尽方归。

传统文化里，清明节仅是一个纪念祖先及离世亲人的节日。因而有很多人将清明节理解为鬼节，这是狭隘的。其实，它不仅是人们祭奠祖先、缅怀先人的节日，也是中华民族认祖归宗的纽带，更是一个远足踏青、亲近自然、催护新生的春季仪式。

我们自己的节日，成了一种老百姓的风俗，成了一种生活文化，其内涵、外延是不断在丰富和拓展的，是有灵性的，这活着的东西像一条河流，是不断地在流淌着，流过每一个时代的时候都带着每一个时代的印迹，也应该注入我们时代的精神风貌，时代的人文好善习俗，绝不是单纯地重复过去的节俗，那是缺少生命力的。

物竞天择，时过境迁，与其他传统大节不一样，清明节是融合了"节气"与"节俗"的综合节日。清明节是几乎所有春季节日的综合与升华，清明节俗也就具有了更加丰富的文化内涵。几千年的中国文化赋予了清明节太多的情感寄托、精神传承及美好期望，其内涵上有了新意和扩展，外延上更多地吸收了当代的生活元素：清明节是关于生命的节日、生机的节日、生活的节日。

清明让我们认识生命的意义。忠孝仁亘古传承。清明时节雨纷纷，路上行人欲断魂。先贤、先烈、先人与我们、我们的亲人、朋友，以一种如此特别的方式相互交流。在这样的日子里，以缅怀的名义，以悼念的仪式，以祭扫的行为，因这一切真情流露，接受感情的洗礼，表达我们的哀思、感激和敬畏。饮水思源，先贤给了我们礼仪，先烈给了我们和平，先人给了我们生命，我们该体现我们人生的价值，发挥我们生命的意义。

清明让我们感受张扬的生机。宿草春风又，新阡去岁无。清明从节气上排在春分之后，是敦促春耕的节气。清明一到，气温升高，雨量增多，草木吐绿，正是春耕春种的大好时节。故有"清明前后，点瓜种豆""植树造林，莫过清明"的农谚。这一时节万物"吐故纳新"，无论是大自然中的植被，还是与自然共处的人体，都在此时换去冬天的污浊，迎来春天的气息，实现由阴到阳的转化，大地到处生机勃勃，呈现了春和景明之象，透露出季节交替的信息，象征着新季节、新希望、新生命、新循环的开始。

清明让我们体味民俗的生活。梨花风起正清明，游子寻春半出城。随着生产力的发展和社会生活的演进，清明节较早出现了由神圣祭祀向世俗娱乐转化的趋向，清明祭墓成为踏青春游的假日时光。春寒料峭，万物复苏的早春，族人赶到野外去打扫墓地，同时戴花插柳，踏青春游，放飞风筝，亲近自然，可谓顺应天时，有助于吸纳大自然纯阳之气，驱散积郁寒气和抑郁心情，有益于身心健康。除了欣赏大自然的春光美景之外，还开展各种文娱活动，增添生活情趣；既有生离死别的悲酸泪，又到处是一派清新明丽的生动景象。亲切地拥抱大地山川，这些都让我们诗意化地感受着节日习俗。无论从起源还是从其流变中，不管如何衍变，追悼与祭祀是中国人过清明的最重要内容。里下河清明会船，纵横数百平方公里，清明前后，他们都要来祭扫孤坟，虽然谁也说不准这些孤坟的来历，水乡人却固执地相信每一座孤坟里都掩埋着一个民族的忠魂；每一堆黄土里都深藏着一个悲壮的故事。

这世界变化真让人看不清。每次看到媒体声嘶力竭地炒作"洋节"，心里就非常有感触。因为节日是活的文化，是文化的一个重要标志，如果我们的传统节日都不能引起人们的重视，大家还是热衷于洋节的话，那么这将是我们传统文化的悲哀。

国家规定了清明节放假，中央文明办组织开展"我们的节日·清明节"主题活动。这是我们政府文化理念一个很大的进步。我们一定要保护、传承、挖掘、阐释、宣传和过好我们的节日。清明节作为重要传统节日，承载着中华民族的文化血脉和思想精华，是进行革命传统教育和传统美德教育的极好时机。要把"我们的节日·清明节"主题活动作为推进社会主义核心价值体系建设的有力抓手，作为精神文明建设的一件大事，坚持贴近实际、贴近生活、贴近群众，吸引群众广泛参与。要紧紧围绕"文明祭扫，平安清明"的宣传主题，通过开展中华经典诵读、祭奠革命先烈、"网上祭英烈"、节日民俗等活动，祭奠先烈、先人、先贤，深入挖掘清明节的文化内涵，举办具有浓郁民族特色和地方特色的寻根祭祖、民俗文化表演和民间艺术展示等活动，让人们在参与中亲身体验节日习俗，感受传统文化魅力。推动城乡社区和基层企事业单位组织开展植树绿化、风筝比赛等活动，引导人们走近自然、关爱自然，促进人与自然和谐相处，引导人们在慎终追远、缅怀先辈的情怀中认知传统、尊重传统、继承传统、弘扬传统，厚养薄葬，增进爱党、爱国、爱社会主义情感。

　　清明节是中华民族的感恩节，是我们的节日。感恩思源，创造未来，这朴素的仪式，就像一列开往春天的地铁，引领我们记住了历史。盛世之年，过好清明节日更有新的时代意义。

端午节说蛋

"粽子香，香厨房，艾叶香，香满堂。桃枝插在大门上，出门一望麦儿黄。这儿端阳，那儿端阳，处处都端阳。"看见农贸市场摊位上新增的粽箬、艾草和菖蒲，我不禁又在心里唱起这首歌谣。

端午节又悄悄到了。家乡民俗认为，五月为恶日，悬挂艾叶如旗、菖蒲似剑，可驱邪除秽。中华民族这么多的节日，除了给神和鬼过的以外，给人过的恐怕就是端午节了。

粽子当然是端午节的重头文化。小时候，节前一天的傍晚，放了书包，就守着母亲包粽子。一大盆清水里，芦苇叶子随意地漂着，就形成了粽箬。之前它们在空气里，在蝴蝶的翅膀间，在风声中徜徉，换一种方式还那样清爽，一小盆浸泡得十分白净的糯米，在母亲右手伸手可及的地方。它们将与芦苇叶子紧紧依偎。母亲起茧的手将干净漂亮的芦苇叶一张一张铺开，苇眉子又长又滑，在母亲的手掌中跳跃着。芦苇叶不够宽，需要三四片才能包起一个粽子。青色与白色的相遇，就是一场节日的盛会，据说已经有数千年了的粽子就这样清清白白地来到世人面前。

小时候，我更喜欢端午节的鸡蛋。圩南地区那时鸭蛋、鹅蛋也有，但很少。

蛋是放在煮粽子的锅里煮的。和粽子一起烀出来的蛋，颜色变深了，鸡蛋变红，而鸭蛋变得更绿，鹅蛋变得青白，气味香郁，苇叶和糯米的两种香味一丝丝渗入蛋壳。禽蛋自身的气味与之水乳相融却组合成一种新的气味，清新略带甜蜜。奶奶说，吃过蘸糖的甜粽之后，要再吃蘸盐的鸡蛋"压顶"。还说吃五月粽锅里的煮鸡蛋一个夏天不生疮；把粽子锅里煮的鸭蛋、鹅蛋放在正午时阳光下晒一会再吃，整个夏天不头痛。

记得七十年代末的那个端午节，是我们最快乐的时日。东方刚刚泛起一片鱼肚白，我们弟兄三人就急急忙忙地起床了，等着妈妈拿出从"糖担子"上买回的五色丝线，在长满老茧的手掌里搓揉成细线条，慈爱地系上我们嫩滑如藕段的手腕上、脚踝上。说是叫"百索"，戴到六月初六，可以"续命"；然后再佩上精美漂亮的"五毒肚兜"，可望"避邪"；最后在脖颈上挂上用彩色丝线打好的"蛋络子"，把热乎乎的蛋放在小肚皮上擦过一圈，说是可以去病免灾。端午节来源于屈原的故事我们不清楚，只知道物资匮乏的年代，那蛋啊，诱人得很，热气直往上蹿，香气直奔鼻孔。然而数限二只，谁也舍不得立刻就剥食，我们小心翼翼地揣进兜里，闻着久盼的气味，神气十足，穿梭嬉戏在人前背后，炫耀母亲的技艺，着实为传统的节日增添了令人心醉的色彩。

想起那初夏的早晨微风习习，像母亲的手抚摸着你，风里带来泥土的气息，混着青草、树木的清香，还有各种花的香味儿，深呼吸一下，让人觉得惬意无比。这时，鸟儿也醒了，在繁花绿叶当中，呼朋引伴地卖弄着婉转的喉咙，会在房前大柳树上叽叽喳喳嬉闹不停，蝴蝶儿醒了，会在菜花田里展示优美的舞姿，为端午节增加着别样的韵味。佩着节日的饰物，我们拎着玲珑的粽子，很自觉地攥着细长的竹竿，随着毛茸茸的小鹅黄，赶它们到野地去觅食。太阳红红的，麦子黄黄的，棉苗绿绿的，小草青青的，露水很快洇湿了我们的圆口布鞋……才背上"红五星"小书包，一蹦一跳地上学去了。

到了学校不是先进教室，而是和小伙伴们来到老槐树下玩蛋。先比谁的蛋好，其实就是比谁的蛋大。那时都是原生态的生小蛋的草鸡，没有生大蛋的"洋鸡"。"大眼"真是绝，竟然用涂色的鹅蛋冒充鸡蛋来比试，太离谱了，被赶走了。

然后玩碰蛋的游戏，一种是从高处用手挖一道浅浅的沟，往下滚蛋，比谁的蛋滚得远而不破，不服输的反复捡回鸡蛋，然后再滚，游戏过程中的乐趣真是无以言表。一种是用蛋顶蛋，看谁的蛋壳最坚硬，张四小的蛋最牛，十多个蛋活生生的让它给顶破了！据说他采集一种有特殊的香气叫蒿子的植物，把它抹在鸡蛋上增加鸡蛋的坚硬度。也有斗蛋的，就是每人手持一个鸡蛋，把鸡蛋的尖头露出来用力碰，谁的鸡蛋碎了就算输家了，眼巴巴地看着赢家把破了的熟蛋塞进嘴里或放进衣袋子里，胜利者举着鸡蛋欢呼，炫耀着找下一个对手……

窸窸窣窣是鸡蛋去壳的声音，这是天籁还是人籁？鸡蛋尽入腹中，鸡蛋壳已遍地皆是，人踩上去依然酷似剥蛋时的声响，常引起许多艳羡的目光四处眺望寻觅，当孩子们将美味尝完，一片欢声笑语中，太阳从苍茫的远方急匆匆地上升，慈祥的老师敲响了放学的铃声。

吃完鸡蛋，是忌喝凉水的。大肚皮张四小早上贪食了粽子，又吃多了赢的蛋，拉肚子啦，吃药也没有奏效。奶奶给他请来了东浒荡的"半仙婆"，在神堂磕头烧香后女仙发话了：被邪气盯上了，魂归不了身体。得用法改作……礼品到位，她耳语张母：在鸡蛋上用朱笔画上眼睛嘴巴，子时开始叫魂，直到把鸡蛋叫得站立起来。夜深人静，低吟的号叫，煞是瘆人恐惧。据说天蒙蒙亮时，鸡蛋真的站起来了。不久，张四小身体奇迹般地恢复了。

鸡蛋怎么能立起来呢？长大看书多了才知道鸡蛋立起来是很难，是

181

纯粹的力学问题,但掌握其中的诀窍就会成功的。首先,心态要平稳,不急不躁,这是最最重要的。其次,鸡蛋要粗糙一点,越接近圆形越好,并且要新鲜。同时,面板要光滑,尽量水平,站蛋不要用大头来站。因为鸡蛋的大头是气室,用大头反而会抬高重心,你用小头朝下,不停地轻旋鸡蛋,用手多扶一下,蛋黄就会慢慢沉到小头来,重心相应就低了,找到重心后放开就容易站住了。站住的一个重要条件,鸡蛋底部会有一个肉眼很难看清的平面,必须找到小头上三个点构成的一个平面,哪怕这个平面再小也是有的。而鸡蛋的重心刚好穿过这个平面,蛋就站立起来了。

但别学春节晚会上刘谦的戒指进蛋内的舞台魔术。魔术作为一种艺术,就是为了来欣赏的,那是用碳酸钙做的蛋壳,用海藻酸钠、明矾、明胶、食用氯化钙加水、色素等制成的蛋黄和蛋清。麻鬼为魔,作秀中麻痹大家,在董卿这个托儿的掩护下,鬼鬼祟祟地假作戒指进鸡蛋了。

又说哥伦布发现新大陆以后,在一次各界名流为他办的庆功会上,一位大臣不服气地说:"任何一个人坐上船航行,都能到达大西洋的对岸,有什么稀奇,值得大家这样大惊小怪!"有几位大臣也在一旁附和。哥伦布从厨房拿出一个鸡蛋请与会者把它立起来,结果大家绞尽脑汁想了许多办法都没立住。这时哥伦布拿起鸡蛋往桌上稍用力一磕,鸡蛋立住了。哥伦布说有些事确实人人能做,但是,第一个做的人是天才,第二个做的人一般,第三个做的人是……哥伦布用最简单的方式解决了问题,而大多数人为什么做不到呢?因为他们把问题想得太复杂化了。把复杂问题简单化,是一种能力和多维的思维方式的体现,非常可取。有一条广告语说得很好:"简单的问题复杂化——太累!复杂的问题简单化——贡献!"

原来任何人在任何一天都可以把鸡蛋立起来。我能,你也能。你不能把鸡蛋立起来的唯一原因就是:你认为鸡蛋是不可能立起来的。让我明白了这样一个道理：人人都说不行的事，其实都有可能是可行的。几十年来，有多少"不可能"只存在于我们的头脑中而不存在于这个现实的世界里，而芸芸众生，因为心中传统的思维定式"不可能"，摸不到梦中见到的美景，又错过了多少尝试的机会啊！

随着年岁的增长和社会的发展，那些儿时在我们眼里看成是玩蛋乐趣的游戏，现在已经很少有人做了。大树下、草地上再也难见那天真无邪的小人们群聚在一起了，曾经那难忘的童年在记忆里已经越去越远，也变得越来越模糊。

里下河的梅雨

里下河，不是一条河，江淮之间一个很低洼的碟形地区，属沿海江滩湖洼平原。

其间的兴化垛田，被列入全球重要农业文化遗产。独特的农田地貌，很不规则地飘逸在水上，一垛一垛的，在蒙蒙的烟雨中，浮萍一般的迷人。春天里，你若游走这里，定然会被"千垛菜花甲天下，水上森林景如画"的景致所迷恋。

这是一个水做的地方。不仅土膏沃饶，风俗淳秀，而且水网密布、河流纵横，雨水更是充沛，还很特别，很神奇。

江南的雨季，似乎很特别，每年六七月间梅子黄熟的季节，雨，便开始在天地间拉扯着，落落停停，绵绵长长，四下里尽是淋漓的雨意，总是能荡涤出几许滋味，阴沉又细腻，如低吟，似浅唱，平添几分女儿般的通透风骨，那样的雅致，那么的浪漫。故《初学记》引南朝梁元帝《纂要》："梅熟而雨曰梅雨"。

"入梅"的时日在芒种后，新秧初栽，这时的雨，缠缠绵绵，<u>丝丝涟</u>

涟，可谓滋润美艳之至了，那是还在隐约着的青春的消息，似极壮健的处子的眼泪。倘若这个时候，恋起乡愁的低语啁啾，那就倾听梅雨的文字吧。

　　你，可以坐在梅雨的船舷旁，用梅雨沏一杯青涩的清茶，轻轻地呷上一口，那绿意暗涌的清香，可体味到怡情的至美意境。你，该是与《茉莉花》的旋律相契的，或者说同那《杨柳青》的曲调交融，若，再吟咏一句"润物细无声"的诗笺，读上几行"撑着油纸伞，独自彷徨在悠长，悠长又寂寥的雨巷"的文字，想必心情飞扬，又顿生禅意，思绪一定飞得很远、很远。你，坐对空蒙的天地，在滴滴答答雨的生息中，且将心事悉数隐藏，独享一片安宁，任心性飞舞，渐行渐远。

　　"行得春风，必有夏雨"。雨，该为老屋而生的吧。你还可以虔诚地蹲在古旧的门槛上，面对这一窗如此温柔、那般婉约、飘忽的雨丝，自然会慨叹世俗的浮华，世事的沧桑。沧海桑田，白驹过隙，时间都去哪了，又去了多远？

　　好多情的梅雨哟！

　　"梅实迎时雨，苍茫值晚春。"梅雨脾气有点古怪，性情摇摆不定，难以捕捉。或许，里下河的人们见惯了或甜或苦的梅雨时光，不知从什么时候开始，学会了接受和适应，接受生活和自然的不如意，适应季节和流年的辗转，相信人生无常，天亦无理，总能随缘而安，宠辱而不惊。

　　你看：里下河本来就水色重，总是带着潮湿的味道，几经梅雨没日没夜的浸润，愈发濡湿溟溟了。苔痕上阶绿，湿气入屋青。不知什么时候，一缕缕、一团团，细茸茸的雾状的白毛，悄悄拱上了墙角、桌脚，鞋帮上也是；不经意间，橡子和碗橱也缀上了铜钱斑，星星点点；柜内衣物上也盛开了点点"梅花"，散发着阵阵霉味。百物霉腐，梅雨啊，"霉雨"！

　　想起1991年的"梅雨"时节，"雨打黄梅头，四十五日无日头"，低沉而浓重的乌云，挟持着神经般的梅雨，执拗地在里下河上空盘桓，应如宋朝兴化范县令所记:"淫雨霏霏,连月不开,阴风怒号,浊浪排空"。"阵头黄梅"更是肆虐,毫不羞涩的"梅雨",唰唰地从千里之上飞泻而下,里下河几乎成为一片泽国。洪灾涝害,哇噻!敲锣声、嘶叫声、狗吠声混杂在雨声里,圩破了,桥垮了,屋坍了……黑质而白章的水蛇,盘绕在树丫上,杜鹃啼血,满目萧然。龙王爷和白娘子在斗法?身心疲惫的农夫,心被揪紧了,在水汪汪的田埂上,仰天长号,嗟夫!

雨点稠密,一圈比一圈饱满,女人呆滞地望着墙角寂寞的栀子花,乳白的朵儿涨得饱嘟嘟的,叶脉萎黄,花落知多少?未干的衣裳挂满了堂屋,氤氲的烦躁也挂满了心头;不再硬朗的老人,佝偻着身子,蹲到冒着水花的冷飕飕的门槛边,焦虑着,叹息着,无奈地摸出烟袋,磕磕地敲落着一锅烟丝,焦虑地啧啧着嘴,欲语还休,巴望着雨止天晴……

好烦人的梅雨呵!

小暑后的第一个末日,老婆婆还在唠嗑着山海经,闲呱着天涯海角,里下河的梅雨,溢过季节的堤坝,匆匆"出梅"了。

娇莺"恰恰"啼,知了叫翻了天,女人们抢着太阳,抱出久不见日头的衣服、被褥,天井里顿时花花绿绿一大片,像节日欢迎的彩旗。青石板上一蹦三跳的孩子们,早就被"梅雨"锁得不耐烦了,急切地套上短裤,光了脚丫,赶到秧田排水处,支好"踢罾子"网兜,不一会儿,噼噼啪啪,鲫鱼、黑鱼、鲤鱼、鳅鱼……在竹篓里活蹦乱跳了。

天,晴朗了!阳光,热气,蒸掉了大人们眉宇间的忧郁,将满面的晦尘一扫个清新。厚实的乡民充满了感动,把伤心的事情,写在遗忘的瞬间,心中有所期盼,眼里并有阳光,霎时,似乎读懂了生活的意义。和着秧苗拔节的节拍,闻着稻花飘忽的香味,与往事静坐,漫看云舒云卷,倾听云朵对树叶说些什么,纯朴善良、生机蓬勃的心,扑棱棱地抛上了明朗的天空。

哦,里下河的梅雨,让人欢喜让人愁。

中秋敬月

老家的院落里，有一棵比我年龄还要大的桂花树。中秋时节，桂花开了，一轮圆月挂在树梢上，甜蜜的幽香弥漫在夜空，像神话，似仙境，其情其景，宛若一幅风俗画，让人心旷神怡。

"露从今夜白，月是故乡明"。在我儿时的记忆中，农历八月十五的晚上，就是满月、敬月、团聚、月饼、五色水果与神仙故事，还有欢天喜地乱串门"偷"祭品的热闹场面。月亮刚上树头，家家就开始供月光菩萨，左邻右舍的鞭炮声此起彼伏。"在家不敬月，出门遭雨雪"。人们怀着深深的敬畏之心，备好月饼和不尽相同的时令瓜果，敬月亮了。这其中表达的不仅是丰收的喜悦，更是对老天虔诚的感恩。

一

母亲总是在天井里摆设一张小方桌，算是供案。摆上月饼、河藕、西瓜、苹果、柿子、桂圆、枣子、石榴、葡萄，还有菱角、芋头、鸡头

（芡实）、萝卜、花生等供品，大碗茶水是不能少的。奶奶还会在桌子左边放三枝连根拔下带土的毛豆，又挑选四只扁豆，每只扁豆插上四根火柴棒，扁豆作马的头、身、尾，四根火柴棒就是四条马腿。然后，在四匹"马"前面放尊香炉，一对红蜡烛放在桌子的正北方，在大门口还摆设一炷斗香，有一人高。斗香是在东浒垛巧婆婆那儿定的，用很多小把香扎成，上小下大，一般有十三层，四周糊着纱绢，绘有月宫楼台亭阁等图画，花花绿绿的，煞是好看。

  供品也是有规矩的。奶奶说：月饼一定要有。那时候生活非常艰难，食品短缺，商店里的月饼是要凭定量户的供应券才能买到的。农村人没有供应券，月饼大多只能是自家做的。简单的人家就用米磨成的粉做料，也有用面粉揉制，再用一个雕刻有"花好月圆"的模子，印出一个圆圆的饼，然后蒸熟。月饼有大有小，均为扁圆形，小月饼上蘸有红点，以示吉庆，红点多为用竹筷的大头一劈为四，或直接用圆形带角的蓖麻果穗，蘸上红色，点在月饼上。奶奶做的月饼最讲究，是烙出来的，特香，从春季种植花生、芝麻就开始备料了。奶奶用擀面杖将炒熟的花生碾碎，盛好后放入芝麻和冰糖、红糖，还有买来的青梅红丝，然后搅拌均匀作馅心。做月饼的包皮是用鸡蛋和成的面，擀成圆薄皮，连续几十次，才会起酥。然后将馅包好后放入一个做月饼的木头模具里压平，卡在面板上。此时，月饼上面早已"浮雕"上图案了：左上面有棵桂树或兔子形象，中间赫然印着"嫦娥奔月""莲生贵子""风穿牡丹""兔儿爷""月神""桂花"等图案。接下来就是烙月饼了。月饼的外观是非常重要的，诱人的香味再加上烧烤发红的颜色才算是好月饼。烙月饼的时候要用到大锅，掌握火候很重要的，棉秸秆的火硬，稻麦草火软，火头太大月饼容易糊，火头小了又烙不出颜色。做月饼馅的时候，我们几个小孩都在旁边围着看，其实是为了顺便偷点花生芝麻吃罢了。西瓜（也有用水瓜的）要切成莲花形十二瓣（闰月的加一瓣），暗喻一年中有十二个月，取其音于喜，取其形于圆，取其瓤于红，取其子为多，寓意一家人生活团团圆圆、欢欢喜喜、红红火火、甜甜蜜蜜、多子多福。藕也是有讲究的：选枝干完整的鲜藕，从藕身到边枝，从藕节到藕芽，都须齐齐整整，枝枝蔓蔓，寓意子孙繁衍、家庭兴旺、丝丝相连、延绵不断。其他供品，如柿子表示家中人丁兴旺，世代有子；开口的石榴意为开口笑，预示和和美美，撒上一把桂圆，意在"贵在团圆"……奶奶边摆边讲，我们懵懵懂懂地听得很有趣。

二

红烛高燃，斗香飘烟，三炷香过后，放响鞭炮，敬月正式开始。全家人按秩序，长在前，幼在后，男在左，女在右，依次跪下向月亮三叩首，大人们口中念念有词，也不知道在念叨些什么。每个人还要许愿，看母亲那副虔诚的样子，就知道她祈的愿一定与我们有关！敬拜时，不能随便说话，怕冒犯了神灵；不许先吃供品，母亲说月神至上，是不可以吃剩东西的。记得有一次，六岁的弟弟偷吃了角月饼，母亲扬起手掌就是一巴掌，弟弟稚嫩的小脸蛋上立刻烙下五个红红的指痕。母亲连忙把弟弟按倒在供桌前跪下，急切地恳求神灵的原谅。

大约过了一炷香的时辰，"赏光！赏光！"奶奶突然叫起来，原来仪式完毕了。大家起身倒退三步，对着月亮三鞠躬。大人们忙着用手指蘸水为我们涂目，说是这样能够使眼目清凉。

三

月光菩萨"享用"过了，敬供的祭品就可以吃了。急不可耐的我首先想吃月饼，可还得等。母亲按预先算好的全家人数，切开大月饼。在家的，在外的，都要算在一起，每人一角。还好，小月饼不分切，平时难得吃到的柿子、老菱、苹果把我们的肚子塞得满满的。那滋味清清凉，感觉却是暖暖的。

接下来奶奶或母亲将我和弟弟们抱坐在腿上,对着空中皎洁的月亮讲起嫦娥奔月的故事,指着月亮的阴影中,告诉我们哪是桂树,哪是嫦娥,哪是神兔。我们听得入神,不时问这问那,我觉得自己也仿佛进入了角色。这时在一边喝着茶的爸爸也接上了话茬:"你看,月中的吴刚正在砍桂花树呢?"真的,月中真的好像有一个人在使劲地砍一棵树呢。爸爸又喝了一口茶,笑容可掬地说:"吴刚砍了一年,才砍下一片叶子,从天上掉到人间就变成了金叶子,会掉在最勤劳的人家门口,这家人便会富起来。所以,你们长大了要勤劳,勤劳就是财富。"听着、听着,我仿佛看到那桂花叶子正在飘飘悠悠地从天上飘下来,正巧落在我家的门口……爷爷还叫我们唱童谣:亮月子光光,骑马敬香。东也拜,西也拜,月婆婆,月奶奶,保佑我家做买卖。不赚多,不赚少,一天赚三个大元宝……

四

明月还在天空挂着,疲倦的家人逐渐散去,那碗凉水还在供桌上。据说,偷喝了祭月亮的水,尿床的孩子就不再尿床了。

仍记得小时候的中秋趣事:去阿宝家偷喝"凉月水"时,和小根抢挡了,结果把盛水的花瓷碗给打碎了。奶奶还告诉小兰姐姐,眼睛透过白手绢望圆月,如果能见到桂花树下的月下老人,将来就能嫁得如意郎君。兰姐姐没找到白手绢,只好找了件白衣裳代替,可是不管如何努力,总是看不到传说中的月下老人,幽幽地哭了。婚后几年没生娃娃的燕子,到我家菜园里偷摘了一个瓜抱回家,伴着瓜睡一夜,第二年真生了个胖儿子。燕子家高兴得到我家"六只眼"敬菩萨、放鞭炮、送"礼盒子"表示感谢。这以后,我便多了个干弟弟。把月饼切成大中小三块叠在一起,分别寓为"状元""榜眼""探花",而后占卜比运气:掷骰子,谁的数码最多,即为状元,吃大块;依次为榜眼、探花,游戏取乐。

五

"问渠哪得清如许?为有源头活水来。"中秋节是仅次于春节的一个民间大节日,作为国家法定节假日,这个举措的影响将是深远的。中秋敬月的真正内涵是非常丰富的:中华五千年文明古国的光荣传统,闪耀着古老文明、文化的浓浓况味,既是劳动人民庆祝丰收的欢庆活动和庄严仪式,也是孤寂的异乡人,对故乡和亲人思念的一种精神寄托。敬月本来就是人们精神的盛会,团圆的本质是应该体现出亲情,人与人之间的情感沟通,享受到自然的乐趣。我们传承了这个美好的习俗,尘世的纷争,凡俗的酬酢,反增若多烦恼。童年时民俗的景仰是多么的天真,朴素的信仰是多么的美好。诚心实意地敬信神灵,不仅能端正人生态度,更重要的是可以安抚人们的心灵,和谐宇宙乾坤。

我时时在想,是否离传统文化越来越远了,是否若干年后我们将会不认识自己的民族?这里不能不说到近年来流行着敬人不敬月的奢华月饼,天价月饼的"泛滥成灾"让人们产生了"审美疲劳"。世俗的东西融入月饼中,已然让传统节日那种人性的朴素、纯真、美好变得面目全非。传统中,祖辈们用雕有花纹的枣木模具,扣出的月饼,在亲手制作月饼的过程中,也使家庭凝聚的氛围显得更加浓厚。

长大了,离开了家乡。如今身处混凝土的围城里,很少看到有人祭月了。现代城市耀眼的灯光虽然掩去了月色的光华,但每到中秋之夜,褪色的往事还是会随着月光泛起。怀想当年敬月的情景,心中满是眷恋,成了一种享受,但那情那景,记忆犹新,至今令我难忘!生活在变,人们对团圆幸福的追求、对美好未来的向往永远都不会变。

中秋夜,让我们仰望月亮:但愿人长久,千里共婵娟。

乡村的冬天

  乡村的冬天似乎总是来得很突然：西伯利亚的冷空气猛一窜到长江中下游，冬姑娘打了个寒噤，便急切地褪去春的柳丝、夏的荷裙、秋的金衫，清凉而萧瑟。一夜之间，有如一位饱经沧桑的老人，似乎胡须和眉毛也白了很多，无可奈何地坦露出苍白的胸膛。

  城里的雨、乡下的风，凶。乡村的寒风，无孔不入，声韵嘶哑了许多，音符冷战得凄婉动人，她掠过田野，穿梭丛林，刮进村庄，摘下银白的芦花，别有一番风情。树干没有了叶子，被风摇曳得吱吱地响，像在悲泣，像在诉说，又像在疯狂地舞蹈，让单独走在路上的人心里发毛。

  月明星稀，田地里蒙上一层冷肌肌的霜，透过那层薄薄的白色晶粒，可以看到下面刚刚出土的、瑟缩着的麦苗、菜蔬，原本绿嫩的叶子，显然已被冬天贴上了自己特有的标签，如婴儿被冻坏的脸，是那样怯弱。僵化的土地，经过蓬勃躁动、繁盛喧闹和丰硕忙碌的季节，大地像坦然无忧躺着的困龙，迷糊地倦息着入眠，悠然酝酿着活泼的生机，安详而静谧。

天冷了又冷，雨少了又少，弯弯曲曲的小河，少了雨水的滋润，缓慢了美妙的音乐，似如断了奶的孩子，郁郁地拖着瘦长的身体，缓缓地走在归海的路上。农户撑出一叶小船，划破薄弱的河冰，潺潺的流水声里，有几块浮冰在漂动；唾手下篙，呼出一团腾腾的雾气，明澈、淡远，也叫人心旷神怡。

一切是那么的宁静，似乎缺少了点什么。萧瑟凛冽冰风雨，草木摇落露为霜，终究还是不能代替轻盈曼妙的雪花的位置。雪，雨的精灵，冬天的使者。在白皑皑的世界里，流着鼻涕的孩子们不时伸开手掌接一片雪花，仰面张嘴任花儿落在舌头上，凉丝丝的，湿漉漉的，直透心窝，好爽！滑雪、打雪仗、塑雪人，互相追逐着、打闹着、嬉笑着。孩子们在大自然的怀抱里，在雪花中，找到了童趣，安放了童心，演绎了童话。

晶莹的雪，轻盈地落在耕耘的田园里，"千树万树梨花开"，一片白茫茫中，谁在"独钓寒江雪"？远方的草堆似如一座座雪山，是那样的静美，近处的包菜被打扮成一个个白色的灯笼，亭亭立在那里一动不动，空旷的田野又似起伏的银色海洋，漂亮极了。

粗犷的农人，似乎没有烦恼与惆怅，望着银装素裹的田野，拨弄着雪被下那些做着金色梦幻的作物，摸出历经沧桑岁月磨砺的旱烟袋，长长吸上一口，也许会被那粗糙、劣质的烟叶儿呛得直咳嗽，但"瑞雪兆丰年"的念头，总会憧憬起五谷丰登的来年，油然想起许多关于雪和庄稼的谚语。乡村的落雪，就是把吉祥和祝福落在农家的心里。

日头越来越短了，冬天的味道越来越浓也越来越冷了。阳光像一个慵懒的少妇，总是赖在温暖的被窝里，迟迟才肯走出如纱帐般的薄云，送来些许妩媚、亲昵、温柔、体贴。疏木纤枝掩映的村落里，若隐若现地露出红顶白墙的房子，让乡村流淌出女作家乔治·桑笔端的《冬天之美》："大自然在冬天邀请我们到火炉边去享受天伦之乐，而且正是在乡村才能领略这个季节罕见的明朗的阳光……"确实有一番别致的情趣。

乡村的冬天是苍凉的。没有污浊的空气，没有心烦的汽笛，没有林立的楼阁，回头张望，全是黑白，还带着五味杂陈。老树依然老，枯藤依然枯，只有树下稻草垛起来的垛子，年年是新鲜的。世界显得那么空旷、辽远而韵味无穷，让芸芸尽情地描绘万象，放飞情感，让众生如释重负，放松心境，平静、虔诚又尽情，原始地领略大自然的纯美……

乡村的冬天是悬摆的。墙上壁下，镰刀、铁锄、担筐、簸箕、辘轳、犁铧等农具，累死累活了大半年，似乎合适地依挂在墙壁，不求标致，默不作声，天然的农展馆。透过屋檐边倒着的高低、粗细不一的晶亮玲珑的冰凌，火红的辣椒串通一气，金黄的玉米凌空摆弄，腊肉、风鸡、咸鹅、卤鱼，高高低低地吊着，别具特色的风味土特产，难以拒绝的诱惑。谁家门上又贴起大大的红"囍"了，百花凋零的枝丫上，飘扬着红红绿绿的如意，惬意而安详，纯朴而欢畅。

乡村的冬天是悠闲的。碌碡停止了吱叫，老牛回唤着稻草，扑朔的鸡窝，不时传来了狗的吠声。懒散的人们用传统的姿势，默默地蹲守在山墙根下，争论着，辩解着陈年古事，相互诉说，欢声笑语，翻阅阳光。黄昏弥漫着温馨的气息，袅袅的炊烟，孤零零的，像一行白鹭，冲上了夕阳猩红的天空，是那样的柔和、轻盈，又仿佛想到儿时母亲呼唤我们乳名的情景。昼短夜长，暗淡的夜晚是那么的寂寞，睡不着的女人们，也有"高处不胜寒"的烦恼，无人听自己倾诉。若有所思，若有所恋，又手如快麻，翻飞如舞，一边纳着鞋底，一边想着自家的男人，有没有挣到钱，心会不会变野……

乡村的冬天是盎然的。几只无名的小鸟无意中撞落了一枝雪花，纷纷扬扬地打破了相思已久的清梦。院中的雪好厚呀，踩上去发出咯吱咯吱的声响，宛若西部牛仔的踢踏舞。炉阁上香烛悠悠，古庙里梵音绕绕。闻着吉祥的爆竹声，涎着迷魂的酒菜香，鲜活的唢呐声乐，洋溢的祝福声中，弥漫了喜庆的气氛，渗透出淳朴的快乐，那么温馨，那么甜美。

外出打工挣得零花钱的男人们回来了，多远就吆喝着、炫耀着给女人孩子买的新衣裳。新添薪柴的火盆里放上了黄豆、花生、玉米，烤上几个地瓜，爆几锅炒米，那原生态的香味扑面而来，一丝丝沁人心脾。亲朋围坐在火炉旁的饭桌上，一壶浊酒，两碟小菜，三五杯盏，絮絮叨叨地讲着各家的趣事逸闻，谈论的话题与眼前的这场雪有关，与土地、收成、年景、村庄、婚嫁、乡情有关……外面寒气逼人，室内畅快淋漓，真是一个世外桃源。

乡村的冬天是变形的。钢筋水泥掩映了粉墙黛瓦，手机电视湮没了农谚俚语，轮船车辙碾碎了麻雀的梦呓。渐渐地，离别了村舍的零落、街巷的泥泞，远去了低矮的平房、贫瘠的土地，寻来了天清云秀、地肥水美、国泰民安和浪漫自得。其实，乡村的冬天一直都没变，变的是我们的生活和越来越美的日子。

乡村的冬天，是一缕陶醉的回忆，是守信无私的奉献，正是在苍然的寒碜中，没有羞涩，没有遮掩，春化着稼谷，积蓄着力量，坚毅地吟唱着信仰。就像朴实无华的农家人，默默无声地为冷战的时光斟酒，与飘落的雪花对酌，喝掉了一丝惆怅，几许寂寞，迎来了一个龙飞凤舞、富庶和谐的春天。

乡村的冬天，是短暂的，是生命的休养生息，是春天默默地期待，为了对春天那一份真挚的爱，诗人吟出了："冬天已经到了，春天还会远吗？"

冬日暖阳

冬天和夏季的太阳,好像不是一个样子:夏日的太阳蛋黄似的,一出生就晃悠悠地冒着腾腾的热气,灼而烈焰,刺眼;而冬日的太阳呢,虽说红彤彤圆溜溜的,却像月亮一样的苍白无力,温吞水一样的惺忪滞闷,淡而隽永,涣散。

冬日的太阳挂在云上,温暖明媚中略显绵长,如慰藉万物的温床;柔美的阳光透过树枝洒落下来,似有一双双无形而神奇的手,淡泊从容地抚摸着村庄,抚摩着街坊,抚慰着懒洋洋的人世间。悠远的景色在光影中弥漫,幻化成一幅蕴含静美的画卷。

在乡村,它喜欢藏娇在清寒的草垛中,蒸发着"暖风熏得游人醉,直把杭州作汴州"温暖的绵香,舒展着"向阳门第春常在,积善人家庆有余"美好的温馨。

阳光下,一堆堆,一坨坨,一座连着一座,积叠在地头、路边、院旁、河口的草垛,像散在村庄的一枚枚丰收的蚕茧,又像落在故乡大地上蓬勃的云朵。披上了阳光外衣的草垛,是乡村一位位迎来送往的使者,光溜溜的，朴实而静默。

　　大人出外打工，孩子们就像这些留守的草垛。阳光铺在草垛上，草垛便灿灿地闪着金黄色的光芒，温婉地散出热乎乎的味道，童年清浅的诗意便在这里栖息。女孩子喜欢文静地依靠着草垛，在阳光下读书或踢踢毽子；调皮的男生们呢？多半是围在草垛，挤啊挤，时不时挤到乱蓬蓬的草堆里面去，嬉笑着在那里捉迷藏。玩累了，直接懒懒地躺在向阳的草垛上，周身散发着阳光的香气，全然不顾那些草尖麦芒，把脖子刺得生疼。

　　"鸡蛋！""一窝鸡蛋！"

　　"我家的！""是我家的！"孩子们蓦然鱼跃而起，争吵着，抢夺着，垛晃草飞，热气腾腾。

　　城里的冬日阳光，似乎喜欢贴在朝阳的墙角上，这块地方就是老年人的乐园。老人们喜欢背靠墙壁坐着，或半躺在椅子上，尽情地享受着冬日暖阳带来的惬意，慈祥而淡定。他们可以很慵懒地眯着双眼，把暖暖的阳光过滤得五彩斑斓；也可以在这里捧壶品茗，慢慢地梳理自己的故事；还可以一边尽情享受那阳光的温暖，一边相互侃侃生活的琐事。时光美妙，好像只有这个时候，他们的记忆才会非常好，津津有味地叙述着那些陈谷子烂芝麻的细枝末节，一种释然的快乐，娓娓道来，让人如临其境也让人羡煞这样的生活。

　　难得今天温暖的阳光，穿着花衣裳的小狗也来凑热闹，倚着温暖的墙角，用后背在砖块上蹭痒，时不时地咀嚼着，一定是在朵颐着阳光的味道吧，其乐也融融。

　　寒风不分城乡，一样的摇晃着树的影子，几片未凋落的叶子，始终保持积极、乐观的面目，小鸟似的倔强地蜷缩在枝梢上。

　　"啊……只要人人都献出一点爱，世界将变成美好的人间……"缤纷的冬日，无私的阳光伴和着歌声，靓装着"冬日暖阳——爱心帮扶"的条幅，显得格外醒目。阳光如此美丽，透彻着生命的颜色，洋溢着情怀的气息，闪烁着爱心的光环，洒满了校园、敬老院……留守的老人小孩们沐浴着流淌的暖阳，手捧着这情深深、暖烘烘的礼物，热泪盈眶，欢呼雀跃，在仁德感恩里，在天真烂漫中，开心地释放着自己的快乐，瞬间，似乎被阳光融化。同在一片蓝天下，暖暖的天地也属于他们，那样美好，那般温馨，那么幸福。

生活需要阳光，更需要阳光所带来的温暖。阳光有七彩，温馨地散发出美好与梦想的光环，这是爱的色彩，把心装点得绚丽斑斓。

冬季有暖阳，无处不在，不会寒冷，不会寂寞。

我爱过年

一场应时而下的瑞雪，辞旧岁迎新年了。

"辞旧"有点淡淡的伤感，留给的是一种日渐的成熟；"迎新"却是一种蠢蠢而动的喜悦，浅品着一份沧桑岁月的淡定。初升的太阳照在身上，比往日好像特别暖。感情的潮水在沸腾，我不禁思绪万千。假如，思绪也有色彩，那么，此时我的思绪是红色的。像玫瑰，玫瑰失之为浅淡；像烈火，烈火又显浓暗；像太阳，像新年早晨的太阳，充满了新的光辉，盛满了永恒的生命。

不知不觉中，更迭了一年又一年，人早已长大渐至老去，许是热爱祖辈传下来的、国人所独有的文化传统吧，我依然像小孩子一样喜欢过年，喜欢过咱们的中国年。

岁月的尘埃总是明灭难辨。相传太古时期，有一种凶猛的怪兽，散居在深山密林中，人们管它们叫"年"。它的形貌狰狞，生性凶残，专食飞禽走兽、鳞介虫豸，一天换一种口味，从磕头虫一直吃到大活人，它是每隔三百六十五天窜到人群聚居的地方尝一次口鲜，让人谈"年"色变。为了赶跑猛兽年，人们不得不在旧年的最后一天放鞭炮，在正门和窗户上贴上红纸。幸运的是，年因为害怕鞭炮的响声和红色的贴纸，不敢再来了。为了纪念这一天，我们的老祖宗把新年农历的第一天定为"春节"。我在心里一直不愿意接受"年"是一头凶猛怪兽的演绎，也不认可人们贴春联、放鞭炮、敲锣鼓、舞灯笼，是为了驱逐这头怪兽的传说。我相信春种秋收一个周期为一年，应如汉代的《说文解字》中说：年，谷熟也。可见，年是庄稼成熟，表明一个农业生产周期的完结。是农人们为庆贺丰收而举行的一系列丰收祭仪式，这些活动均以祭祀神佛、祭奠祖先、除旧布新、迎禧接福、祈求丰年为主要内容，更似一个炫目逼眼的红色中国结。

忆往昔，时光蹉跎，岁月峥嵘。"小孩巴过年，大人怕过年"。巴，盼呀；怕，愁啊。那年月，春节是和吃穿紧紧联系在一起的，过大年，清闲的小孩们就有好东西吃，新衣裳穿，还有压岁钱，是一年里最幸福的享受，所以，一放寒假，小屁孩们就掰着手指盼呀盼，猫爪子抓心似的，既痒痒，又痛快，希望新年早些到。尽情地饕餮一番了，那感情好。大人们呢？过年如过关，平日生活就是清贫的，如乡人郑板桥所说："白菜青盐糙子饭，瓦壶天水菊花茶。"虽说大喇叭广着"过一个革命化的春节"，但年还是要过的，大小儿娃添件新外套，八仙桌上加点油腥味，这是起码的。静谧而神秘的新年，家家户户忙年货，干干净净过大年，物资匮乏的年代，人们辛酸着并快乐着，脸上洋溢着幸福的笑容。蒸年糕、包饺子、挂门神、贴对联、敬香烛、放鞭炮、迎财神、耍花灯、吃年夜饭、磕辞岁头，恭喜恭喜收压岁钱，空气中处处弥漫着喜庆的气氛。

最期盼的应该是那种过年的味道。喝过腊八粥，就该祭灶了，"腊月二十四，掸尘扫房子"，从二十夜后就进入忙年了。杀年猪充满节前的欢乐，有趣且有味。时不时传来猪的哀号声，打破了村庄早晨的宁静。听到猪的号叫声，我们就麻溜跑去看热闹。杀猪匠家天井里，只见邻里的三五壮汉，"哼哼嗷嗷"声中，硬是按猪在案板上，杀猪匠干净麻利地举刀刺喉，白刀子进红刀子出，猪脖子"嗤嗤"地冒泡，血古窟窿的，案板下是大半盆殷红的鲜血，杀猪匠又不慌不忙地卷着袖子，手执尖刀，在猪后蹄内侧割开个寸来长的三角形的口子，用一杆形似细钢钎，一米五六长的猪梃子，顺着小口，贴着猪皮往里捅几次，然后一手握住猪蹄，一手扯开切口，嘴顺势抵住切口，使劲地往里吹气，边吹边拍打，几个人蹲下身，轮番着吹猪，都是暴着青筋，满脸憋得通红，两腮鼓起像青蛙。吹了好一会儿，几个回合，直吹得那猪四腿朝天，张嘴不能合，浑身圆鼓鼓的，膨胀得像一头直挺挺地躺着的牛，这才捏住切口、扎紧，防止漏气。大家七手八脚把猪放进装有大半沸水的木盆里边，白白胖胖的大"扑、扑、扑"，两边人使劲地拉起纤，肥猪漂浮在蒸汽氤氲的大木桶里，翻转滚烫，杀猪匠拿着舀子，先倒一瓢凉水在猪身上，然后不停地舀着开水浇淋，一遍又一遍。趁着热气，用手扯其毛能掉时，"咔嚓、咔嚓"地用一把铁刨子，三下五去二，猪毛被刨得干干净净，煞是好看。望着墙上挂满的尖刀、屠刀、砍刀、刮刀、刨子、梃棍、杠子、抓钩、挂钩、钉环……杀猪家什，样样都被鲜血浸润得当当亮亮，闪着寒光，场面更为血腥的破膛开肚了，我们想看却又不敢看，但内心却又好奇，躲躲闪闪地捂上了眼睛，在手丫子留出的缝隙中，悄悄地向外瞄……轰炒米更是热潮，炒米摊子就支在小学校门口，等着轰炒米的大人也像孩子似的，各式各样的袋子、篓子、淘箩子歪歪斜斜地排着队，盛着大米、玉米、蚕豆，甚至还有团干子。"加糖精吗？"手和脸跟炒米机一样黑的那个师傅问炒家。黑乎乎的炒米机，圆鼓鼓的肚子，风箱"呼哧呼哧"地叫着，炉子里的火苗也跟着节奏纵情舞蹈。师傅一边摇着转轮，一边看着压力表。忽然，师傅猛起身，腿支机身，微张着嘴，注意了，响啦！周围的人连忙两手捂起耳朵，跑得远远的，猛听"轰"的一声巨响，惊天动地。强大的气流带着一锅炒米，把卧在地上像一条巨大的黑蛇似的袋子瞬间炸得鼓鼓的，腾腾的白气从袋子里热烫烫的弥漫出来，一股鲜甜的清香顿时跑了出来，香了半条街，仙境一般。

不知道什么时候，父亲早在院子里最高的那棵树上挂起一盏灯，晕黄的温暖合着孩子们的笑声溢出了小院，幸福的年味在穿着新衣的孩子们跳跃的身影里，越过了那高高的灯盏，飘向天际。

年年岁岁花相似，岁岁年年人不同。锣鼓声中的玩龙灯、舞狮子、送麒麟、挑花担、唱凤凰表演，更是浓妆了节日的喜庆。所以民谚说："正月里拜年，二月里玩灯，三月种田。"过年最如意，欢娱又尽兴。

年，是那般长；味，是那般醇。憧憬旧时过年的情景，那时的年味儿真是浓，像一杯红茶，醇厚鲜亮、浓烈温暖，难以忘怀并历久弥新。如今，充满了时代喧哗的网络，也喜欢过年，打开它，盛装惊艳：满天红红的屏幕，中国梦、中国年，漫流着吉祥的春联，吹起红红温暖的气息，撩得人心旷神怡，有点像猫爪子抓心似的，既痒痒，又痛快，让人们沉迷在过年的情节里，思绪真的有色彩，应该是红色的，老红的中国红，跳跃着自己的年味。

爆竹声中一岁除，孩子们欢喜，大人们也忙碌。原来，我们都是爱过年的呀！

提高现代文阅读和写作成绩的金钥匙

罗有高作品
阅读试题详析详解

无鱼不成席

①在中国老百姓的生活中,"无鱼不成席"是传统习俗。鱼一直寓意吉祥、富贵和美好心愿,宴席必须上鱼。

②席,筵席、宴席、酒席。我国八大菜系,都离不开鱼菜名馔。民间在节日、婚寿喜庆等隆重的宴席上,为表示富贵吉庆,绝对少不了鱼这道菜。

③湖、河、沟、港、汊众多的"鱼米之乡",鱼的品种众多。汪曾祺在《鱼我所欲也》文中,一口气就写了石斑、鳜鱼、鲥鱼、刀鱼、鲖鱼、黄河鲤鱼、鳝鱼等多种鱼类。过去,鱼类有上等鱼、下等鱼之分,有鳞为上,无鳞为下,又有青、白、鲤、鲑、鲲、鲢的排列。时代在变,不登大雅之堂的鳝、鳅、鳗、甲

鱼等无鳞下等鱼,现时反市价昂贵,成为宴席高档次的象征。

④说起"无鱼不成席"里的"鱼",有多种习俗,还大有讲究。吃鱼要吃出味道,吃出文化,吃出品位,就得懂得"席"上吃鱼的规矩。

⑤宴请高朋贵客,可能有多种鱼,但主"鱼"要选全头全尾的囫囵鱼,得有鳞。鱼端上桌,鱼头对着谁、尾对谁,也有讲究。习惯上"鱼头朝东",意为"鱼归东海,万事顺达"。一般规矩还是鱼头要对着"上岗子",即贵宾或长辈,体现尊敬,请之首动筷夹鱼,即"剪彩",然后其他人才可以举箸食鱼。

⑥鱼在酒席上的文化地位,其俗规很也有情趣。倘若"上岗子"给你夹鱼,夹个鱼眼,这是高看一眼;夹个鱼唇,唇齿相依;夹个鱼翅,展翅高飞;夹个鱼肚什么的,推心置腹的意思,你一定得喝酒致谢。鱼肚对文人,赞他肚里有墨水,满腹文章;鱼脊对武将,夸他刚武豪放,可作脊梁。鱼的眼睛,那是表示爱意,不可以乱夹给异性。郑板桥吃鱼有故事:"君子不吃翻身鱼。"把吃渔的技巧推向极致。

⑦"食不厌精、脍不厌细。"鱼的烹饪方法,煎、炸、烧、炖,嗅出香气四溢,食之口齿生津。北方人往往食鱼喜欢给其附味,红烧的,糖醋的,五香的,剁椒的。而南方人更喜欢鱼的本味,葱油的,清蒸的,炸熘的,吃鱼更讲究鲢鱼头,草鱼尾,鲫鱼肚档,体验渔乡水产美,道出吃鱼境界鲜。

⑧起源于原始崇拜鱼,年夜饭桌上的鱼,必须有鲢鱼,以预兆"年年有余";必须有头有尾,寓意新的一年"有始有终"。"徒有美鱼情",必定端上桌只看不吃,供奉着,象征新年吉庆有余。其实,除夕的鱼,在餐桌上是招财,餐桌外还有隐秘的镇邪

隐义，只是逐渐为人们所淡忘了。

⑨"无鱼不成席"，实是"无鱼不成礼仪""无鱼不成生活"。

(选自《中国精短散文佳篇选粹2018》)

1．"无鱼不成席"文章重点围绕宴席中的"鱼"，写了鱼的品种分类、_____、_____、_____、_____来展现江南水乡"鱼"的文化。

2．第②段"筵""馔"都是形声字，它们的读音分别是_____、_____。"鱼菜名馔"中"馔"的意思是_____。

3．文章第④段在全文中起到什么作用？
_____。

4．第⑧段中，作者写"只是逐渐为人们所淡忘了。"试分析"逐渐"一词在文中的含义。
_____。

5．文章的结尾含蓄巧妙，令人回味，请结合文章内容，谈谈你的理解和感受。
_____。

参考答案：

1．吃鱼的规矩、吃鱼俗规的情趣、鱼的烹饪方法、除夕鱼的寓意。

2．yán zhuàn 饮食。

3．承上启下的作用。既承接了上文选"鱼"的讲究，又引起下文"吃鱼"要懂得席上的规矩，吃出品味，吃出文化。为下文写"鱼"在席上的情趣做铺垫。

4. "逐渐"是渐渐的意思，这里是说"鱼"的文化的传承已在生活中慢慢被人们所遗忘，表达了作者的失落和遗憾。

5. "无鱼不成席"实际是吃鱼时的礼仪和生活的情趣，学生从这两方面谈出自己的理解和感悟即可。

积善人家磬有鱼

①"向阳门第春常在，积善人家庆有余"，这是一副尽人皆知的常用春联，早已成为人们挂在嘴上的口头禅。平淡中藏俗语，祈愿里有寓意。

②"积善人家庆有余"出于《周易》：积善之家，必有余庆。俗语谐音解释庆，磬，它在古代是一种礼器，敲打时会有声音传出，跟旧时人们敲打的钟有异曲同工的作用，通喜庆的"庆"字；鱼同"余"，这也是中华文化一种有趣的现象，隐喻吉庆有余。吉庆有余是中国传统吉祥纹样之一。清代刺绣、织锦、砖刻、木雕上常见应用，民间年画艺术中的《吉庆有余》，纹饰以一童子右手执"戟"示"吉"，左手提"磬"示"庆"。磬上之鱼示"有余"。《诗经》："修我矛戟，与子偕作。"戟为古代兵器，后戟也成为官阶、武勋的象征。"戟磬"谐音"吉庆"，"鱼"与"余"同音；"戟""磬""鱼"隐喻"吉庆有余"，寓意祥瑞。

③中国文化自古凡事讲究蕴意，同样在表达情感或生活方面许多事儿，也是比较含蓄的，吉兆的此联，源于渔事，还引出苏东坡对联求鱼的故事。

④说苏轼东坡有个老朋友诗僧佛印,虽是出家人,却不避酒肉。这日,佛印将一条西湖鱼洗净剖开清蒸好,正巧东坡登门来访。佛印急忙把鱼藏在大磬之下。苏东坡就座喝茶时,闻到阵阵鱼香,又见到桌上反扣的磬,心中有数了。因为磬是和尚做佛事用的一种打击乐器,平日都是口朝上,今日反扣着,必有蹊跷。故意说:"友人出了一对联:'向阳门第春常在',我一时对不出下联,望长老赐教。"佛印"嗤"一声乐了,心想这种对联家家户户都贴烂了,随便并说出下联:"积善人家庆有余"。

⑤"高才高才!"苏东坡忙称赞道:"我是'向阳门第',你是'积善人家';我是'春常在'你是'庆有余'。既然磬(庆)里有鱼(余),那就积点善,拿出一起吃吧"。佛印这才明白,原来苏东坡绕来绕去,就是为了这磬下面的鱼啊!

⑥磬有鱼,庆有余。佛印方知上了苏东坡的当,高兴地把鱼拿出来同苏东坡一起享用。

⑦"向阳门第春常在,积善人家庆有余",是古人追求年年幸福,富裕生活的良好愿望,若门楣再写上"姜太公在此百无禁忌",春常在、庆有余,民俗中的图腾崇拜,古而不俗的生活态度,真是天下第一副吉祥春联,实诚是表达欢庆之情,又图来年吉利绵绵相传的鱼话。

⑧愿普天下的百姓,家家幸福有美梦,年年月月吉庆有余。

1. 通读课文后,如何理解标题中的"磬"?

_____。

2. 文章第②段中说:吉庆有余是我国的传统的吉祥纹样之一。你知道我国民间还有哪些象征吉祥的纹样?不少于两个。

3. 引用苏东坡对联求鱼的故事在文中起什么作用？

4. 阅读全文用"首先、其次、接着、最后"的句式阐述文章的结构。

参考答案：

1. "磬"它在古代是一种礼器，敲打时会有声音传出，跟旧时人们敲打的钟有异曲同工的作用，通喜庆的"庆"。

2. 福、禄、寿、喜、财、瑞等。

3. 引用苏东坡对联求鱼的故事，增强了文章的趣味性。

4. 全文首先提出话题，其次诠释，接着引用故事，最后祝愿。

奶奶哼

① 夏令时节正是时令瓜果丰美的时候，多吃点瓜果好，消暑败毒，补充能量。如今的人太有口福了，西瓜、水蜜桃嫌糖分多，黄瓜、哈密瓜吃腻味了。我去菜市场淘淘，看看有啥奇珍异果。

② 瓜香果味，飘满一街，红红绿绿，美不胜收。也只见香瓜、水瓜、烧瓜、桃子、西红柿什么的。正快快出门，转身看见门口的一个小摊子上一种瓜：比香瓜小一点扁一点，皮色表青中

带黄，黄中乏白，如蛤蟆似的白里有条纹，散落着芝麻绿豆般大小的斑点……

③"奶奶哼！"哦，久违的奶奶哼，我像发现了"新大陆"，一种香甜而绵软的感觉油然生津。

④"奶奶哼"应该是香瓜中一个独特优良的品种。在20世纪80年代前乡村随处可见，不算稀罕。喝着露水，吸着清风，吃着地气长出来的尤物，瓜结蒂的时候就是天生老相，皱皱巴巴的样子，天然纯朴，土气十足。

⑤邑人汪曾祺在《故里三陈》中说：奶奶哼，一种很"面"的香瓜。这种瓜熟透后肉质像香蕉一样绵绵的，又香又软，不甚甜，而极"面"，连瘪了嘴没了牙的老奶奶入口后细细地磨咽，喳巴喳巴的，叽叽唧唧，吃得陶醉，止不住地哼哼呀呀……大概此瓜就以老奶奶的哼声为"乳名"吧，虽叫这名字古怪，不登大雅之堂，却贴切形象，吊人胃口。

⑥母亲讲，"奶奶哼"其实是有故事的：从前，有一年夏天，生病的老婆婆想吃香瓜，可是，人老牙齿不整，咬不动香瓜，急得上气不接下气，哼呀哼个不停。

⑦孝顺的媳妇，选遍了瓜地里的香瓜，都是挺硬的，怎么办呢？急得抱着香瓜哭了起来。这时，有个满头白发的老人对她说："滴满你眼泪的那个瓜，是你婆婆能吃得动的香瓜。"媳妇一高兴，看看面前滴满了眼泪的那个瓜，咦！眼泪在瓜皮上渐渐变成斑斑点点的花纹。

⑧摸摸爽快，闻闻喷香，洗净，切破，瓤肉分开，黄色的瓜瓤香甜的味。老婆婆嚼嚼糯面，吃吃鲜甜，嘴一抿一口瓜就下肚了。她想吃这种瓜急得哼，吃到这种瓜乐得哼，吃快了噎得

哼，哼一声咬一口，咬一口哼一声，笑得合不拢嘴……那神情，好似老牛回味无穷的反刍，更犹如舔舐着儿孙孝顺的甜蜜，一口气把那个大香瓜吃了，病也好了。

⑨奶奶哼、哼、哼，于是，就有了"奶奶哼"香瓜，瓜皮上的花斑就是孝顺媳妇的眼泪变的，缘由奇趣。

⑩是啊。曾经在收获的季节，清风是香的，乡音是甜的。"奶奶哼"，哼熟了乡人对生活无限憧憬的美梦。仅有的三只"奶奶哼"全被我"倒篮子"了。

⑪老的、少的，一圈子人在我家天井里吃起"奶奶哼"，在这个炎热夜晚，真是别有一番怀旧的滋味。淡淡的香气，若有若无；软泥的瓜肉，与众不同；绵绵的甜，羞涩含蓄。儿子夸张地"哼"地来，一院子欢快的"哼"声，境界曼妙。

⑫"种子要吐到盆子里。"我不忘招呼大家。我要把种子淘洗后用草木灰拌和，做成饼状粘在墙上，风干后，<u>留着明年做瓜种，延续"奶奶哼"的那番软绵绵的宁静致远的味道，把根留住，不再怅然……</u>

（选自2017.11.5《泰州日报》）

1. "奶奶哼"这种香瓜，有的地方称之为"撕皮烂"。本文为什么不用"撕皮烂"为题，而以"奶奶哼"为题？

_____。

2. 请根据文章内容，在下列空格中填上一个恰当的动词。

□"奶奶哼" □"奶奶哼" □"奶奶哼" □"奶奶哼"

3. 文中用较多篇幅转述汪曾祺在《故里三陈》中的说法和

"奶奶哼"的传说,有着怎样的相同和不同的用意?

相同点:_____。

不同点:_____。

4. 结合全文,分析为什么"土气十足"的"奶奶哼"在作者眼中成了"奇珍异果"?

_____。

5. 最后一段画线部分,在内容和结构上的作用是什么?

_____。

参考答案:

1.(1)"撕皮烂"只能体现此瓜香甜绵软的特点,"奶奶哼"从奶奶吃瓜的有趣状态突出此瓜香甜绵软,更显得幽默风趣,贴切形象。(2)以此为题,更能激起读者阅读的兴趣。(3)从全文看,"奶奶哼"也点明全文叙事线索,暗含着对孝敬长辈这一传统美德的赞美之情。

2. 发现 购买 吃起 种植。(词义相近即可)

3.(1)相同点:都是为了推测"奶奶哼"名字的由来;(2)不同点:《故里三陈》的引述,侧重于描述"奶奶哼"肉质的口感特点。"奶奶哼"的传说,侧重于交代"奶奶哼"这一古怪名称中寄寓的孝敬长辈的传统美德,以及传承和弘扬这一美德的意义。

4.(1)对现代繁华浮躁的生活心怀厌倦。如文中说"黄瓜、哈密瓜吃腻味了",面对"美不胜收"的瓜果心怀失望。

(2)对童年时期印下的"奶奶哼"香甜绵软的口感经久难忘。所以一见"久违的奶奶哼"嘴里会油然生津。

(3)"奶奶哼"中寄寓了对纯真朴实的乡风民情的怀念之情以及对美好生活的无限憧憬。

9

5. 结构上与前文③⑤段呼应,再次强调"奶奶哼"那醉人的味道,让人回味无穷。

内容上,以明年种瓜"把根留住"的决定结束全文,表达了作者传承和弘扬淳朴民风和传统美德的愿望,深化主题,令人深思。

炖　蛋

①记得小时候,生产队里天天披星戴月学大寨,妈妈总是忙得像陀螺,难得停下来给我们做顿好饭。总是饭锅上用盆子炖蛋,饭菜一锅,饭熟菜好,一举两得,生态节能,美味可口,容易消化。妈妈怕炖蛋太寡了,常常抓一把炒米放进去,就成了炒米炖蛋,珍珠般养眼,拌着饭吃,又嫩又滑,挺香的。有时候妈妈罱泥回来,捡了些小虾、银鱼,加进蛋里炖,蛋嫩虾鲜,感觉如神仙菜,美极了。

②炖蛋,就是水蒸蛋,是一道老少皆宜的家常食谱,南方人称之为"蒸水蛋",北方人则称为"鸡蛋羹",还有叫"水晶蛋"的。实质原料、原理都差不多,鸡蛋(也有鸭蛋,腥气的)、盐、香葱、菜油,做法也很简单:打两三个鸡蛋在碗里或盆钵里,加一小匙盐,添适量的水,切两棵香葱,加一点香油,也可加一匙猪油,充分搅打,放入饭锅中蒸熟即可。

③我小时候常咳嗽,好像是慢性支气管炎,特别是夜里,咳得上气接不到下气,爸爸带我看了好多医院都没有什么大效果,还是奶奶用"隔水蒸蛋"秘方给治疗好的。隔水蒸蛋,与炖

蛋的做法差不多，可以在蛋里加入萝卜或百合、荸荠、鸭梨、莲子、核桃和蜂蜜，这些东西，虽然不起眼，却能滋阴清热，益血安神，健脾除烦，润肺止咳。

④蒸蛋的做法很多，蛋在里面是个"百搭"。加肉馅，就成肉馅蒸蛋；加虾仁，就成虾仁蒸蛋；加鱼片，就成鱼片蒸蛋；加蛤蜊，就成了蛤蜊蒸蛋；加木耳，就成木耳蒸蛋，似乎可以任意加辅料，随遇而美。

⑤炖蛋也好，蒸蛋也罢，也是有一定技术的。特别是现在做水蒸蛋，多用煤气灶、电饭煲、电磁炉，常常出现蜂窝、焦头、蛋水分离的情况。正确的做法大致是：首先，鸡蛋要打匀（如果从冰箱里拿出的蛋要放温了，或加温水）；其次，加和蛋差不多或略多的水，水太少口感比较紧实比较老扎，水太多蛋羹又不易成型，口感也会水水的；再添上适合你口感的适量食盐、葱花等其他辅料；在所用的容器上盖一个小盘子，再蒸；蒸制时间要适当，大概10—15分钟，过长，蒸蛋会变硬，蛋白质受损；火候要适当，蒸气太大就会使蛋羹出现蜂窝，鲜味降低。

⑥蒸蛋要达到表面光滑、软嫩如脑，口感鲜美，营养丰富，知道重点是什么吗？

⑦加水？佐料？火候？……

⑧不是。是搅拌蛋液！

⑨搅拌蛋液是炖蛋的关键。重要点是打好蛋液，加入凉开水后再轻微打散搅拌，在打蛋液时，最好过滤掉蛋液中的小泡泡，也不要猛搅蛋液，一只手用筷子或打蛋器搅拌鸡蛋和水，一只手慢慢地旋转容器，顺着一个方向不停地搅打，直至蛋液变得细滑，出现一厘米高的气泡，充分搅拌均匀为止。

⑩ 这样做出的蒸蛋，不论时间长短，不论是稠稀，都不会水汪汪的，更不会起泡、有蜂窝眼，口感也不会老，依然又滑又嫩。

⑪ 人生很多时候也如炖蛋，怎样把勤奋和聪明搅拌均匀，不平庸起泡，炖得有滋有味，需要我们不停地用思考和热情搅打，人生只属于自己，保持一颗如水蒸蛋一般的平和的心，不必多华丽，不要舍本逐末，幸运之蛋就会出现在快乐的终点。一生干好一件事，足矣。

⑫ 露两手，如何？

1. 第①段中加点的内容，蕴含着母亲怎样的思想感情？

2. 请对第②段画线句子进行分析。

3. 文章第②段写到了炖蛋的"简单做法"、第⑤段写到了炖蛋的"正确的做法"、第⑨段写到了炖蛋的重点环节"搅拌蛋液"，请问这三处介绍炖蛋的技巧有怎样的安排？请简要分析。

4. 说说文章最后一段中"露两手"的含义。

5. 本文的主题是什么？请写出两个方面，并结合具体内容简要分析。

参考答案：

1. 母亲为了让孩子吃到可口又营养丰富的炖蛋，想方设法在炖蛋时添加些辅料，表现了母亲对孩子的关爱与呵护。

2. 通过一连串的动词"打""加""添""切""搅打""放入"，表现出作者对制作炖蛋流程的了解与熟练。

3. 这三处介绍到了炖蛋的流程和重点技巧，是按照由易到难（由浅入深）介绍的，犹如一个人从少年到青年到中年对"人生"的理解一样，从朦胧到了解到成熟。一个人真正理解了"搅拌蛋液是炖蛋的关键"，就懂得了人生应"把勤奋和聪明搅拌均匀"，"保持一颗如水蒸蛋一般的平和的心"，"一生干好一件事"。

4. （1）作者鼓励读者用文中介绍的炖蛋方法，去尝试做一道佳肴——炖蛋；（2）作者期待读者在人生经历中，把勤奋和聪明搅拌均匀，保持一颗如水蒸蛋一般的平和的心，不要舍本逐末。

5. （1）表现浓浓的亲情。作者通过回忆小时候吃到妈妈为我特别制作的炖蛋、奶奶为我治疗咳嗽的"隔水蒸蛋"，展现了家人对我浓浓的爱；（2）表现人生很多时候也如炖蛋。作者把人生比喻成炖蛋，要想把勤奋和聪明搅拌均匀，不平庸起泡，炖得有滋有味，就需要我们不停地搅打好思考和热情，用平和的心面对人生，定会有所收获。

母亲的"生姜拐"

①我们小的时候，农村小孩子多，就像树上数都数不清的楝树叶子，不金贵。正逢读书无用论年代，又爱乱晃悠，又没去

处，自然会闲则生非，呆厌、调皮是正常的，做错了事，小孩挨大人的打，也很正常的，算不上什么稀奇事。那时代，打小孩子的方式很多：用戒尺、扫帚、拳头、拎耳朵、掀巴掌、打屁股、拳打脚踢，等等。可能最常用的方法是打屁股。大大的巴掌落下来，不用几个回合，白皙的屁股上就会一片姹紫嫣红，惊悸，痛楚，侮辱性着实强。

②我的母亲打我们的"家法"与众不同，用"生姜拐"凿刮子，何为"生姜拐"？就是捏紧拳头，伸出中指，拐出角，形似拐角生姜，用拳头上的中指拐角打，用凿更确切。主要标的是脑袋瓜，生疼生疼的，重了点或者碰到手指上的"针匣子"，就会凿出小瘤。

③母亲说，不打你的脸，怕耽误上学；不打你的手，怕耽误写字；不打你的脚，怕耽误跑路；不打你的屁股，怕耽误睡觉，打你脑袋瓜，记下最牢固。用巴掌打，自己手也会疼；用扫帚打，打坏了还得买。用"生姜拐"，凿刮子，简单易行，方便顶用，无限可操作性强。母亲"生姜拐"着实是厉害，惧人，用力虽然没有巴掌大，但力点集中，接触面小，煞是疼痛，而且延续时间长，记忆存储期久。

④弟兄三个，老二调皮且犟，"生姜拐"吃得最多。母亲虽然不识字，不懂以儆效尤的词句，但知道杀鸡吓猴的道理，一人吃"生姜拐"时，其他人还得列队站着看，现场示警，触目惊心，但是效果是明显的。

⑤我也吃过"生姜拐"。有一次，庄上"司令"的弟弟在邻村东浒头吃了亏，让我这个"参谋长"带人去洗刷雪耻。我只得召集了二十多个小伙伴去征战，有备而去，自然胜利归来，哪知

道"敌方"也早有预谋,把我们回家必经的木桥桥板给掀了,害得我们只能游河回来。慌乱之中,我把新塑胶凉鞋搞丢了一只。"学大寨"一天劳累的爸妈晚上没有发现这一情况,第二天早上小弟告密,害得我吃了母亲的二口"生姜拐":第一口头顶吃了"生姜拐",正常位置;待要吃第二口时,背后刚有嗖嗖的冷风,我就头一避让,结果额头给吃了"生姜拐",肿了个疱,小糕团似的,疼得我团下身来。回到学校,老师又是一顿训斥,还叫我"团长",丢尽了面子。

⑥ 回家后,母亲为我擦去眼泪,温情地给我"团长疱"上抹了红药水,嘴上却说:要的就是这效果!没有规矩,不成方圆,不让你长点记性,不是要翻天了吗?

⑦ 母亲常对我们说,桑树从小扠,长大才能硬直,孩子从小管,长大才能成人。老人就是说得好:严是爱,松是害,不管不教要变坏。管小孩的方法就是打,一打就灵,只有疼痛,才能让小儿产生最好的记忆。母亲还给我们讲了一故事:说有一个小孩,从小受母亲溺爱,打架护着,偷窃藏着,赌博短着,结果小小年纪就被押上了刑场。临行前,儿子请求再喝妈妈一口奶,他一口就把妈妈的乳头给咬了下来,还嗔怪:都是妈妈的"爱"害死了我!

⑧ 我儿子问过奶奶我小时候吃"生姜拐"的事,母亲笑认了,可究竟为什么,她也说不清。问多了,母亲显得不安,很遗憾地说:"小孩子都会顽皮惹事,怎么就会挨打呢?真是的,真是的。"无奈之情溢于言表,母亲那么内疚忏悔,检讨自己,使我觉得很是惭愧汗颜。静下心来想一想,十月怀胎,从小到大,吃饭别噎着,念书别留级,娶妻嫁郎别找错了人,倾注了母亲一

生的心血，甚至还得操心孩子的孩子。我知道，小时候之所以挨母亲"生姜拐"，绝对是我不对，母亲没错，错在我自己！

⑨可怜天下父母心。母亲恨铁不成钢，拿打来做惩罚，让我们记下教训，不怕耿耿于怀，用心良苦啊。我的母亲是一个平凡的女人，一生勤劳、善良、朴实、睿智、坚忍、要强。母亲呕心沥血，望子成龙，拿自己一生的辛劳来盼望自己的孩子成长、成人、成材，母亲的"生姜拐"打出了我们的出息，造就了三个国家干部。

⑩母亲老了，不会再打长大的儿子了，也打不痛了，我现在自由放纵，却失去了一个世上最温厚、最真挚的反省机会。<u>沙漠的荒芜里有一滴露珠真好</u>。如能再回到童年，犯了错的时候，母亲红着眼，啰唆着嘴，嗖嗖生风的"生姜拐"凿过来，我一定不会躲避，一定不会叫痛，我知道母亲为了我好，我与她十指连心，她是我的港湾，打在我身上，痛在她心里！

⑪现在小孩子都当"小皇帝"了，只知道"肯德基"，不知道"生姜拐"，不能体会，不再经痛，不会相信"打是疼，骂是爱"的真谛了，也许是人生的一大缺憾。因为他们不会体验到，方式多样的母爱是一种丰满的营养。世界上有一种最美丽的声音，那是母亲的呼唤，世界上还有一种最慈爱的打磨，那便是母亲的教训。

⑫母亲的"生姜拐"，是我的人生财富。

（选自2010.12.17《泰州日报》，原文有改动）

1. 试分析第①段在文章结构中的作用。

_____。

2. 小时候，母亲教育我的事情有哪些让我印象深刻？
_____。

3. 第⑦段的"扒"是个形声字，请你写出它的字音_____，并根据文章内容推断它的意思。

4. 理解⑩段画线句在文中的含义。
_____。

5. 作者说："母亲的'生姜拐'，是我的人生财富。"请结合文章内容，联系生活实际，谈谈你的看法。
_____。

参考答案：

1. 交代了故事发生的时间、背景，当时打小孩的方式，引出下文母亲打我们的"家法"与众不同；与结尾形成照应，使得文章结构严谨。

2.（1）与众不同的"家法""生姜拐"厉害，惧人。

（2）一人吃"生姜拐"，其他人列队站着看，现场示警。

（3）母亲一边给我抹药，一边教育我。

（4）用故事证明严是爱，松是害，不管不教要变坏。

3. rú，在文中是"培养""培育"的意思（意近即可）。

4. 运用了比喻修辞。沙漠里的荒芜指我现在的放纵，露珠指母亲的教育让我反省，体现了我对"生姜拐"的怀念，表达了对母亲用"生姜拐"教育我的感激之情。

5. 答案开放，同意或不同意都可以。表明观点，结合文章内容，联系生活实际，具体分析。

麻　雀

① 自从到县城工作，我好多年没有回乡下老家。春日的一个星期天，闲散得很，想起童年的岁月，便带儿子回老家了。

② 刚到村头，迎接我们的是叽叽喳喳的小鸟，树梢上、草垛上、屋脊上，很多很多的麻雀。

③ 在村口，遇见了多年不见的黑子大伯，寒暄中，儿子好奇地摸着他三个指头的左手，黑子大伯右手抚摸着儿子的头，哈哈地笑了："爷爷像你这么大的时候，很是顽皮，整天跟着大人们除'四害'，火枪走火，就为打麻雀事业贡献出了三个手指，换了张'社会主义建设先进个人'的奖状。"

④ 我听说过，那是20世纪50年代中后期，中央《农业17条》中提出"除四害"，即消灭老鼠、麻雀、苍蝇和蚊子。全国上下一起发动围剿麻雀，要求人人都要有武器，火枪、弹弓、竹竿都行，麻雀到哪里，哪里就要有人轰、有人打，还提出口号："不让麻雀吃食、休息，使它无藏身之处，无立足之地，饿死它，累死它。"黑子大伯就是在这场运动中，跟大人去吆喝，用竹竿去捅树枝，用锣鼓、脸盆去敲打，吓唬麻雀不让歇脚。后来看见用火药枪打麻雀别有乐趣，就帮着装药子，不知怎的，土枪走火而伤了手指。

⑤ 麻雀，乡村太寻常的小动物，鸣声聒噪，繁殖力强，在屋壁、檐边和草垛里，都有它们营造的巢穴，经常把自己的家和人类的家放在一起，被称为家雀。对人类依赖性很强，平时主要

吃谷类，冬季无食时才吃些杂草的种子，繁育后代时用昆虫来哺喂雏鸟。农民在收获的时节，常常在农田里立起稻草人，就是想用来恐吓麻雀的。

⑥小时候，我们在麻雀叽叽喳喳的叫声里长大，像麻雀一样的自由、活跃、调皮。掏鸟窝是我们的基本技能，小伙伴们常常搭着人梯，到草房的屋檐上掏鸟蛋，麻雀蛋是我们的美味；打鸟一直是那时代男孩子的一项主要娱乐活动，成群的麻雀，自然是我们弹弓的目标，但都是伤残货；在谷场上，用木棍系着绳索，支起大大的篾匾，匾下放点谷物，麻雀进来觅食，迅速一拉绳索，匾倒雀困，用线扣住被活捉的麻雀腿子，我们便有了动着的玩具。有一次，"三伙小"把麻雀带到学校，放进老师的讲台抽屉里，女老师拿粉笔，麻雀与她撞了个满怀，害得我们几个一起捉麻雀的，耷拉着脑袋，并排地在黑板前站了老半天。

⑦老师问："还玩麻雀吗？"

⑧"玩！"

⑨校长问："还玩麻雀吗？"

⑩"玩……不……玩……"

⑪"真是一群犟麻雀！"校长无奈地嗔怒，"下次上课再玩麻雀，小心我收拾你们的'小麻雀'！"

⑫校长的话还真是很讲科学的，麻雀确实是一个代代相传宁死不屈的鸟类！

⑬我曾经把活生生捉到的麻雀拿回家，放到竹笼子里，好吃好喝地供养它，可麻雀就是不领情，满笼子里扑打着翅膀，不停地撞击着笼罩，十分恐惧和愤怒。第二天，食、水未见动用，麻雀紧紧地闭着眼睛和嘴，死了也摆出一副凛然不可冒犯的神态。

⑭ 我又掏了只黄嘴小麻雀放到竹笼子里，挂到屋檐下，小麻雀在笼子里啁啾着嚷个不停，麻雀妈妈也一直在树枝上叫个不息，乘空没人时，衔着食物飞到笼子前，母子好似亲热。一举两得，我很高兴我的成功创举。可第二天看小麻雀，静静地躺在笼子里，还是死了。

⑮ 好生侍候大麻雀，它却绝食撞死了；精心照料小麻雀，它还是死了。威胁和利诱的两手都用了，它就是硬软不吃，顽抗到底，真让人迷惑不解。

⑯ 爷爷拿下鸟笼，说：鹦鹉、八哥、喜鹊、白头翁，别看它在天空自由翱翔，被人类捕来后就露出了奴性，轻贱、悲楚、讨好地供人观赏，能养；骄傲、自由、性灵的鸽子，懒散、乞食，自愿禁锢，更是好养；鸟中之王的老鹰，桀骜不驯，勇猛凶残，但在饥饿和困倦煎熬面前，斗志消磨，在少许的诱饵面前，就能被人类征服、收范，被剥夺了自由，甚至与鱼鹰一样去当"鸟奸"，听凭差遣，凄惨地帮助人类去猎捕其他生物。

⑰ 爷爷拿着僵直的麻雀，又说，只有麻雀属于天空，没有人可以用笼子养活一只麻雀的。麻雀虽小，五脏俱全，别小瞧它"语"不惊人，"貌"不出众，在鸟类的种族里不起眼，但它从不畏惧人们的威胁和利诱，绝不屈服人类任何力量的淫威，不背叛天性，犟守着尊严，宁死不被奴役，以倔强的生命，捍卫着自由、天真、活泼的种族精神，它似乎坚信：死了总比活着做囚徒好！

⑱ 我似懂非懂地把小麻雀埋了，以后再也没有在笼中关过麻雀。

⑲ 树梢上、草垛上、屋脊上，今天又见到很多自由自在的

麻雀，叽叽喳喳的快乐声中，让我们忆起了苦涩却快乐的过去，也让我们说起功利而浮躁的今天，很是敬仰和羡慕起这不起眼的小麻雀来。生命诚可贵，自由价更高，其实，人和动物是一样的，物种最原始也最崇高的生存境界都是：自由。

（选自 2011.8.19《泰州日报》）

1. 仔细阅读短文，归纳麻雀的生活习性。
_____。

2. 文章题为"麻雀"第⑯段为什么花那么多的笔墨写其他鸟类？
_____。

3. 文中说"校长的话还真是很讲科学的"指的是校长说的哪句话？科学性体现在什么地方？
_____。

4. 作者说起"功利而浮躁的今天"为什么很是敬仰和羡慕起这不起眼的小麻雀来？
_____。

参考答案：

1. 在屋壁、檐边和草垛里筑巢；平时主要吃谷类，冬季无食时才吃些杂草的种子；繁育后代时用昆虫来哺喂雏鸟；鸟声聒噪，繁殖力强。

2. 写其他鸟类是和下文写的麻雀作对比，突出麻雀不畏惧人们的威胁和利诱，不屈服人类的任何力量，不背叛天性，犟守着尊严，宁死不被奴役，以倔强的生命，捍卫着自由、天真、活泼的种族精神。

3．"真是一群犟麻雀！"科学性体现在一个"犟"字上，麻雀很犟，追求活泼、自由，不愿被束缚，爱叫、爱闹、爱动，和天真活泼的小学生有类似之处。

4．如今的人们，生活节奏较快，时间和活动空间均受到一定限制，而麻雀自由自在，不受约束，所以羡慕麻雀。

风水是一棵树

① 过去农村的房前屋后，都会长上几棵树，桑树、楝树、杨树、榆树什么的，大都是长得快的落叶乔木，关键时日，砌房、盖猪圈，还有打家具、做嫁妆，很是抵款顶事。

② 我家的树似乎比人家讲究。院落前长的是楝树，院落里有两棵梨树，屋后栽的是枣树和柿子树。屋旁呆沟头边零乱着不少桑树，桑葚结果如枣，俗叫桑枣树。

③ 楝树很泼皮，不需要太多的照顾，在各种土壤上，都能生长得郁郁葱葱。奇数的叶片对生着，如鸟雀的羽毛，翠绿的丛中点缀着一簇簇的白花、紫花，树形也很优美，给乡村生活带来一份恬静与美丽。虽然传说唐僧师徒取经归来过通天河时，被一气之下的神龟甩进河里，只得将湿了的经文晾晒于楝树上，沾着神气，但它生性苦涩，像农民一样侉生侉长，大家总是叫它苦楝，苦为不吉，是不能做家神和床榻用材的。

④ 初开的梨花，洁白淡雅、清香平静；梨花怒放，雪白雪白；花瓣谢落的时候，也是伴蝶舞的日子，带着沉甸甸的情思漫

落。无声中，渐渐地长出诱人的梨子。色泽鲜艳的梨可是"百果之宗"啊，润肺，清心，止热咳，消痰水。母亲说，梨性凉，可不能贪吃；再大的梨也不可以分切开吃，不能分梨（离）。

⑤秋天的风，爽爽的，九月的柿子挂灯笼，几多斑斓、几多怡人。一边听妈妈讲故事，一边捏捏竹筛里的柿子，拣个软塌塌、晶莹剔透的果儿，撕开细薄的皮，一口咬下去，一股柔柔的汁液流进嘴里，滑嫩嫩、软滋滋，酥涩甜香味儿在舌蕾上绽开……那滋味别提多美了。

⑥里下河地势低水害多，枣树生长慢，枣果极易腐烂，体形又不规直，只能作杂材，所以栽枣树的人家不多。枣子红润吉祥，鲜美甜脆，诱人枣果往往等不到熟透，差不多就给庄上的孩子们惦念光了，母亲还总是笑眯眯地叫他们明年再来吃呢。

⑦桑葚结果如枣，红红紫紫，俗叫桑枣树，奶奶说是小鸟种的，小鸟吃桑葚，拉下了种子，夏去春来，天然成树。

⑧前面长楝树，苦；院内有梨子，实；后头栽枣树，甜；沟塘又酸又甜的桑葚，子多福多。

⑨生容易，活容易，生活不容易，生活就如家前屋后的树，先苦中实后甜，幸福永远。母亲如是说。

⑩我们长大成人了，母亲现在还常对我们以树说教：做人当如楝树硬撑，做事当像桑树柔韧，做学问当学枣树刺中找"枣"。

⑪父亲说她讲佛经，老迷信，"房前屋后要栽树，得栽好树！"母亲认真地说："佛可以不信，但不可以不敬。植物也是有灵性的，凡事也要讲点风水嘛，风水是一棵树。"

（选自《里下河文学流派作家丛书》）

1. 指出加点词在文中的意思。

（1）楝树很泼皮，不需要太多的照顾，在各种土壤上，都能生长得郁郁葱葱。

（2）……但它生性苦涩，像农民一样侉生侉长……

（3）诱人枣果往往等不到熟透，差不多就给庄上的孩子们惦念光了……

2."我家的树似乎比人家讲究"指的是什么？有什么寓意？

3. 怎样理解母亲的"以树说教"？

4."母亲说：'佛可以不信，……风水是一棵树。'"是迷信吗？谈谈你的看法。

参考答案：

1.（1）泼皮：植物对生长环境要求低，生命力旺盛。（或：不需要太多照料）

（2）侉：在自然状态下，不需照料。

（3）惦念：偷偷地摘。

2. 结合第②、⑧段内容阐述即可。

3. 母亲以树为喻，教导我们做人要不怕环境艰苦，面对困难顽强不屈；做事要能屈能伸，百折不挠；做学问刻苦努力，迎难而上，才能享受成功的喜悦。

4. 不是迷信。母亲"敬"的是有灵性的植物,是大自然。她讲的风水,其实是对大自然的敬畏,这与我们今天所提倡的爱护花草树木、保护生态环境是一致的。

你敬过艾草

①艾草,就是路边野生野长的野草。

②乡村的沟边隙地,一是艾草多,一是芦苇多。它们在那里枕着风,傍着水,相依相聚,自枯自荣。除了偶尔飞过的鸟雀,很少有谁会惦念它们。

③偶尔,芦苇会有人想起割作柴火,艾草呢,多年生草本或略呈半灌木状,主根粗长,基部稍木质,常有横卧地下根状茎及侧枝,褐色或灰黄褐色;叶脉明显,厚叶羽状半裂、浅裂或深裂,两面颜色明显不同,上部草质,面涂灰白色短柔毛,背披灰白色蛛丝状绒毛;花序托小,檐部紫色,似有睫毛;具有特殊的馨香味。羊却不爱吃,猪也不爱吃,气味的霸道啊。

④早在诗经年代,就有了"彼采艾兮"的吟唱,自古便被尊为"百草之王"。它是草里的另类,苦中带香,香中带苦,虽说羞羞涩涩,浸润着愁怨,却不甘清淡,上下豁出一股浓烈澎湃的凛然清气。送人艾草,总让你采艾的手,久逗余香的。别名很多,冰台、遏草、香艾、蕲艾、艾蒿、艾蒿、艾蒿、蓬蒿、艾、灸草、医草、黄草、艾绒等,好生奇怪。

⑤你还记得吗？没有什么杀虫喷雾剂、电蚊香、蚊香液的小时候，蚊香也很贵，爷爷就带我们到路边割点艾草，然后将枝叶编成一条条的大辫子，在天黑之前用火柴点燃。不一会儿，升腾起缕缕青烟，一股特殊的香味向四处蔓延，也有点呛鼻，但望着饿急的蚊子们只敢在远处乱飞，嗡嗡地叫着。那时候，我们是多么的开心快乐。

⑥杏为医家之花，艾乃医家之草。记得小时候我幼体孱弱，常常身痒喘咳，奶奶便会在气温转换的春夏之交，到野外采来大量艾草，大铁锅熬汤汁，用艾水为我们洗澡，身上真的不长小红疙瘩了。母亲还会把野艾晾干，用剪刀铰碎，在针线匾里翻找出小花布片，揉碎的，缝制成艾草香囊、艾叶香荷包，挂在颈项上，我们很是得意，别的孩子羡慕不已；粗厚的呢，为我们缝制了几个精致小巧的艾叶枕头，有特殊的馨香味呢，倘若洒上一些白酒，香味加快散出，安眠助睡解乏。《本草》载："艾叶能灸百病。"她们似乎谙识艾叶的性能。

⑦"清明插柳，端午插艾。"清代顾铁卿在《清嘉录》中有一段记载："截蒲为剑，割蓬作鞭，副以桃梗蒜头，悬于床户，皆以却鬼。"一到端午，它就和《离骚》《九歌》放在一起。家家以菖蒲、艾条分插于门楣，敬悬于堂中，避邪却鬼，满村荡着艾草香。<u>到了傍晚，香烛敬过之后，母亲便把艾草、菖蒲收起来，蘸上雄黄酒，在我们的额头上，手背上，脚背上涂抹一些，然后撒到屋的每一个角落，说是消毒避虫。</u>

⑧菖蒲如神剑，艾叶似马鞭。民间遂有俗谚曰："菖蒲驱恶迎喜庆，艾叶避邪保平安"、"蒲剑冲天皇斗观，艾旗拂地神鬼惊"之说，此草，叶形有驱妖除魔之寓意。

⑨艾草代表招百福。并非所有的花草都具备那般意义。花草能粉饰民俗，譬如牡丹，洛阳有一个国际牡丹节；有以花语意义取胜，玫瑰浪漫情人节，康乃馨感恩母亲节，梅花"凌寒独自开"，寓意风骨；还有以药性取胜的，重阳的茱萸，端午的艾草。但能够有幸走进人间节日的花草，并被赋予了特定的意义又得以广泛使用，是艾草之幸事！

⑩艾草是巫物。有意无意中，你敬过艾草。

1. 文章中讲述了"艾草"的多种用途，请列举。
_____。

2. 赏析文中画线语句。
（1）从感官角度赏析第③段画线句子。
_____。

（2）从人物描写的角度赏析第⑦段画线句子。
_____。

3. "艾草"饱含了作者的怀念，也折射出浓浓的乡土情怀。相信你生活中也有这样的事物，能勾起你儿时的记忆，如桂树、芦苇、柳树等，请配合人物描写加以讲述（至少用一种修辞）。
_____。

参考答案：

1. 驱蚊、止痒止咳（或有药用价值）、消毒避虫、驱妖除魔、招百福。（5点，大意对即可）

2.（1）运用视觉、嗅觉写出了艾草的轻柔、可爱和清香，表达了作者的喜爱之情。

（2）运用动作描写（细节描写），生动形象地写出母亲的细心体贴，表现母亲对我们的爱，表达对母亲的感恩。

3. 示例——儿时家门口的那株柳树，春天到来，新叶抽芽，真可谓"绿柳才黄半未匀"。清明前后，奶奶撸下月牙般的杨柳叶，热水焯过再晾干，切碎用盐拌匀，活着糯米粉做成糍粑，真是美味。

母亲的秘密

① 家是人们心中永远的牵挂，谁都会有一个如梦如幻的记忆。外面的世界再精彩，但总还是会想念摇曳在梦中的老家，因为这衣胞之地，是生命的根系。有人说，这一辈子，不管自己身居何处，潜意识里，只有走进乡下的那栋老屋才叫回家。

② 从乡村到闯荡江湖，二十多年了，我虽然回家逐渐少了，但逢年过节还是想着回家。现在人到中年，事业也日升月恒，对回家的眷念，却渐渐增添。

③ 老家是一个大庄子，属里下河九寺十八堡之一，叫蔡家堡，我家在庄东头，一座普通的农舍，门前有一条弯弯的小河，总是流得欢畅；啁啾的小鸟，带着太阳刚绽放的笑脸，直通通地送进堂屋；夜晚的月亮，挂在河边枝叶茂盛的老榆树上，格外地清亮纯然；屋后的竹叶，沙沙作响，如天人在语；一年四季清新爽人的风，从罗家桥上吹过来，伴随着角落里蟋蟀的叫唤声，很是静谧、亲切和温馨。

④ 父母一直住在老家。父亲那时候是村支书，整日在外面

忙碌。母亲很是能干，耕、种、栽、锄、纺、织，样样拿手；在老家还是有名气的土菜师，几桌人吃饭，她一个人掌勺；虽说不识字，记性却很好，经典的古戏文会很多唱段，像什么"叫一声张生我的儿"，真的唱得有板有眼。办事很是麻利，处处逞强，性情毛躁，但人们都说她是刀子嘴豆腐心。家里的琐事，母亲打理得清清爽爽，屋子尽管没有什么时新的家具，但收拾得干干净净，一张祖上留下来的八仙桌，母亲总是把桌面擦得能照见人影。

⑤屋前的空地被母亲用篱笆圈起的小菜园，春天里的鸡毛菜，葱葱郁郁；夏日中的瓜蔬茄椒，更是五彩纷呈，蛾蝶翩翩；"满架秋风扁豆花"爬满院落；腊月的青菜赛羊肉。鸡啊、鸭呀相互追着。老屋西山墙连着我家的猪圈，黑猪白猪不时地变换着。满庭生机，一道憩静的风景，俨然世外桃源。

⑥老屋的房梁上黏着燕窝，挂着窝窠，春暖花开，总见"旧时王谢堂前燕，飞入寻常百姓家"，屋中央地面上常有被燕屎熏黄的痕迹。母亲有意无意地将一些麦粒撒向庭院里，门前榆树上的喜鹊，不时地落在院子里来觅食。快入冬了，还要将一些破烂的棉絮、鸡毛之类晾晒在院子的显眼处，好让鸟们衔去筑窝。母亲常常说，燕子、喜鹊这些鸟雀，是亲戚朋友，能和我们共同生活这么些年，是我们的幸运，是我们家的福分，吉祥呢！

⑦老屋到现在二十多年没动过，历尽了世事的沧桑甘苦。岁月的磨蚀无情，<u>梁檩也有些凹垂，瓦沟里长满青苔；房根下的滴水砖，打上了一圈一圈深浅不一的年轮印记；墙壁泥尘脱落，糊着花花绿绿的年画，早已叠加了几层；两扇粗糙的大门也是油漆斑驳，门下角的"猫洞"上面也绽开一条条深深浅浅的裂缝，</u>好似父母关不全的牙床。

⑧十多年前,就让父母随我们到街上去住,父亲刚要说什么,母亲抢先说:"这房子在庄上也不算多差的,金窝银窝不如自己的狗窝,你们常回家看看就是了。"我也经历了从土墼茅舍到空墙青瓦,杉木门窗,前后两进的建房,清楚父母像春燕衔泥般,耗尽了大辈子的心血才建成了这个房屋,深深的家的情结难易,那时两个弟弟还在外面当兵,我也不便强求了。

⑨前年春节回家,弟兄三个商量想翻建一下,父亲说:"我随意,得问你娘。"母亲看了看房梁上黏着的燕窝,沉思了好久,才说:"知道你们不缺钱,屋是老了,但又不漏,过两年再说吧。"

⑩这两年庄上楼房砌了不少,我家的老屋渐显得有一些低矮了,我们弟兄三个也算是有头有面的,不说图面子,也得尽孝心吧。后来又与母亲谈了几次关于老屋的家常,母亲有什么秘密似的,总是推三阻四,虽然语气淡了些,但最后还是说:"儿,听话,等等,再等等吧。"

⑪又一个春暖花开的时节,家有长子,我一拍板:"老二,你去找图纸;老三,你去联系工程队。请大舅父去通知他们,下周五是农历初六,黄道吉日,回老家开工建房!"

⑫工头带来了十多个木匠瓦匠,锣鼓轿马家伙的,也都提前运到了老家。父亲忙着搬东西,母亲也没辙了,悄悄地把我拉到屋檐下,仰面说:"世上万物都像一出戏。你看房梁上黏着燕窝,檐上还有鸟巢,相伴这多年了,我一直没说……"她又低声喃喃而语:"我天天看着,肉鹊雀刚会叫娘,农历十六日子更好啊,一定要再推迟十天,一定要等它们都出了窝!"

⑬原来这就是母亲的秘密。看着头发花白的母亲,我的眼

眶湿润了,哽咽地说:"行,听妈妈的……"

(选自 2012.11《江苏文学报》,原文有改动)

1. 文章第⑦段画线的语句是如何描写老屋的?有什么作用?

2. 文章最后才揭示出母亲藏在心里的秘密,但认真阅读,前文是有伏笔的,请找出两处简要分析。

3. 有人说文章的标题可以改为"家乡的老屋",你觉得可以吗?谈谈你的理由。

4. 结合全文,概括母亲的形象特点。

参考答案:

1. 从二十年以后老屋的破旧入手,描写了老屋凹垂的梁檩,长满青苔的瓦沟……,与上文充满生机与活力的小屋形成对比,反衬出二十年以来老屋的变迁及其破旧的现状。最后一句运用比喻手法,将有裂缝的"猫洞"比作"父母关不全的牙床",将这座老屋看作是年老父母的象征,表达了作者因时间流逝,老屋逐渐破旧的无奈与心酸,以及对父母浓浓的关爱和疼惜之情。

2. 第一处伏笔:第⑥段"母亲常常说,燕子、喜鹊这些鸟雀,是亲戚朋友,能和我们共同生活这么些年,是我们的幸运,是我们家的福分,吉祥呢!"

第二处伏笔:第⑨段"母亲看了看房梁上黏着的燕窝,沉思了好久……"

文末揭示母亲的"秘密",不仅与上文这两处相呼应,再次写明母亲的情感:认为这些鸟雀与家人共处一室这么长时间,是自己家人的福分。表达了母亲对鸟雀的怜爱、珍惜,将它们看作家庭的一部分。对鸟妈妈的体谅,感同身受,将鸟雀视为一种回忆,对过去老屋的追思,一种精神上的寄托。鸟雀将过去与将来的老屋连接起来,表达了妈妈对老屋的不舍和留恋之情。

3. 不可以。因为"家乡的老屋"指现在的老屋,文章旨在表达对梦中旧时老屋的不舍与追忆。而以"母亲的秘密"为题,既与文末揭示母亲的秘密相呼应,也以母亲珍惜、怜爱鸟雀来衬托出母亲与"我"对旧时老屋的依恋与思念,也表达了对时光易逝,岁月难再的无奈之情,更加符合文章主旨,所以以"母亲的秘密"为题更好。

4.(1)母亲是一个勤劳能干的人,"擅长唱戏、做菜、耕、种、栽、锄、纺、织,样样拿手";(2)母亲办事麻利清爽,很爱干净,"家具收拾得干干净净,能将八仙桌擦得能照见人影";(3)母亲是个善良、有爱心的人,她每年当鸟雀在筑巢时,"有意无意将一些麦粒撒向庭院里";(4)母亲也是一个恋家顾家的人,对老屋有着无限向往与怀念,与老屋相依为命,结下了深厚的情谊,"母亲并不愿意随我们上街住",为了让新雀能够健康长大,也为了能够再与老屋多相处一会,故意推迟了搬家时间。